Tony Earley
Unser kleines Paradies

TONY EARLEY

Unser kleines Paradies

Erzählungen

Deutsch von
Sabine Saßmann

Goldmann Verlag

Die amerikanische Originalausgabe erschien unter dem Titel
»Here We Are In Paradise« bei Little, Brown and Company, Boston

Das Zitat von Gabriel García-Márquez
wurde folgender Ausgabe entnommen:
Die Liebe in den Zeiten der Cholera.
Aus dem kolumbianischen Spanisch von Dagmar Ploetz.
Kiepenheuer & Witsch, 1987.
Die deutsche Version des 18. Sonetts von Shakespeare
stammt aus: Christa Schuenke, *Shakespeares Sonette.*
Verlag Straelener Manuskripte, 1994.

Dieses Buch und der Schutzumschlag
wurden auf chlorfrei gebleichtem Papier gedruckt.
Die Einschrumpffolie (zum Schutz vor Verschmutzung)
ist aus umweltschonender und recyclingfähiger PE-Folie.

Der Goldmann Verlag
ist ein Unternehmen der Verlagsgruppe Bertelsmann

1. Auflage

Satz: Uhl + Massopust, Aalen
Printed in Germany · Presse-Druck Augsburg
ISBN 3-442-30634-5

Für Reba und Charles;

für Clara Mae

Er war noch zu jung gewesen, um zu wissen, daß das Gedächtnis des Herzens die schlechten Erinnerungen ausmerzt und die guten erhöht und daß es uns dank dieses Kunststücks gelingt, mit der Vergangenheit zu leben.

Gabriel García Márquez,
Die Liebe in den Zeiten der Cholera

Inhalt

Der Jupiter-Prophet

Mein Haus, das Dammwärterhaus, steht oberhalb des Sees auf dem Pierce-Arrow-Point. Der Damm ragt aus der Spitze des Point hervor und schwingt sich in einem Bogen über die kleine Bucht bis zu dem Hügelkamm auf der gegenüberliegenden Seite des Staubeckens. Auf der einen Seite ist das Wasser, fünfunddreißig Meter tief am Fuß des Dammes, und auf der anderen Luft: die Schlucht, der Fluß, der wieder an die Oberfläche kommt, Felsen unten in der Tiefe, ein Aussichtspunkt. Wenn man aus meinem Fenster blickt, sieht der Damm wie eine Brücke aus. Rings um den See findet man alle dreißig Meter ein Haus und zu viele Grundstücksmakler. Die Makler haben alle die Taschen voller klimpernder Schlüssel und Geländewagen mit Allradantrieb und Kaffeebechern auf dem Armaturenbrett. Die Becher sind unten breiter als oben. Manchmal reißen sich die Grundstücksmakler nachts gegenseitig die Firmenschilder aus dem Boden und schleudern sie in den See.

Eine der Familien an der Tyron Bay hat einen Labrador-Retriever, der oft stundenlang im Kreis schwimmt und Enten jagt. Touristen halten an der Brücke über der Bucht und fotografieren den Hund. Im Ort gibt es Postkarten mit dem Bild des Hundes, der unbeirrt den Enten hinterherschwimmt, die ihm jedoch immer um eine Nasenlänge voraus sind. Auf der Tyron-Bay-Brücke steht ein rotweißes Schild mit der Aufschrift: VON DER BRÜCKE SPRINGEN VERBOTEN, aber manchmal klettern ein paar betrunkene Teenager in ihrem Übermut auf das Geländer und stürzen sich kopfüber in die Tiefe. Im Sommer könnte ich den Wasserspiegel jeden Samstag um einen halben Meter senken, damit sie sich allesamt das Rückgrat brechen. Manchmal grölen die Rednecks, schreien *Nigger!* und werfen Bierflaschen nach Junie Wilson, der den Highway 20 mit einem Kleiderbügel um den Hals auf und ab spaziert. Jedesmal, wenn er die Brücke überquert, wirft Junie einen Dollarschein ins Wasser.

Der Jupiter-Prophet kommt hin und wieder mit seinen fünf kleinen Söhnen zur Brücke, um dem Labrador beim Schwimmen zuzusehen. Dann stehen sie alle sechs in einer Reihe am Geländer, klatschen Beifall, fuchteln mit den Armen und feuern den Hund laut brüllend an. Der Prophet fährt einen uralten blauen Lincoln, so groß wie eine Yacht. Er sagt, der Wagen stamme aus einem anderen Leben und meint damit Florida. Unten im Wasser lassen die Enten den Hund bis auf ein paar Zentimeter an sich herankommen, ehe sie auf und davon fliegen. Sie fliegen nie weiter als drei, vier Meter und lassen sich dann wieder ins Wasser klatschen. Die Leute aus dem Ort nennen den Hund Scheißer. Ob Sie's glauben oder nicht, ich könnte schwören, daß ich die Enten habe lachen hören. Wenn Scheißer durch die Bucht paddelt, keucht er, als würde er jeden Moment absaufen. Hier lebe ich, und wenn Sie meine Meinung hören wollen: Ein Staudamm ist etwas Unnatürliches, wie ein Pessar.

Meine Hauptaufgabe besteht darin, den Wasserspiegel

konstant zu halten. Aber der See steigt Nacht für Nacht; eine Menge Wasser fließt den Fluß hinab. Nach einer Weile macht man sich so seine Gedanken. Wenn ich unten im Ort war und wieder nach Hause fahre, habe ich manchmal Angst, daß mir der See durch die Schlucht entgegenkommt. In fünfundzwanzig Meter Tiefe auf dem Grund von Lake Glen liegt die alte Stadt Uree begraben. Als der Staudamm fertig war, sägten die Arbeiter die Turmspitze der Baptistenkirche von Uree ab, damit sie später nicht aus dem Wasser ragen würde, die Häuser aber ließen sie stehen. Jetzt schwimmen Fische dort ein und aus. Old Man Bill Burdette, der neben der Kirche wohnte, ließ seinen Truck, einen Reo mit Kettenantrieb, Baujahr 1916, neben dem Haus stehen, als er wegzog.

Als 1961 ein Taucher den Staudamm inspizierte, erzählte er dem Bürgermeister, er habe einen mannsgroßen Wels in der Nähe der Schleusentore gesehen. Die Geschichte von dem Riesenwels, den der Taucher damals sah, ist in dieser Gegend längst zur Legende geworden. Nachts setze ich mich mit einer Tiefseeangel auf den Steg, der die Schleusentore miteinander verbindet, und versuche, ihn mit Rinderdärmen zu ködern. Er steht dicht über dem schlammigen Grund des Sees mit dem Kopf zum Staudamm. Seine Schwanzflosse bewegt sich langsam, und er lauscht dem schwachen Rauschen des glitzernden Flusses auf der anderen Seite des Betons. Der Jupiter-Prophet sagt immer: *Wenn du deinen Riesenfisch aus dem Wasser ziehst, wird er dir die Wahrheit verkünden.* Ich bin sicher, eines Tages werden sich die Leute die Geschichte von mir und dem Fisch erzählen, auch wenn ich ihn nicht erwischen sollte.

Der Jupiter-Prophet heißt eigentlich Archie Simpson. Er hat als Immobilienmakler in Jupiter, Florida, ein Vermögen verdient. Bis vor neun Jahren, als Gott ihm mitteilte – Archie wollte gerade einen Vier-Millionen-Dollar-Vertrag über den Verkauf von Eigentumswohnungen in Port St. Lucie abschließen –, er sei der einzig wahre Prophet, der den Christen in den letzten Tagen vor der großen Glückseligkeit den Weg weisen werde. Der Prophet sagt, auf Gottes Botschaft hin habe er erst einmal gerufen: »Gott, das soll doch wohl ein Witz sein!« Er erzählt die Geschichte oft und gern und macht nicht den Eindruck, als ob er verrückt wäre. Er hat eine junge Frau, die mit Perlen besetzte indianische Stirnbänder trägt und sich nicht die Achselhöhlen rasiert.

Die vier Söhne von Old Man Bill Burdette heuerten Taucher an, und auf den Tag genau fünfzig Jahre nachdem das Wasser zu steigen begonnen hatte, hievten sie den Reo ihres Vaters aus dem See. Er war fast völlig mit Schlamm bedeckt und kein bißchen verrostet. Die Burdette-Söhne haben sechstausend Dollar in den Wagen gesteckt, ihn wieder flottgemacht und erzählten dann jedem, der es hören wollte: *Ich weiß nicht, warum Daddy ihn stehengelassen hat. Der war doch noch wie neu.* Bill junior, der älteste Sohn, fährt den Reo bei der alljährlichen Parade zum Nationalfeiertag durch die Stadt, den Rücksitz vollgepackt mit winkenden Enkeln. Den älteren Kindern ist es wohl ein wenig peinlich.

Vor dem Angeln gieße ich frisches Blut aus meinem Ködereimer ins Wasser. Meine Angelhaken sind rasiermesserscharf, die Rolle stark wie eine Winde. Randy, der stellvertretende Dammwärter, arbeitet als Pfleger im Krankenhaus von Hendersonville und geht nach Feierabend mit mir angeln. Er glaubt nicht an die Geschichte von dem mannsgroßen Fisch. Ich angele die ganze Nacht. Manchmal reißen kleine Welse die Eingeweide von den Drillingshaken (wenn sie daran ziehen, schütteln sie den Kopf wie ein Hund), spießen sich auf, und wenn ich sie aus dem Wasser ziehe, stoßen sie leise Laute aus, als würden sie weinen. Ich packe sie am Schwanz, schlage ihre Köpfe gegen das Geländer des Stegs und werfe sie dann hinter mich über die Staumauer.

Bei Tagesanbruch öffne ich das kleine Schleusentor, lasse Wasser ins Turbinenhaus, schalte die Generatoren ein – es sind insgesamt vier – und lege mich schlafen. Die Gemeinde Lake Glen verdient am Stromverkauf etwa eine Million Dollar im Jahr. Wer für die Stadtwerke von Lake Glen arbeitet, bekommt einen eigenen Truck gestellt. Die Trucks werden alle zwei Jahre erneuert, und ihre Besitzer behandeln sie wie Huren und fahren mit Höchstgeschwindigkeit durch jedes Schlagloch, denn die Wagen müssen ja nicht lange halten. Der Jupiter-Prophet stellt winzige Holzstühle mit Sprossenlehne her, die er den Souvenirläden am Highway zum Großhandelspreis verkauft. Seine junge Frau flicht Stierpeitschen aus langen Rindslederstreifen, versieht sie mit Griffen aus astfreiem Kiefernholz und brennt mit einem glühenden Eisen ein kleines Kreuz und die Worte LAKE GLEN, NORTH CAROLINA hinein. Sie hat mir einmal gesagt: *Ich weiß, daß alles, was mein Mann über Gott sagt, wahr ist, denn wenn wir uns lieben, erfüllt er mich mit der herrlichsten Erleuchtung.* Ihre Stierpeitschen hängen vor den Souvenirläden und baumeln im Fahrtwind der Wagen, die auf dem Highway vorbeikommen, und die Touristen kaufen sie gleich dutzendweise. Es ist kaum zu glauben. Vor dem Rogue-Mountain-Restaurant unten in der Stadt steht ein schielender Bär aus Sperrholz mit einer Latzhose voller Flicken. Der Bär hält ein rotweißes Schild mit der Aufschrift: »IMBISS« in die Höhe. Beim Mittagessen im Rogue-Mountain schaute der Jupiter-Prophet einmal in seinen Teller mit Gemüsesuppe und sagte: *Ich sag' euch eins, in den letzten Tagen der Menschheit werden die Christen kein Getreide mehr bekommen.* LAKE GLEN, NORTH CAROLINA. Die Hochspannungskabel, die vom Turbinenhaus wegführen, kann man richtig summen hören.

Nachmittags – im Fernsehen laufen Zeichentrickfilme, die Turbinen haben sich den ganzen Tag gedreht, im Rathaus wird Geld gezählt, die Wasserskiläufer sitzen mit Sonnenbrand in ihren schimmernden Booten, und die Angler sind betrunken – fällt irgendwann der Wasserspiegel unter Sollhöhe ab, und die Warnanlage geht los. Ich krieche aus dem Bett, steige die schmale Treppe zum Turbinenhaus hinunter und mache das Schleusentor zu. Hoch über mir erstreckt sich der See. Ich fühle mich erst wohler, wenn ich die Treppe wieder hinaufgeklettert bin. Rings um Lake Glen herrscht strahlendes Sommerwetter: Die Polizisten aus dem Ort parken ihre Wagen am Strand und schielen unter den Krempen ihrer Hüte hervor nach den College-Mädchen, die in der Sonne braten. Am Abend des Nationalfeiertags füllt sich das Staubecken mit Booten, und vom Damm aus gesehen funkeln die über das dunkle Wasser dahingleitenden Lichter wie Sterne. Das Feuerwerk zieht Linien am Himmel wie das Flimmern der Äderchen in den Augen, wenn man in die Sonne gestarrt hat.

Leute, die es eigentlich besser wissen müßten, treiben ihre Späße mit Junie Wilson. Wenn sie ihm zum Beispiel erzählen, daß man mit Haarspray Geister verscheuchen kann, schleppt er ständig eine Dose mit sich herum, als wäre es Tränengas, bis der Witz schließlich die Runde macht und ihm jemand die Wahrheit sagt. Wenn sie ihm erzählen, in den Benzintanks der Wasserskiboote hausten Geister, geht er tagelang nicht zum Yachthafen und hält mindestens zweihundert Meter Abstand zu jedem Schnellboot. Der Jupiter-Prophet sagt, Junie besäße die Gabe, den Dingen auf den Grund zu schauen. Der Bürgermeister nimmt ihn oft in seinem Wagen mit, damit Junie keinen Ärger bekommt.

Und so sieht das Leben in Lake Glen aus: Im Frühjahr, wenn der See zum Wasserskifahren noch nicht warm genug ist, scheint die Sonne geradewegs in einen hinein, man vergräbt sich tief in seinem Innern, wie ein Samenkorn, und denkt ans Wachsen. Auf der Seeseite des Damms stehen rotweiße Schilder mit der Aufschrift: ACHTUNG, WAHREN SIE EINEN SICHERHEITSABSTAND VON 200 METERN! Aus dieser Entfernung sind sie jedoch kaum zu entziffern. Im April weht der Wind von den Bergen herab über die Bucht auf mein Haus zu, und Sonne und Wasser duften wie das Haar meiner Frau. Ich weiß nicht, wie ich es Ihnen anders erklären soll. Auf den Campingplätzen am Highway entlang des Westufers glühen Gaslaternen wie Gespenster vor dem Hintergrund des Berges. Jungen und Mädchen, die bereits ahnen, daß sie sich nie wiedersehen werden, machen sich die wildesten Versprechungen, drücken sich im Lorbeer aneinander und waten in Unterwäsche durch den kalten Fluß. In den Sommernächten klingen die knallenden Stierpeitschen wie Pistolenschüsse.

Lake Glen wurde 1927 in einer Senke zwischen zwei Bergen – Rogue Mountain und Rumbling Caesar – von der Lake-Glen-Planungsgesellschaft erbaut. Vor dem großen Börsenkrach ließ sie den Staudamm, das Rathaus und ein Hotel mit zweihundert Zimmern errichten. Meine Frau heißt Elisabeth. Solange ich in Lake Glen bin, wohnt sie bei ihrer Mutter in Monte Sano, Alabama. Sie hat mir ohnehin nichts zu sagen. Zweimal täglich veranstaltet die Stadt Pontonfahrten auf dem See. Wenn das Boot zweihundert Meter vor dem Damm anhält, höre ich den Reiseführer über den blechern klingenden Lautsprecher verkünden, wie gefährlich es sei, noch näher heranzufahren. Im Sommer vor zwei Jahren hat die Stadtverwaltung mit der Familie an der Tyron Bay vereinbart, Scheißer einzusperren, bis das Ausflugsboot um zehn und um zwei durch die Bucht fährt. Die Enten erwiesen sich allerdings als unzuverlässig. Scheißer wurde fast verrückt in seinem Verschlag. Die Touristen zahlen zwei Dollar pro Person für die Bootsfahrt. Zwar schwimmen die Enten jeden Tag in der Tyron Bay, aber man weiß nie genau, wann. Elisabeth meint, ich hätte ihr schon seit Jahren nichts mehr zu sagen, und ich solle bloß nicht erwarten, daß sie *mir* etwas zu sagen hätte. Zu meiner Schande muß ich gestehen, daß sie recht hat. Links und rechts des Damms sind Sturmschleusen angebracht, für die nur Randy, der Bürgermeister und ich einen Schlüssel haben. Wenn Angler sich in ihren Booten der Schleuse nähern, stehe ich in der Küche und läute die Alarmglocke, bis sie wieder verschwinden. Dann schreien sie mich an, obwohl sie sich doch hoch oben auf einer Wasserklippe befinden. Darüber sind sie sich offensichtlich nicht im klaren.

Die alten Leute erzählen sich, daß Tante Plutina Williams

alle Türen und Fenster verriegelte, als sie das letzte Mal aus dem Haus ging, bevor das Tal unter Wasser gesetzt wurde. Die Lake-Glen-Planungsgesellschaft beabsichtigte – vor dem Schwarzen Freitag –, vier weitere Hotels mit zweihundert Zimmern sowie fünf Golfplätze mit achtzehn Löchern zu bauen. Ein paar Straßen in Lake Glen tragen noch immer die alten Namen der Planungsgesellschaft: Air Strip Road, Yacht Club Drive, H. L. Mencken Circle.

Bevor Elisabeth fortzog, unterrichtete sie alle zwei Wochen in der Sonntagsschule, und wenn sie nach Hause kam, erzählte sie mir jedesmal Wort für Wort, was die Kinder gesagt hatten. Einmal brachte sie zu Ostern ihre Klasse zum Eiersuchen mit, und als sie das Tor an der Veranda öffnete, purzelten die Kinder in ihren neuen Sachen den grasbewachsenen Hügel hinab auf den See zu. Einmal ist mir Elisabeth ins Turbinenhaus nachgeklettert und hat mit beim Dröhnen der Generatoren ins Ohr gebrüllt: *Warum redest du nicht mit mir? Was verheimlichst du mir?* Der neue Polizeichef hat mich um einen Schlüssel für die Sturmschleusen gebeten, aber der Bürgermeister wollte nicht, daß er einen bekommt.

Etwa alle fünf Jahre wechselt das Lake-Glen-Hotel den Besitzer und wird renoviert. Zur Neueröffnung wird es mit Spruchbändern geschmückt, und von überallher kommen Leute, denn es gibt Cola umsonst. Alte Männer setzen sich in den schattigen Bogengang des Rathauses und verfolgen das Schauspiel. Ein Yankee aus Florida hält eine Rede über den ungeheuren Aufschwung, den Lake Glen erleben wird. Der Bürgermeister durchschneidet das Band, und alle klatschen. Die alten Straßen sind fast ausnahmslos Sackgassen.

In Lake Glen gibt es weder einen Flugplatz noch einen Yachtclub: Das Hotel bleibt nie länger als eine Saison geöffnet. Den größten Teil des Jahres stehen die Firmenschilder sämtlicher Grundstücksmakler der Stadt vor dem Hotel aufgereiht wie hölzerne Fahnen.

An jenem Osterfest watete Elisabeth in einem neuen gelben Kleid in den See; das Wasser reichte ihr bis zu den Knien. Mit der einen Hand hob sie ihr Kleid von der Taille aus ein wenig an. In der anderen hielt sie einen Glaskrug und schaute ins Wasser. Am Ufer kreischten die Kinder. Vielleicht habe ich in diesem Moment, als ich Elisabeth betrachtete, einen Augenblick lang an den auferstandenen Christus geglaubt. Und jetzt bekommt Elisabeth von dem neuen Polizeichef ein Kind. Randy verliert nie ein Wort über mein Unglück, es sei denn, ich fange selbst davon an. Er soll einmal mein Nachfolger werden. Nachts kann man vom Steg aus in der Ferne die Lichter der Stadt sehen. Es gibt keinen Grund, hierherzukommen und in einem Hotel mit zweihundert Zimmern zu wohnen. Es gibt keinen Grund, überhaupt hierherzukommen.

Randy angelt Süßwasserbarsche mit einer Rute, die leicht und biegsam ist wie eine Gerte. In manchen Nächten zieht er fünfundsiebzig, hundert Fische aus dem dunklen Wasser, und sie glitzern wie Fünfcentstücke. Er kommt gleich nach Feierabend zum Damm heraus und angelt in seiner weißen Pflegertracht. Er riecht nach Desinfektionsmittel und bleibt nie die ganze Nacht. Ich habe folgendes gemacht: Ich habe den Sicherheitsgurt vom Beifahrersitz meines Trucks abmontiert und ihn hinter dem Steg mit langen Spreizdübeln an den Damm geschraubt. Ich schnalle mich beim Angeln lieber an. Ich will schließlich nicht ins Wasser gezogen werden.

Obwohl Randy erst zwanzig Jahre alt ist, hat er bereits zwei Kinder. Er ist nicht verheiratet. Seine Freundin ist groß und dünn und sieht irgendwie bösartig aus. Randy sagt immer, sie fickt wie eine Katze. Die alten Leute erzählen, sie hätten Tante Plutina Williams an dem Tag, als das Tal geflutet wurde, auf die Ladefläche von Old Man Bill Burdetts nagelneuem Truck verfrachtet. Als irgend jemand Tante Plutina fragte, warum sie Fenster und Türen verriegelt hätte, antwortete sie: *Wer weiß, vielleicht will ich ja irgendwann wiederkommen.* Junie Wilson hat sie gesehen. Ich habe Angst, daß auch ich sie eines Tages sehen werde. Den Wasserspiegel konstant halten. Als ich zum letzten Mal mit Elisabeth geschlafen habe, schlugen zwei Herzen in ihr.

Randy wird es in dieser Stadt weit bringen. Er eckt nirgendwo an, und das ist ein bemerkenswertes Talent. Manchmal stelle ich mir vor, wie Elisabeth für den neuen Polizeichef die Beine breit macht. Randy sagt, denk einfach nicht dran. Er ist ein ehemaliger Redneck, der gelernt hat, wie nützlich es sein kann, sich die Haare zu schneiden und Leute aus Florida nett und freundlich zu behandeln. Womöglich bringt er es eines Tages sogar zum Bürgermeister. Zu der Grill- und Schwimmparty für die städtischen Angestellten, die der Bürgermeister in seinem Glasanbau alljährlich veranstaltet, hat Randy seine Freundin mitgebracht. Ihre Brustwarzen waren steif wie Knöpfe. Mein Sicherheitsgurt ist eine feine Sache: Manchmal döse ich spätabends vor mich hin, beuge mich ein wenig vornüber und träume von einem riesigen Wesen mit gelben, weit aufgerissenen Augen, das unter mir im Wasser schwebt. Auf der Party sah ich, wie Randy seiner Freundin etwas ins Ohr flüsterte. Sie schaute auf ihre Bluse und sagte laut: *Herrgott noch mal, Randy, was soll ich denn dagegen machen?*

In den dreißiger Jahren war das Lake-Glen-Hotel während der Sommermonate ein Zufluchtsort für Leute, die sich einen Urlaub in den Berkshires oder Catskills nicht leisten konnten. Nicht weit vom Hotel, wo heute das Gemeindezentrum ist, stand ein Tanzpavillon auf Holzpfählen, der ein Stück in die Bucht hineinragte. Elisabeth watete mit ihrem neuen gelben Kleid und einem Krug in der Hand im See. Die Kinder aus der Sonntagsschule kauerten am Ufer und halfen ihr, Kaulquappen zu suchen. Beim Bürgermeister hat man im Frühjahr Hodenkrebs festgestellt, und jetzt hofft er, daß er noch rechtzeitig operiert worden ist. Er besitzt anderthalb Meilen unbebautes Ufergelände. Die Grundstücksmakler lecken sich schon die Lippen.

Von meinem Damm aus habe ich Welse gefangen, die höchstens sechzehn, zwanzig oder achtundzwanzig Pfund wogen: viel zu klein. Randy meinte, der Achtundzwanzigpfünder sei groß genug gewesen. Er findet, ich soll aufhören. Wahrscheinlich mache ich ihm angst. In der Zeitung von Hendersonville war ein Bild von mir, wie ich den Fisch hochhalte. Mein Bart ist lang und macht was her; der Wels sieht weise aus. Ich habe Elisabeth ein Exemplar nach Monte Sano geschickt. Wenn Randy nach Hause gegangen ist, kommt der neue Polizeichef zur Sturmschleuse hinaus und richtet seine Suchscheinwerfer auf mich. Ich schnalle nicht einmal mehr meinen Sicherheitsgurt ab. Der Bürgermeister will nicht wieder kandidieren. Ich warte, bis sein Nachfolger sein Amt antritt. Von den alten Männern im Eisenwarenladen habe ich erfahren, daß der neue Polizeichef mit Elisabeth und ihrem Kind ins Haus des Dammwärters ziehen will; Randys Freundin ist wieder schwanger, und für drei Kinder ist das Haus nicht groß genug. Die Polizei der Gemeinde Lake Glen fährt Geländewagen mit dem Blaulicht auf dem Armaturenbrett. Man kann die Polizisten hier kaum von den Grundstücksmaklern unterscheiden.

Das Orchester des Tanzpavillons bestand aus Studenten aus Chapel Hill und schwarzen Musikern, die ihre Sommerengagements in den Hotels im Norden verloren hatten. Auf dem überdachten Podium spielten die Studenten und die Schwarzen jeden Abend in Hemdsärmeln für Trinkgeld alte Schlager aus den 20er Jahren, und auf der offenen hölzernen Tanzfläche über dem Wasser drehten sich die Flüchtlinge im Schein der Laternen und lodernden Moskitofackeln. Schwarzbrenner in Latzhosen und breitkrempigen Hüten kamen mit ihren Model Ts aus den Lorbeerwäldern ins Tal und verkauften auf dem Parkplatz ihren Schnaps.

Der neue Polizeichef kommt aus dem Bundesstaat New York, und die Yankees aus Florida bewundern ihn wegen seiner Höflichkeit und seiner Bügelfalten. Ich würde ihn gern hassen, aber das wäre fast so, als würde ich mich selbst hassen für das, was ich getan oder unterlassen habe. Die Yankees aus Florida haben zuviel Geld und nichts zu tun. Sie meckern über die Kommunalpolitik und treten bei der Wahl zum Stadtrat gegeneinander an. Sie fahren ins Einkaufszentrum nach Hendersonville und drehen dort im Jogginganzug ihre Runden. Randy verrät niemandem, wen er gern im Stadtrat sähe, nicht einmal mir. Er wird es noch zum Bürgermeister bringen. Dann ist seine Freundin die First Lady von Lake Glen.

Der Bürgermeister kam 1931 von Chapel Hill während der Sommerferien hierher und blieb. Er spielte zweite Trompete im Orchester von Lake Glen. Mit seinem Treuhandvermögen kaufte er rings um den See Land zu 18 Prozent seines Marktwertes. Er ist der einzige Reiche, dessen Gesellschaft ich ertragen kann. Gegen drei oder vier Uhr morgens, erzählt der Bürgermeister, wenn die Band bereits die Instrumente eingepackt hatte und zurück zum Hotel marschiert war, standen die letzten Tänzer am Geländer des Pavillons und schauten auf den See hinaus. Vom Wasser stieg Nebel auf. Frösche quakten schrill im Röhricht, und hier und da war die Luft eiskalt. Ich kann das Funkgerät des neuen Polizeichefs hören, wenn er vor dem Tor zum Damm in seinem Jeep sitzt. Der Bürgermeister hat erzählt, daß die letzten Tänzer ihre Kleider auszogen und weiß und nackt in den nebelbedeckten See sprangen. Ihr Gelächter konnte er noch von der Straße aus hören, wenn er nach Hause ging, oder von seinem Boot aus, wenn es kurz vor Tagesanbruch auf dem schwarzen See zwischen den Bergen dahintrieb.

Wenn ich nachts auf dem Steg sitze, höre ich manchmal Gelächter oder leise Musik, die über das Wasser weht; dann muß ich an Geister denken, an jene erschöpften Tänzer, die auf den See hinausschauen. In manchen Nächten denke ich, daß ich sie auf den Nebelschwaden tanzen sehen könnte, wenn ich zum Gemeindezentrum fahren und die Scheinwerfer ausschalten würde. Junie Wilson hat mich gelehrt, an Geister zu glauben. Die Musik, die ich höre, kommt aus der Ferne: Die Melodie kann ich nie erkennen. Ab und zu muß ich daran denken, wie Elisabeth immer die Fersen gegen das Bett gedrückt und sich aufgerichtet hat – dabei preßte sie ihre Brüste mit beiden Händen zusammen. *Geister sind die ganze Zeit bei uns,* behauptet Junie Wilson. Wenn ich am Ende der Saison den Wasserspiegel senke, ragen die alten, abgesägten Pfähle des Tanzpavillons aus dem Schlamm wie die Rippen eines versunkenen Schiffes.

Die alten Leute erzählen, daß an dem Abend, bevor das Tal geflutet wurde, in Uree am Flußufer ein Square Dance stattfand. Es heißt, Jim Skipper habe sich mit Schwarzgebranntem betrunken, auf den Küchenfußboden geschissen und sein Haus angezündet. Eine Woche zuvor hatte die Lake-Glen-Planungsgesellschaft die Toten auf dem Friedhof der Baptistenkirche in Uree ausgegraben und sie neben der neuen Kirche auf dem Hügelkamm mit Blick auf die Buffalo Shoal wieder beerdigt. Für die beiden Soldaten der Konföderierten, die in Segeltuch begraben worden waren, wurden sogar Särge besorgt. Die Arbeiter stahlen ihre Messingknöpfe. Und noch etwas: Sieben Jahre lang versuchten Elisabeth und ich, ein Kind zu bekommen, ehe wir zu einer Kinderwunschberatung in Asheville gingen.

Die alten Leute erzählen, an jenem letzten Abend, bevor die Stadt versank, habe die ganze Stadt johlend und brüllend vor Jim Skippers brennendem Haus herumgetanzt, und Jungen und Mädchen, die scharf aufeinander waren, hätten sich davongeschlichen und in den verlassenen Häusern eine schnelle Nummer geschoben. Rund um Uree waren alle Bäume gefällt worden. Sie blieben einfach liegen. Die Toten wanden und krümmten sich in ihren neuen Löchern, weit weg vom Rauschen des Flusses.

Im Zweiten Weltkrieg übernahm die Regierung das Lake-Glen-Hotel und machte es zu einem Ferienheim für Offiziere der Luftwaffe, die Urlaub von der Front in Europa hatten. Der Bürgermeister hat erzählt, daß die Piloten – nur die, deren Frauen sie nicht im Hotel besuchten – den ganzen Tag in Reih und Glied am Strand lagen und Schwarzgebrannten ausschwitzten. Abends gingen sie entweder in den Tanzpavillon – wo sie versuchten, Urlauberinnen aufzureißen oder Mädchen, die in selbstgenähten Kleidern aus den Lorbeerwäldern herunterkamen – oder in das Puff über dem Glen-Haven-Restaurant, eine Meile vor der Stadt, wo Swing aus der Musikbox dröhnte und wo es alte Huren aus Charleston gab, darunter exotische Frauen, Gullah sprechende Frauen. Der Bürgermeister sagt, im Glen Haven sei es im Krieg wie in Havanna vor der Revolution gewesen. Die Spezialitäten des Hauses waren gebratener Wels und mit Bier zubereitete Maiskrapfen. Der Jupiter-Prophet und seine junge Frau wohnen mit ihren fünf Söhnen im Glen Haven, weil die Miete so niedrig ist. An dem schmalen Flur im ersten Sock liegen zehn Zimmer, fünf auf jeder Seite. Eines der Zimmer stinkt immer noch nach Wels, sagt der Bürgermeister, obwohl sie es gründlich geschrubbt haben. Zeke, einer der Söhne des Propheten, erzählte Elisabeth an einem Sonntagmorgen im Frühling, er habe geträumt, Jesus sei bei ihnen gewesen, habe einen großen Eimer Wasser aus einem Brunnen gezogen, und alle hätten daraus getrunken.

Dr. Suzanne Childress von der Kinderwunschberatung sagte, meine Spermien wären zu langsam. *Ich wußte, daß es nicht an mir lag,* sagte Elisabeth. *Ich wußte, daß es nicht an mir lag.*

Dr. Suzanne Childress sagte: *Die Anzahl Ihrer Spermien ist völlig normal. Sie schwimmen bloß nicht schnell genug, um Elisabeths Eizellen zu erreichen und zu befruchten.*

Es heißt, Jim Skipper habe drei Wochen lang draußen unter seinem Pferdewagen am Ufer des steigenden Sees kampiert. Er lieh sich ein Boot von der Lake-Glen-Planungsgesellschaft und paddelte zwischen den versinkenden Häusern umher. Er blickte in die Fenster, bis sie im Wasser verschwanden, und schlug mit seinem Paddel auf die Blechdächer ein. Er sammelte den ganzen Müll, der an die Oberfläche trieb – Flaschen, Verandabretter und Einmachgläser –, packte ihn in seinen Wagen und stocherte nachts an einem Lagerfeuer darin herum. Er meinte, woanders könne er nicht leben. Es heißt, daß Jim Skipper in seinem geliehenen Boot stand und in Old Man Bill Burdettes Schornstein pinkelte, bevor er sich erschoß.

Elisabeth sagte: *Du hast gedacht, es läge an mir, stimmt's?*

Dr. Suzanne Childress sagte: *Vielleicht können wir ja durch eine Ergänzung Ihres Speisezettels Abhilfe schaffen. Vitamine. Treiben Sie Sport?*

Elisabeth sagte: *Ich habe gerade meinen Eisprung. Ich spüre das.*

Dr. Suzanne Childress sagte: *Ich weiß.*

1944 wurde der Tanzpavillon endgültig geschlossen, weil ein Schwarzbrenner namens Rudy Thomas bei einem Streit wegen einer Hure aus Glen Haven einen B-27-Piloten aus New York mit elf Messerstichen verletzte und in den See warf. Rudy Thomas starb 1951 im Bezirksgefängnis von Raleigh. Die Leute sagen, Jim Skipper sei zwar ein prima Kerl gewesen, aber völlig übergeschnappt.

Während seines zweiten Sommers in der Stadt legte der Bürgermeister ein Zimmermädchen namens Lavonia mehrmals in der Woche über die Windschutzscheibe seines Chris-Crafts, Baujahr 1928, und vögelte sie, bis ihm die Knie so weich wurden, daß er fast aus dem Boot gefallen wäre. Junie Wilson sagt immer, die Kästen an den Telefonmasten – wenn die Geister sie angeschaltet haben – machten ihn so betrunken, daß er Angst hat, in den See zu fallen. Der Kleiderbügel um seinen Hals beschützt Junie vor bösen Geistern.

Die süße Lavonia, sagt der Bürgermeister, *hatte einen Körper, wie ein junger Mann ihn auf sein Flugzeug pinseln würde, ehe er in die Schlacht fliegt.*

Wenn er mit seinem Boot über den dunklen See raste, zog der junge Bürgermeister sich immer schon aus. Lavonia erwartete ihn zwischen zwei Findlingen am Ufer in der Nähe der Uree Shoals. Der Bürgermeister stellte den Motor ab und glitt in die kleine Bucht. Lavonia trat zwischen den Felsen hervor, hob ihren Rock bis zur Hüfte und watete zum Boot hinaus. Der Bürgermeister leuchtete weiß in der Dunkelheit und spielte Gospelsongs auf seiner Trompete, während sie durch das Wasser ging. Weit und breit waren weder ein Haus noch ein Licht zu sehen. Wenn er ihre Brüste drückte, sagte Lavonia jedesmal zu ihm: *Du steckst mir den Teufel in den Leib.* Das Boot drehte sich im Wasser, und alles, was der Bürgermeister sah, gehörte ihm.

Wenn Randy in seiner Pflegertracht Barsche angelt, sagt er immer, mit mir wäre alles in Ordnung, und wenn man eine Frau schwängern wollte, brauchte man sie nur auf eine ganz bestimmte Art zu ficken, weiter nichts. Man muß den Samen dahin befördern, wo er aufgehen kann.

Junie Wilson weckte mich eines Morgens mit dem Schrei: *Mach die Schleuse auf, mach die Schleuse auf.* Einer der Polizisten in der Stadt hatte ihm erzählt, daß Geister nie über einen Damm gehen würden und daß man seine Geister endgültig los ist, wenn man über einen Damm geht, während er Strom erzeugt. Junie sieht drei Geister in seinen Träumen: einen Mann, der in einem Boot steht, eine Frau, die in einem Haus unter Wasser aus dem Fenster schaut, und seine Mama, die in den See hinaus watet. Und weil er nicht schwimmen kann, quält Junie dieser Traum am meisten. Er steht am Ufer und schreit, sie solle zurückkommen. Wir gingen über den Damm, auf Junies Seite nichts als Wasser, auf meiner Seite nichts als Luft.

Junie sagte: *Wenn sie noch einen Funken Verstand hat, dann kommt sie jetzt aus dem Wasser.* Meine Frau hatte recht: Ich habe nie geglaubt, es läge an mir. Wenn wir uns geliebt hatten, hielt Elisabeth ihre Schenkel fest zusammengepreßt, auch wenn sie längst eingeschlafen war. *Die Geister halten mich die ganze Zeit auf den Beinen,* sagte Junie. *Ich muß die Geister loswerden, sonst kann ich nicht mehr schlafen. Die Geister bringen mich noch um.* Draußen in der Bucht beobachtete uns der neue Polizeichef von seinem Boot aus. Einmal heulte die Sirene auf.

Irgendwas stimmt nicht mit mir, flüsterte Elisabeth. *Ich kann keine Kinder bekommen.*

Ich sagte: *Ich liebe dich trotzdem Schhhh.*

Ehe wir Dr. Suzanne Childress aufsuchten, setzte ich mich gern rittlings auf Elisabeth, steif und glitschig, zwischen ihren Brüsten. Lavonia versuchte, ihr ungeborenes Baby loszuwerden, indem sie zwei Liter Schwarzgebrannten trank, den sie auf dem Parkplatz neben dem Pavillon von einem Schwarzbrenner namens Big Julie Cooper gekauft hatte. Junie fing erst mit vier Jahren an zu sprechen. Seit er zwölf ist, plagen ihn die Geister. Als Lavonia zum ersten Mal mitkriegte, wie Junie an sich herumspielte, schlug sie ihn mit einem Gürtel und sagte, wenn er das noch mal machte, würde ein Weißer mit einem großen Messer kommen und ihm sein Ding abschneiden. Wenn ich fertig war, wischte sich Elisabeth Brust und Hals mit einem Handtuch trocken.

Insekten fliegen wie Engel in das grelle Licht der Gaslaterne, geraten ins Trudeln und fallen dann ins Wasser. Randy stößt seinen Zeigefinger in die Luft: *Mann, du mußt ganz tief rein in die Möse, dann klappt's. Das brennt wie Feuer.* Bis sie vor drei Jahren starb, hat Lavonia vom Bürgermeister jeden Monat ein bißchen Geld bekommen. Junie gibt er kein Geld, weil der Dollarscheine von der Tyron-Bay-Brücke wirft. Das macht er, damit die Geister ihre Maschinen nicht anstellen, wenn er an einem Telefonmast vorbeikommt. Der Bürgermeister sagt immer: *Herrgott noch mal, ich könnte dem Jungen glatt eine Million Dollar geben, und er würde sie nach und nach von dieser verdammten Brücke schmeißen.*

Randy sagt immer: *Mann, die Frauen flippen aus, wenn du an die empfindliche Stelle kommst. Die kratzen dir den Rücken kaputt. Das ist alles nur eine Frage des Timings. Du mußt abspritzen, sobald du drankommst.* Er schlägt die rechte Faust in die linke Hand. *Peng. Du mußt sie so ficken, wie sie nicht gefickt werden wollen.*

Junie Wilson und ich liefen so lange auf dem Damm hin und her, bis die Warnanlage losging und ich die Schleuse schließen und die Generatoren abstellen mußte. Ich sagte

Junie nichts von den Maschinen im Turbinenhaus. Der neue Polizeichef beobachtete uns immer noch von der Bucht aus. Einmal rief Elisabeth aus Monte Sano an und sagte: *Du wirst es mir bestimmt nicht glauben, aber ich wollte nur, daß du mich beachtest.* In der sterilen Herrentoilette einer Arztpraxis stützte ich mich mit den Händen an der Wand ab, und Elisabeth wichste mich, bis ich in eine Glasflasche spritzte. Um sein Gewicht zu halten, ißt der Bürgermeister Bananen. Junie Wilson sagte, es ginge ihm überhaupt nicht besser, und ich sagte, mit einem Spaziergang über den Damm ist es eben nicht getan.

Im August ist die Luft über dem See so dick, daß man sie sehen kann, und der Dunstschleier läßt kurze Entfernungen endlos erscheinen. Die Berge sind schon vormittags nicht mehr zu sehen, und selbst die Wasserskiläufer in ihren schnellen Booten bekommen es mit der Angst. Das Wasser ist glatt und grau, und am gegenüberliegenden Ufer schimmert Lake Glen wie die Stadt, die es immer schon werden wollte. Am Strand sitzen Polizisten mit aufgedrehter Klimaanlage in ihren Geländewagen. Die Studentinnen sind so braun wie sonst nur gute Baseballhandschuhe. Randys Freundin wird immer dicker, und er geht kaum noch angeln; die Barsche beißen nicht mehr an. Bei dieser Hitze kann ich kaum schlafen, selbst tagsüber nicht, ich esse Vanilleeis mit einem großen Löffel direkt aus der Packung. Der Jupiter-Prophet blinzelt mir zu und meint, bei Hitze röche seine Frau wie fruchtbare Erde, Gott habe ihn auf vielerlei Weise gesegnet. Der Prophet und seine Frau haben mindestens einmal in jedem Zimmer des Glen Haven miteinander geschlafen. Im Hochsommer lassen die Geister ununterbrochen ihre Maschinen laufen, und Junie Wilson torkelt wie ein Betrunkener durch die Stadt. Eins kann ich Ihnen sagen, und das dürfen Sie mir glauben: In North Carolina kostet einen der August selbst in den Bergen mehr als nur einen Monat seines Lebens.

Im September ist es zwar nicht kühler, der Himmel hellt sich jedoch langsam auf, wie eine Verheißung. Aus Weiß wird langsam wieder Blau, die ganze Stadt packt die Koffer und macht sich reisefertig. Als erstes fahren die Studentinnen, deren Bräune bereits verblaßt, und Wohnmobile mit Fahrrädern auf dem Heck rollen ächzend von den Campingplätzen im Tal zu dem flirrenden Highway hinauf. Verschwitzte Jungen und Mädchen schleichen sich in die Lorbeerwälder und machen einander zum Abschied zum letzten Mal die tollsten Versprechungen. Rings um den See verrammeln die Urlauber ihre Ferienhäuser, und eine Familie nach der anderen fährt wieder dorthin zurück, woher sie im Juni gekommen ist. Die Yankees aus Florida sind sich glücklicherweise einig geworden, wer der neue Bürgermeister werden soll – er kommt aus Fort Lauderdale und tritt ohne Gegenkandidat zur Wahl an –, aber die Kandidaten für den Stadtrat fahren nachts durch die Straßen und hängen sich gegenseitig die Wahlplakate ab. Mein Bart reicht mir mittlerweile bis auf die Brust. Wenn Junie Wilson durch die Stadt geht, hält er die Hände wie Scheuklappen vor die Augen, damit er die leuchtenden Gesichter nicht sehen muß, die an die Telefonmasten geheftet sind. Nachts summen die Frösche einen langgezogenen tiefen Ton, und eines Nachmittags schlief ich vor einem Ventilator ein und träumte, es sei Frühling: Elisabeth watete im See, ich saß auf der Veranda und hielt ein Baby im Arm, dessen Haar wie die Sonne duftete. Wenn ich jetzt aufwache, macht mich der Anblick meines Badezimmers traurig, weil der Spiegel so groß ist. Ich rief auf Kosten der Stadtverwaltung ein Sextelefon an. Eine Frau namens Betty sagte, sie hätte es am liebsten, wenn ich ihr in den Mund spritzte. In den verschlossenen Sommerhäusern piepsen Alarmanlagen auf Frequenzen, die nur Fledermäuse hören können, und die ganze Nacht brennt Licht, das von einer automatischen Zeitschaltuhr an- und ausgeschaltet wird, die Zimmer jedoch sind still und leer.

Im Herbst, wenn die Urlauber fort sind, fliegen die Wildenten in großen, glitzernden V-Formationen davon. Der Ahorn an den Flanken der Berge und am Seeufer fängt Feuer, und Wochenendausflügler aus Charlotte und Greenville kommen heraus, zeigen auf die bunten Blätter und kaufen Kürbisse. Die Enten gleiten dicht über dem Wasser an meinem Haus vorbei, ihr Flügelschlag wie rauschendes Blut, und segeln dann im Steigflug über den Damm. Die Leute aus Florida verbrennen Laub in ihren Gärten und atmen den Rauch ein wie Menthol. Randy sagte: *Du bist mir hoffentlich nicht böse, Alter,* und kam nicht mehr zum Angeln. Eines Morgens in aller Frühe straffte sich meine Leine und schoß fast zwanzig Meter durch das Wasser. Als ich den Angelhaken ins Fleisch trieb, spannte sich die starke Rute unter einem gewaltigen Gewicht. Und dann war sie weg. Das war's. Am nächsten Abend saß der neue Polizeichef in seinem Jeep vor dem Tor, und aus seinem Autoradio dröhnte laute Unterhaltungsmusik. Tante Plutina Williams sitzt in ihrem Haus in Uree und schaut aus dem Fenster. Die Sonne wird nie heller als eine Laterne in der Ferne. Jim Skipper geht in den Häusern ein und aus. Ein riesiger Fisch fliegt wie ein Zeppelin durch die Luft. Der neue Polizeichef sagte über Lautsprecher: *Passen Sie auf, Meister, ich will doch bloß,* dann verstummte er, wendete und fuhr davon.

Im November 1928 wäre der Staudamm von Lake Glen fast gebrochen. Eine schlammbraune Springflut wälzte sich nach einer Woche Regen aus den Bergen herunter, und der noch unerfahrene Dammwärter öffnete die Schleusentore zu spät. Da Wasser stieg und füllte das Bett des Sees wie eine Schale, ehe es den Damm überspülte. Old Man Bill Burdette, der fünf Meilen entfernt wohnte, fuhr mit seinem neuen Truck den Berg hinunter, um die Leute stromabwärts zu warnen: Der See hatte sich wieder in einen Fluß verwandelt und grub sich eine Rinne durch das Erdreich links und rechts des Damms.

Es heißt, die Bautrupps der Lake-Glen-Planungsgesellschaft hätten sechs schwere Lastwagen mit rotem Dachschiefer vom Hotel zur Schlucht transportiert und ihn dort in die Tiefe geworfen. Als die Männer aus der Umgebung davon erfuhren, kamen sie aus den Lorbeerwäldern ins Tal, füllten bei strömendem Regen Sandsäcke und schleuderten sie in das Loch. Das schlammige Wasser lief jedoch immer noch an einer Seite des Damms herunter, über die Sandsäcke und den Schiefer hinweg. Ohne neue Anweisungen abzuwarten, ließen die Arbeiter die sechs leeren Lastwagen in die Schlucht hinunterrollen. Es heißt, sie hätten sämtliche Möbel und die beiden Öfen aus dem Haus des Dammwärters geschleppt und sie hinuntergeworfen. Außer drei Model-T-Fords der Gesellschaft schoben sie auch den Pierce Arrow, der dem Direktor persönlich gehörte, in die Rinne, die sich der Fluß neben dem Damm gegraben hatte. Das Wasser aber schlängelte sich weiter durch den Trümmerhaufen und bahnte sich einen Weg bergabwärts zum Flußbett.

In diesem Oktober haben die Arbeiter der Stadtverwaltung von Lake Glen zwischen den Telefonmasten Drähte gespannt und daran rote und gelbe blattförmige Fahnen befestigt. Auf dem Parkplatz vor dem Lake-Glen-Hotel stellten sie Buden für Apfelwein, Verkaufsstände für Kunsthandwerk und eine kleine Sperrholzbühne auf. Die Handelskammer ließ am dritten Samstag des Monats einen kleinen Jahrmarkt aufbauen, nannte das Ganze Farbenfest und machte im Lokalfernsehen von Asheville Werbung dafür. Hunderte von Touristen kamen, in bunten Pullovern trotz der Wärme. Ich merkte, daß manche Städter mich anstarrten, wenn sie sich unbeobachtet glaubten, und ihre Blicke sagten: *Was der wohl vorhat?* Mein Bart ist ein Sturzbach aus Haaren. Eine Holzschuh-Tanzgruppe der High-School in Hendersonville stampfte auf der hölzernen Bühne herum. Alte Männer saßen in den Bogengängen des Rathauses und sahen zu. Kleine Jungen standen am Bühnenrand und schauten den Tänzerinnen unter die wirbelnden weißen Petticoats. Scheißer wurde an der Leine durch die Menge geführt. Der Jupiter-Prophet und seine Frau verkauften an einem Stand Stierpeitschen und winzige Stühle mit Sprossenlehne und verteilten geistliche Traktate über die kommende große Glückseligkeit. Ein alter Cherokee-Indianer, der einen Kriegskopfschmuck der Sioux trug, posierte für zwei Dollar pro Foto mit Touristenkindern. Junie Wilson schrie um Hilfe, gleich werde der weiße Mann ihn holen kommen, und zeigte drei Urenkelinnen von Old Man Bill Burdette, die auf dem Rücksitz des Reo saßen, seine Erektion.

1928 sahen die Dammarbeiter sich im Regen an. Wenn der Damm einstürzte, war alles verloren. Der Direktor der Lake-Glen-Planungsgesellschaft holte einen Colt und eine Schachtel mit Patronen hervor. Da es niemand sonst tun wollte, nahm Big Julie Cooper den Revolver des Direktors und schoß nacheinander vierundzwanzig Maultieren der Planungsgesellschaft eine Kugel zwischen die Augen. Die Arbeiter warfen die toten und verendenden Maultiere auf die Autos, die Lastwagen, den roten Dachschiefer, die Möbel und die Öfen, bis schließlich der Regen nachließ und das Wasser auf die Seeseite des Damms zurückwich. Der Direktor warf seinen Hut in die Schlucht und fing vor Freude an zu tanzen. Als die Straßen wieder trocken waren, ließ die Planungsgesellschaft einen Löffelbagger kommen, um den Schutt und die Maultiere mit Erde und Gesteinsbrocken zu bedecken, die aus den Flanken des Berges herausgesprengt wurden – aber erst, als es aufklarte, wärmer wurde und die Maultiere anschwollen und in der Herbstsonne verwesten. Angeblich konnte man die Maultiere kilometerweit riechen – ein paar explodierten sogar regelrecht – so daß die Arbeiter, die am gegenüberliegenden Ufer das Hoteldach deckten, sich in Kampfer getränkte Tücher um die Gesichter wickelten. Es heißt, daß sich eine schwarze Trichterwolke aus Bussarden und Krähen über der Schlucht drehte, die man meilenweit sehen konnte. Nachts kletterten Bären von Rumbling Caesar herunter und fraßen die verwesenden Maultiere. Jetzt ist alles von einer dicken Schicht Kuzu überwachsen, und jeden Winter, wenn die Weinstöcke eingegangen sind, überlege ich, ob ich nicht einmal in dem Grat in der Schlucht neben dem Damm graben soll, um zu sehen, was ich dort noch finde. Big Julie Cooper sagt immer: *Mein lieber Mann, eins kann ich dir sagen, der verfluchte Damm wäre beinahe zusammengekracht.*

Als Old Man Bill Burdettes drei Urenkelinnen zu schreien anfingen, drehte der neue Polizeichef Junie Wilson den Arm auf den Rücken. Junie schrie: *O Gott, O Gott, um Himmels willen, bitte nicht abschneiden,* und versuchte zu entkommen. Alle Leute auf dem Farbenfest einschließlich des Indianerhäuptlings strömten zusammen und sahen schweigend zu, wie Junie und der neue Polizeichef sich immerfort im Kreis drehten. *Ich will dir doch nicht weh tun, Junie,* sagte der neue Polizeichef. Zwei Polizisten kamen dazu und hielten Junie fest, während ihm der neue Polizeichef schnell und geschickt Handschellen anlegte und seine Beine mit drei Stierpeitschen zusammenband, die der Bürgermeister vom Band des Jupiter-Propheten geholt hatte. Der neue Polizeichef bedeckte Junies Erektion mit einer blätterförmigen roten Farbenfestfahne. Junies Kleiderbügel lag völlig verbogen und verkrümmt um seinen Kopf. Der neue Polizeichef riß ihn herunter und reichte ihn dem Bürgermeister. Junie schrie in einem fort nach seiner Mutter, bis er die Augen verdrehte und sein Körper zu zucken begann. Scheißer jaulte. Die Holzschuh-Tanzgruppe der High-School in Hendersonville wirbelte währenddessen mit wildem Blick auf der klapprigen Sperrholzbühne herum.

Am ersten Morgen nach Thanksgiving öffnete ich eines der Schleusentore zur Hälfte und senkte den See um zweieinhalb Meter. Randy wird ihn am ersten Montag im Februar wieder füllen. Dann muß er dafür sorgen, daß der Wasserspiegel konstant bleibt und kein Regen vom Himmel fällt, und er muß das Wetter der nächsten vier Tage oder zwei Wochen vorhersagen. Tag für Tag versuche ich, von der Flußseite des Damms aus einmal so zu pinkeln, daß mein Strahl bis zum Grund der Schlucht reicht, aber es ist einfach unmöglich. Das Wasser verteilt sich in der Luft. Wenn der Wasserspiegel abgesunken ist, sehen die freigelegten Holzpfeiler der Bootshäuser aus wie die dürren Beine alter Männer. Randys Freundin hat jetzt einen dicken Bauch, und ihre Brüste sind schwer geworden. Der neue Polizeichef fährt alle zwei Wochen für drei Tage zu meiner Frau nach Monte Sano. Das Hotel ist dunkel, fest verrammelt und steht zum Verkauf.

Wenn das Wasser tief steht und der Schlamm zwischen Ufer und Wasser austrocknet, rechen die Leute, die hier das ganze Jahr über leben, die Blätter und den Müll vom Grund des Sees vor ihren Häusern zusammen und erneuern die verfaulten Bretter an ihren Anlegeplätzen und die verfaulten Sprossen an ihren Leitern. Rings um den See jaulen Kreissägen. Über Uree sieht das Wasser irgendwie dunkler aus als anderswo im See, und ich hätte immer gern einmal den Wasserspiegel so tief gesenkt, daß man sehen kann, was da unten ist. Als in der letzten Nacht von Jim Skippers Haus nur noch ein Häuflein glimmender Asche übrig war, sangen die Bewohner von Uree: »Shall We Gather at the River Where Brigth Angel Feet Have Trod«, und dann standen sie herum, betrachteten ihre Häuser, Scheunen und Schuppen und wünschten, sie hätten mehr unternommen, bis schließlich am Ausgang der Schlucht die Sonne über dem Damm aufging.

Der Bürgermeister verläßt sein Haus inzwischen nur noch selten. Sein Nachfolger ist gewählt. Randy band sich eine Krawatte um und traf sich in Schlips und Kragen mit dem zukünftigen Bürgermeister, um zu besprechen, wie man die Energiegewinnung effektiver als bisher gestalten könnte. Obwohl der Bürgermeister seinen Thermostat immer auf dreißig Grad gestellt hat, friert er. Aus dem Kreiskrankenhaus in Morgantown verlautet das Gerücht, daß Junie Wilson keine Ahnung hat, wo er sich befindet und was geschehen ist und daß er jedesmal zu schreien anfängt, wenn er einen weißen Arzt sieht.

In der Woche vor Weihnachten gab es einen Kälteeinbruch, und der See fror langsam zu. Über den tieferen Stellen, wo ein Teil des Sees im Sonnenschein auftaute und nachts wieder zufror, lagen Schichten von dickerem Eis. Am Heiligen Abend fiel die Temperatur sehr schnell, und die Eisdecke schloß sich zur Gänze, so daß eine zahme Ente in der Tyron Bay festfror. Scheißer machte Jagd auf die Ente, aber das Eis war zu dünn. Er brach ein und kam nicht mehr aus dem Wasser.

Innerhalb von einer Viertelstunde hatten sich fast alle Einwohner von Lake Glen auf der Tyron-Bay-Brücke versammelt und brüllten: *Los, Scheißer, mach schon, Junge, du schaffst es. Niemand kam auf die Idee, sich ein Kanu zu besorgen oder den Hund auf andere Art und Weise zu retten. Ehe ihn jemand aufhalten konnte, rannte der Jupiter-Prophet über den gefrorenen See und rutschte mit dem Kopf voran wie ein Baseballspieler auf das Eis hinaus. Die Ente, die in der Mitte der Bucht festgefroren war, schlug mit den Flügeln. Ich stand neben dem neuen Polizeichef am Ufer und schrie dem Propheten zu: Nicht bewegen, nicht bewegen,* wir würden ihn schon irgendwie retten.

Der Jupiter-Prophet bewegte die Lippen und schob sich langsam übers Eis. Es ächzte unter seinem Gewicht. Risse im Eis schossen wie gefrorene Blitze unter seinem Körper hervor. Zentimeter um Zentimeter bewegte der Prophet sich vorwärts, und wir alle hielten den Atem an, bis er in das Loch griff und Scheißer am Halsband auf das Eis zog. Es hielt. Der Hund zitterte einen Augenblick, dann rutschte er bäuchlings über den zugefrorenen See auf das Ufer zu.

Wir wollten ihm gerade zujubeln, als ein Knacken wie von einem Gewehrschuß ertönte und der Prophet verschwand. Einmal tauchte er noch auf – er sah vor allem verwundert aus, sein Gesicht war totenblaß, sein Mund ein schwarzes O –, dann verschwand er wieder und tauchte nicht mehr auf. Auf der Brücke rannten die fünf Söhne des Propheten schreiend im Kreis und streckten die Arme zum Wasser hin. Randys Freundin nahm die Frau des Propheten fest in die Arme, die *o Gott, o Gott* schrie und von der Brücke springen wollte. Als wir endlich mit Booten auf dem See waren, das Eis mit Vorschlaghämmern zertrümmerten, Seile mit Enterhaken durch das dunkle Wasser zogen, den Propheten an den Haken bekamen und herausfischten, hätte selbst Gott nicht mehr helfen können. Die im See festgefrorene Ente hatte so lange mit den Flügeln auf das Eis eingeschlagen, bis sie tot war. Der neue Polizeichef setzte sich ans Ufer und weinte wie ein kleines Kind.

In dieser Nacht platzte Elisabeths Fruchtblase. Der neue Polizeichef rief den Bürgermeister an und machte sich auf den Weg nach Monte Sano, und der Bürgermeister rief mich an. Ich lief auf dem Damm hin und her und auf und ab, bis sämtliche Geister von Lake Glen mir in den Ohren klangen wie das Summen von Hochspannungsleitungen: Ich sah, wie der Jupiter-Prophet zusammen mit Old Man Bill Burdette in einem Reo, Baujahr 1916, durch die Straßen von Uree auf das Licht in Tante Plutina Williams' Fenster zufuhr; ich sah, wie sich mannsgroße Welse mit Barthaaren wie Stierpeitschen dem Propheten zu Füßen legten und in tausend Zungen sprachen; ich sah, wie sich Tänzer in der Luft aufeinander zu bewegten zu einer Musik, die ich noch nie gehört hatte; ich sah, wie Lavonia, nackt und wunderschön, Junie in der mondhellen Bucht badete und heilte; ich sah, wie Elisabeth im Frühling im seichten Wasser des Sees stand und ein Kind stillte, das wie die Sonne duftete; ich sah, wie der neue Polizeichef von einem Boot aus über seine Familie wachte; ich sah, wie der Bürgermeister auf den Knien lag und auf Gullah mit den Huren aus Charleston betete; ich sah, wie Jim Skipper, Rudy Thomas und Big Julie Cooper einen blutenden Piloten in einem offenen Wagen, der von vier Maultieren gezogen wurde, am Fluß entlang kutschierten; ich sah, wie der Jupiter-Prophet und seine fünf kleinen Söhne aus dem See schossen wie Feuerwerksraketen am Nationalfeiertag und mit einem unglaublichen Leuchten und feurigen Zungen verkündeten: *Stehet auf, ihr Kinder des Wassers, stehet auf und geneset im Reiche Gottes.*

Charlotte

Die Profi-Wrestler sind fort. Die Profi-Wrestler sind weggezogen. Frannie Belk hat die Southeastern Wrestling Alliance für eine erstaunlich hohe Summe an Ted Turner verkauft, und die Profi-Wrestler haben ihre großen Häuser am Lake Norman verkauft und sind mit ihren BMWs auf der Interstate 85 nach Atlanta gefahren und in noch größere Häuser gezogen.

Fort sind sie, Bill und Steve, die beiden Thundercats, und die Hidden Pagans mit ihren Geheimzeichen und leuchtendroten Masken. Fort ist Pablo der Peruaner, der zwar nicht besonders gut Englisch sprach, sich dafür aber mit seinen blitzschnellen bloßen Füßen fünf wütende Männer auf einmal vom Leibe halten konnte. Fort sind Genosse Yerkov, der Killerrusse, und sein kahlköpfiger Neffe Boris, der Scheich aus dem Osten mitsamt seinem Harem und Hank Wilson sen., der Country-Barde, mit seiner geliebten Gitarre Leigh Ann. Fort ist Naoki Fujita, der das geheimnisvolle grüne Feuer des Orients in die Augen seiner Gegner sprühte, wenn der Ringrichter ihm den Rücken zukehrte. Fort sind der Superstud, der Mega-Zerstörer, der Rächer, der Prediger, Ron Rowdy, Tom Tequila, der freundliche Riese, der kleinste Cowboy der Welt, Dschingis Ghandi und Bob der Seemann. Fort ist Big Bill Boscoe, der Ansager, der auf die

Frage: »Sag mal, Paolo, was war denn hier los?« eine Antwort erhielt, an die sich die Leute aus Charlotte heute noch erinnern: »Tja, Bill, Hidden Pagan mir auf Zeh getreten und mit Stuhl an Kopf geschlagen, und ich nicht mehr kann kämpfen.« Fort sind Rockin' Robbie Frazier, der Träumer, der Wikinger, Captain Boogie Woogie, Freddie der Friseur und Yee-Hah O'Reilly, der Irokesenhäuptling. Und fort ist Lord Poetry mit allem, wofür er eintrat, fort sind sein Erzrivale Bob Noxious und Darling Donnis – der Liebling der SWA, der begehrteste aller Preise –, die Frau, die sich während des Endkampfs um die große Liebe endgültig für einen der beiden entscheiden mußte.

Fort.

Dafür haben wir in Charlotte jetzt die NBA, die National Basketball Association, und seitdem sind wir wieder wer. Wir tragen Lila und Türkis und stehen auf dem Billy Graham Parkway im Stau, um anschließend im neuen Stadion die Hornets anzufeuern, die super sind, einfach super. Ich bin zwar kein ausgesprochener Fan, doch ich lasse mir kein Spiel entgehen. Wenn ein Spieler der Hornets in die Bar kommt – und das geschieht nicht allzuoft –, starren wir ihn an, als ob er ein exotisches Tier wäre, das an unserem Wasserloch trinken will. Weil sie so groß sind, bekommt man Genickstarre, wenn man sich länger mit ihnen unterhält. Sie sind eben ganz anders als wir, und sie lassen mich sehnsuchtsvoll an die alten Zeiten denken. Damals haben wir uns in Charlotte nicht so schrecklich ernst genommen. Unsere Helden hatten platinblondes Haar und einen Bizeps von fast siebzig Zentimetern Umfang, aber wir wußten, wer gut und wer böse war, wer zur anderen Seite überlief und wer wieder zurückkam. Wir wußten, daß der Ringrichter früher oder später im richtigen Moment wegsehen würde, so daß Bob Noxious mit einem Klappstuhl auf Lord Poetry einschlagen konnte. Wir wußten, daß Lord Poetry dann wie vom Donner gerührt von der Matte aufschaute, als habe er noch nie im Leben einen Klappstuhl gesehen. (Wir saßen vor dem Fernseher in der Bar und brüllten: »Dreh dich um, Ringrichter, dreh dich um!« »Paß auf, Lord Poetry, paß auf!«) Früher mußten wir uns in Charlotte nicht den Kopf darüber zerbrechen, ob die Hornets Rex Chapman verkaufen sollten (auf keinen Fall) oder ob J. R. Reid gut genug ist, um in der NBA im Mittelfeld zu spielen (das ist er, wenn auch nicht immer). Früher waren unsere Helden genauso oberflächlich wie wir selbst – doch das wußten wir –, und ihre Kämpfe waren nichts als übertriebene Varianten unserer Auseinandersetzungen. Jetzt haben wir die Hornets. Sie tragen von Alexander Julian entworfene Trikots, geben ihr Bestes und verlieren – das geht ans Eingemachte. Wenn wir das neue Stadion enttäuscht verlassen haben und wieder im Stau auf dem Parkway stecken, in Autos, die wir uns nicht leisten können, müssen wir der traurigen Wahrheit ins Auge blicken: Alle Leute in Charlotte kommen von auswärts. Alle Leute in Charlotte versuchen etwas darzustellen, was sie nicht sind. Wir geben mehr Geld aus, als wir verdienen, was die Sache auch nicht besser macht. Wir wissen, daß die Hornets nicht in die Playoff-Runde kommen und daß es irgendwie unsere Schuld ist. Unser Leben ist noch immer leer und langweilig, obwohl wir gehofft hatten, daß sich das ändern würde, wenn wir in die Stadt ziehen.

Meine Freundin heißt Starla. Sie ist wunderschön, und wie Wrestler ringen wir um das, was Liebe ist. Obwohl wir schon viereinhalb Jahre zusammen sind, sagt sie mir nur ungern, daß sie mich liebt. Sie sieht mich nie an, wenn ich ihr sage, daß ich sie liebe, und wenn ich wollte, könnte ich ihr den Satz wie eine Faust entgegenschleudern. Starla sagt, sie sei ziemlich scharf auf mich, und damit solle ich mich zufriedengeben; sie sagt, wir paßten gut zusammen, mehr könne sich wirklich niemand wünschen. Spätabends, wenn alles vorbei ist, wenn wir uns so lange umklammert haben, bis auch der letzte Tropfen Liebe aus unseren Körpern gesickert ist, sage ich: »Starla, ich weiß, daß du mich liebst. Sonst wäre es doch nicht so schön.« Sie setzt sich auf, senkt den Kopf, so daß ihr die roten Locken beinahe das Gesicht verdecken, und zupft sich die schwarzen Haare, die von meiner Brust stammen, von Busen und Bauch. Die Haut ihrer Brüste ist gerötet und hat ein Muster wie ein Satellitenfoto; sie sieht aus wie ein Ort, den ich kennen sollte. Sie sagt: »Ich bin eine erwachsene Frau, und mein Körper funktioniert bestens. Mit Liebe hat das nichts zu tun.« Wie so viele andere Leute in Charlotte hat auch Starla den Glauben an die Liebe verloren. Früher hat Lord Poetry gesagt, man solle die Hoffnung nicht aufgeben und immer für die Liebe kämpfen, aber jetzt ist er mit einem phantastischen Vertrag und gebrochenem Herzen nach Atlanta gezogen, und ich muß mein Bestes tun. Ich lasse nicht locker, obwohl Starla sich standhaft weigert, mich zu heiraten. Ich habe gehört, daß Darling Donnis inzwischen mit Bob Noxious in einer großen Eigentumswohnung in Buckhead wohnt. Starla möchte wissen, warum ich nicht zufrieden bin mit dem, was wir haben.

Wir passen gut zueinander, haben jeder eine Wohnung in Fourth Ward und ein deutsches Auto. Sie sagt, das reiche zum Leben und sei viel mehr, als irgend jemand aus unserem Heimatort je hatte. Wir können es uns leisten, jeden Tag essen zu gehen.

Starla bricht mir das Herz.

Nur wenn wir uns schon stundenlang gestritten haben, wenn sie zu müde zum Weiterkämpfen ist, sagt sie mir, daß sie mich liebt, und dann spuckt sie die Wörter aus wie Erbrochenes, nennt mich Mistkerl oder Arschloch oder Schlimmeres und fragt, ob ich endlich zufrieden sei. Ich bin nicht zufrieden, aber so läuft das nun mal zwischen uns. So bekämpfen wir uns. Am nächsten Morgen haben wir dunkle Ringe unter den Augen wie das Make-up, das nur die richtig bösen Wrestler tragen, und schleichen umeinander herum wie Tiere in einem zu engen Käfig. Was wir dann fühlen, hat mit Liebe nicht das geringste zu tun.

Ich arbeite als Geschäftsführer in einer Nostalgiekneipe namens P. J. O'Mulligan's Goodtimes Emporium am Independance Boulevard. Die Stammgäste nennen die Bar PJ's. Wenn man gerade erst aus McAdenville, Cherryville oder Lawndale nach Charlotte gezogen ist und außer dem Independance Boulevard noch keine andere Straße kennt, ist es ein beruhigendes Gefühl, wenn man jemanden anrufen und fragen kann: »He, treffen wir uns nach Feierabend im PJ's?« Das klingt aufregend, und irgendwie ist es traurig. Über den Tischen im PJ's hängen nachgemachte Tiffany-Lampen, auf deren Glasschirmen sich die Hornets in Türkis und Lila bekriegen. An den Wänden hängen Imitate alter Reklameschilder: für Coca-Cola, Miller High Life, für das Pierce-

Arrow-Automobil und Winchester-Repetiergewehre. Die Decke ist mit nachgemachten Bronzekacheln beklebt. (Gelegentlich löst sich der Klebstoff, und die Kacheln stürzen wie Fledermäuse auf die Tische herunter.) Die Farne sind aus Plastik, denn echte Pflanzen würden weder den Rauch noch die Getränke, die die Leute in die Blumentöpfe kippen, überleben. Bier und Cocktails sind teuer, aber die Sessel und Stühle sind mit feudalem Stoff bezogen, die schicken Kugellampen an der Decke tauchen die Bar in gedämpftes und angenehmes Licht, und in dem riesigen Fernseher in der Nähe der Bar läuft ununterbrochen ESPN. Es sei denn, die Hornets spielen gerade auf Kanal 18 oder es gibt Wrestling auf TBS. Früher traf man im PJ's jede Menge Profi-Wrestler. Manchmal kam Lord Poetry nach dem Training am frühen Nachmittag vorbei und gab ein neues Gedicht zum besten, das er in einem seiner dicken Bücher gefunden hatte. Als er das letzte Mal kam, einige Tage vor dem Endkampf, bat ich ihn, mir ein Gedicht zu rezitieren, das ich Starla vortragen könnte. Früher hätte sich in Charlotte niemand gewundert, wenn ein hünenhafter Mann mit langen roten Haaren in einer Bar ein Gedicht aufsagte, selbst am hellichten Nachmittag. Ich stellte das Fernsehgerät leiser, und die beiden Kellnerinnen und eine Handvoll hartgesottener Trinker, die sich aus ihren Büros geschlichen hatten, um sich einen hinter die Binde zu kippen, schoben sich erwartungsvoll ein bißchen näher heran. Lord Poetry verschränkte die Arme und legte den Kopf in den Nacken, als stünde das Gedicht, das er suchte, an der Decke oder jenseits davon an einem Ort, der sich unseren Blicken entzog. Seine Stimme ist höher und leiser, als man es bei einem Mann seiner Statur erwarten würde, und als er nickte und schließlich zu sprechen anfing, flüsterte er beinahe, und wir rückten alle noch ein wenig näher heran. Er sagte:

Stumm saßen wir im Angesicht der Liebe;
Die letzte Glut des Tageslichts verglomm,
Und über uns, im zarten Grün des Himmels, schwamm
Ein Mond, so bleich wie eine Muschel, ausgehöhlt
Vom Meer der Zeit, dessen Wogen an den Sternen
Sich brachen in Tagen und in Jahren.

Ich hatte ein Geständnis nur für deine Ohren:
Wie schön du warst, und wie ich danach strebte,
Dich so zu lieben, wie es wahrer Liebe ziemt;
Daß wir einst glücklich schienen, doch uns're Herzen jetzt
So müde waren wie der hohle Mond.

So still war es im P. J. O'Mulligan's noch nie gewesen. Ganz Charlotte schien andächtig lauschend um uns versammelt zu sein. Niemand rührte sich, bis Lord Poetry schließlich den Blick senkte, nach seinem Bier griff und sagte: »Das war von Yeats.« Wir wichen alle ein Stück zurück, weil uns plötzlich wieder auffiel, wie riesig er war und wie dicht wir ihn umringten, dann nickten wir und waren einhellig der Meinung, daß es ein wirklich gutes Gedicht gewesen sei, eines der besten, das er uns je vorgetragen habe. Später habe ich ihn dann gebeten, es mir noch einmal aufzusagen, Zeile für Zeile, und es auf eine Cocktailserviette geschrieben. Spätabends, wenn ich es geschafft habe, Starla nach einem Streit eine Liebeserklärung abzuringen, obwohl ihr von den Augen abzulesen ist, wie sehr sie mich dafür haßt, überlege ich manchmal, ob ich ihr das Gedicht vortragen soll, aber es gibt Wahrheiten, die man lieber nicht aussprechen sollte.

Obwohl wir inzwischen kein Monopol mehr darauf haben, schauen wir uns im PJ's immer noch Wrestling an. Wir sitzen ohne Beifallsrufe um den großen Bildschirm herum und starren die Wrestler an wie liebe Freunde, die wir seit Jahren nicht gesehen haben. »Mann, der Wikinger hat ganz schön zugenommen, seit er weggezogen ist«, oder: »Seit wann hat Rockin' Robbie Frazier denn so kurze Haare?« Wir lassen uns den Kummer nicht anmerken, wenn wir über Robbie Frazier reden, der wahrscheinlich der berühmteste Wrestler in Charlotte war, und versuchen nicht darüber nachzudenken, daß er uns für immer verlassen hat. Früher schleppte er stets seine benommenen und halb ohnmächtigen Gegner in die Ringmitte und kletterte auf das oberste Seil. Wenn die Zuschauer von fünf an rückwärts gezählt hatten (Vier! Drei! Zwei! Eins!), sprang er hoch in die Luft – Arme und Beine waren ausgebreitet wie Flügel, das blonde Haar flatterte wie eine Fahne –, flog mit Leichtigkeit drei oder vier Meter weit und ließ sich mit einem explosionartigen Krachen aus einer unvorstellbaren Höhe direkt auf den Kopf seines Gegners fallen. Das nannte er den Rockin'-Robbie-B-52. (»Eins kann ich dir sagen, Big Bill. Wenn du nächsten Samstag ins Stadion von Charlotte kommst, verpaß ich dem Scheich aus dem Osten einen B-52, daß ihm Hören und Sehen vergeht.«) Und wenn Rockin' Robbies B-52 gelandet war und sein Gegner auf der Matte zappelte wie ein großer Fisch und darauf wartete, zu Boden gedrückt und festgenagelt zu werden, sprang Rockin' Robbie auf und stellte sich über ihn, mit schweißglänzendem Körper und strahlendem Gesicht. Er hob die Arme in die Luft, die Finger weit gespreizt, während er im Überschwang der Begeisterung das Becken kreisen ließ, dann warf er den Kopf in den Nacken, riß den roten Mund auf und heulte wie ein Hund. Das waren die glorreichen Zeiten. Wenn Rockin' Robbie ins PJ's kam, hoben alle Gäste in der Bar ihr Glas, legten den Kopf in den Nacken, betrachteten die Decke aus Bronzeimitat und bellten die Sterne an, die für uns, nur für uns, am weiten, mondhellen Nachthimmel über Charlotte standen. Solche Ereignisse gehören endgültig der Vergangenheit an. Frannie Belk hat unserer Stadt das Gute und das Böse weggenommen und es vier Fahrstunden weiter nach Süden verkauft. Heute sind uns nur noch die kleinen, selbstgemachten Illusionen geblieben, die man wegen der Lücke, welche die Wrestler hinterlassen haben, viel zu leicht durchschauen kann; jetzt haben wir nur noch uns selbst.

Etwa einmal in der Woche kommt irgendein Typ, der gerade aus Kings Mountain, Chester oder Gaffney nach Charlotte gezogen ist, zu meinem Stammplatz an der Bar, dem Hocker neben dem Serviertisch, und fragt: »Sagen Sie mal, sind Sie P. J. O'Mulligan?« Sie meinen es völlig ernst, und ich weiß nie, was ich darauf erwidern soll. Ich wäre froh, wenn ich ihnen die Antwort geben könnte, die sie gern hören würden, aber hinter P. J. O'Mulligan verbergen sich vierzehn Anwälte aus Richmond, denen die Bar gemeinsam gehört. Was soll ich ihnen sagen? Täglich ziehen Leute aus kleinen Orten nach Charlotte, weil sie sich ein besseres Leben erhoffen, aber wenn sie erst einmal hier sind, werden ihre Ansprüche schnell bescheidener: Vielleicht hauen die Hornets ja in diesem Jahr die Celtics endlich mal richtig in die Pfanne, falls Rex Chapmann gut in Form ist; vielleicht gibt es wirklich jemanden, der P. J. O'Mulligan heißt, und vielleicht ist es ja sogar dieser Typ an der Bar. Jetzt, wo die Wrestler nicht mehr hier sind, komme ich oft ins Grübeln. Wie hilft man jemandem bei der Suche nach etwas, das man selbst noch nicht gefunden hat, obwohl man bereits vor zehn Jahren aus so einem Ort hierher gezogen ist? Wie macht man jemandem aus Polkville, Aliceville oder Cliffside, der gerade zum ersten Mal den Sonnenuntergang über der Innenstadt beobachtet hat, klar, daß er sich nicht von der Schönheit der Skyline täuschen lassen soll? Charlotte ist eine Stadt, in der ein betrügerischer Fernsehprediger den Leuten das Geld aus der Tasche ziehen und sich ausbreiten kann wie ein Geschwür, bis er schließlich unter der Last seiner Verderbtheit zusammenbricht, weil er falsche Hoffnungen geweckt hat. Man sollte also nie die Silhouette des NCNB-Tower vor dem tiefblauen Himmel anstarren, sondern die Fahrbahn im Auge behalten. Man sollte sich nicht einbilden, daß der Independance Boulevard mehr ist als eine ganz gewöhnliche Straße. Fast alle meine Kellnerinnen sind College-Studentinnen von der UNCC und vom CPCC, und sogar beim Ausfüllen der Bewerbungsbögen sehe ich ihre Augen leuchten. Obwohl sie in ihren P.-J.-O'Mulligan's-Khaki-Shorts, den weißen Turnschuhen, grünen Schürzen und gestärkten Blusen gut aussehen, sind sie doch waschechte Landeier, die in der Stadt auf die Erhörung ihrer Gebete hoffen. Wie erklärt man ihnen, daß sie ihr Glück lieber nicht in Charlotte versuchen sollten? Wenn in Charlotte ein betrügerischer Fernsehprediger dafür betet, daß seine Schäfchen ihm Geld schicken, damit er sich eine riesige Wasserrutschbahn bauen kann – so wird es geschehen. Ich beschäftige lieber Kellnerinnen aus Davidson oder dem Queens College, denn die führen zwar nach der Schule ein Leben, von dem die meisten von uns nur träumen können, verlieren jedoch schnell ihre Illusionen und bleiben meist nicht lang.

Das PJ's zieht die Wrestling-Fans noch immer an. Sie sehen fast alle gut aus und tragen jede Menge Schmuck. Die Mädchen betreiben mit religiösem Eifer Aerobic und haben voluminöse Lockenmähnen, die vor Frisierschaum kleben. Sie tragen kurze, hautenge, meist schwarze Kleider, baumelnde Ohrringe, Absätze mit Metallspitzen und Lippenstift mit kleinen Glanzpartikeln, wie Sterne, die jedoch kaum zu erkennen sind. (Manchmal ertappt man sich dabei, daß man ihnen beim Reden auf den Mund starrt und darauf wartet, ihre Lippen im Licht aufblitzen zu sehen.) Die Männer färben sich das Haar blond und tragen es kurz und stachlig auf dem Kopf, lang und dauergewellt im Nacken und über den Ohren rasiert. Sie stemmen Gewichte und nehmen Steroide. Wenn sie genug Geld haben, hauen sie sich mit Koks die Birne zu. Sie tragen stone-washed Jeans, offene Hemden, seildicke Goldketten und Cowobystiefel aus Pythonleder, denn so kleiden sich Profi-Wrestler in ihrer Freizeit. Manchmal stehen ein paar Männer mit hochgekrempelten Jeans im Kreis beieinander und streiten sich darüber, wessen Stiefel aus der größten Schlange gemacht worden sind. Die Mädels haben lange, rote Fingernägel und arbeiten fast alle in den Bürohochhäusern im Zentrum. Die Männer arbeiten in der Regel im Freien – vor allem auf Baustellen, davon gibt es selbst jetzt noch recht viele – oder in Bodybuildingstudios oder in einer der Fabriken an der Interstate 85. Männer und Mädel sind selbst im Winter tief und künstlich gebräunt, betrinken sich mit Tequila-Rapidos und suchen im PJ's vergeblich nach Liebe.

Freitags und samstags gegen Mitternacht, kurz bevor alle zum Tanzen ins Connection oder ins Plum's Crazy abschwirren, wo man den Flirt des Abends dann endgültig abschleppen kann, wird das PJ's brechend voll. Die Kellnerinnen müssen sich seitlich durchs Gedränge schieben und das Tablett über dem Kopf balancieren. Jeder versucht, sowohl die anderen zu übertönen als auch die Musik – den bei P. J. O'Mulligan's üblichen zeitgenössischen Jazz von einem Sender aus Richmond. Und wenn man die Augen schließt und die Ohren spitzt, hört man aus all den Stimmen die gleiche Geschichte heraus, die eigentlich niemand erzählen will: daß jeder von ihnen in einem weißgetünchten Haus aufgewachsen ist, das zwischen anderen weißgetünchten Reihenhäusern auf einem Hügel in Lowell, Kannapolis oder Spindale stand, und daß sie zu Hause immer leise sein mußten, weil ihr Daddy Nachtschicht hatte, daß mitten im Wohnzimmer ein schwarzer Ölofen wie ein grotesker Kobold kauerte und daß sie sich als Kinder vor allem eines gewünscht haben: abzuhauen. Im lärmenden Gewirr des Wochenendes fühle ich mich oft sehr einsam, wenn ich den Stimmen lausche und darüber nachdenke, wie kurz die Strecke war, die wir bei unserem Fluchtversuch zurückgelegt haben, und daß die Leute in Charlotte genauso sind wie die, die wir zurückgelassen haben. Unsere Eltern gehen zu Traktorrennen und schauen sich im Fernsehen *Hee-Haw* an. Mein Vater ißt Eichhörnchenhirn. Wir bilden uns zwar ein, wir hätten uns verändert, wissen im Grunde jedoch ganz genau, daß wir uns nur etwas vormachen.

Die letzte große Profi-Wrestling-Veranstaltung, die Frannie Belk organisierte – bevor sie Ted Turners fetten Scheck entgegennahm und die Wrestler mit einem Wink ihrer diamantfunkelnden Hand für immer aus Charlotte fortschickte –, hieß Armageddon V, die letzte Explosion, und fand im neuen Stadion statt, drei Tage nachdem die Hornets ihr erstes NB-Spiel verloren hatten. (»Ohhhh«, sagte Big Bill Boscoe in seiner Vorankündigung im Fernsehen mit lauter, vor Begeisterung bebender Stimme: »Meine Damen und Herren, verehrte Wrestling-Fans von 9 bis 99, lassen Sie sich nicht entgehen, wie eine beispiellose Riege von SWA-Wrestling Stars im Stadion von Charlotte aufeinanderprallt und explodiert . . .«) Obwohl wir an diesem Abend wußten, daß die Wrestler nach Atlanta gehen würden, schien die Welt ein paar Stunden lang jung und voller Hoffnung, und auch wir fühlten uns plötzlich jung, und das Leben in Charlotte war beinahe so, wie wir es uns immer vorgestellt hatten: Paolo der Peruaner zog seinen bloßen Fuß unter dem riesigen, schwarzen Stiefel des Genossen Yerkov hervor, geriet in Rage und trat und stampfte ihn in Grund und Boden; Rokkin' Robbie Frazier spritzte Naoki Fujita mit einer Wasserpistole in den Mund, ehe Fujita das geheimnisvolle grüne Feuer des Orients entzünden konnte, und setzte dann zu seinem B-52 aus einer solchen Höhe an, daß selbst die abgebrühtesten Wrestling-Fans vor Erstaunen nach Luft schnappten (und als ob das noch nicht genug gewesen wäre, rannte er später in Straßenkleidung, mit vom Duschen nassen Haaren und mit flatterndem Hemdzipfel, aus dem Umkleideraum und stürzte sich mit seinem B-52 wie eine blonde Furie nicht nur auf einen, sondern gleich auf alle beiden Hidden Pagans, die sich mit Hilfe eines Klappstuhls einen unfairen Vorteil gegenüber Bill und Steve, den Thundercats, verschafft hatten.) Und wir sahen, wie der kleinste Cowboy der Welt und Häuptling Yee-Hah O'Reilly, deren Handgelenke mit einem zweieinhalb Meter langen Lederriemen aneinander gefesselt waren, einen edlen Apachenkampf auf Leben und Tod ausfochten, bis keiner von beiden mehr stehen konnte und der Ringrichter die Begegnung für ›unentschieden‹ erklärte und den Riemen mit einem langen Krummsäbel durchschnitt, der dem Scheich aus dem Osten gehörte; Hank Wilson sen., der Country-Barde, zog Captain Boogie Woogie seine geliebte Gitarre Leigh Ann über den Schädel, wofür er verdientermaßen disqualifiziert wurde und einen langen, herzlichen Beifallssturm erntete. Eine Haremsdame steckte dem Scheich aus dem Osten eine Handvoll arabischen Sand zu, den er Bob dem Seemann in die Augen schleuderte, um sich aus dem Killermuschelgriff des Seemanns zu befreien – seiner Umklammerung war kein Schurke je entkommen –, doch der Ringrichter hatte alles gesehen (das unglaublichste aller Wrestling-Wunder) und erklärte den Seemann zum Sieger. Und beim Auftakt zum wichtigsten Kampf, dem Donner vor dem Sturm, überlebten die Gebrüder Saubermann – der Superstud, der Wikinger und der freundliche Riese – die drei Teufel – Dschinghis Ghandi, Ron Rowdy und Tim Tequila – ein einem sechs

Mann starken Texas-Maschendraht-Massakerkampf, bei dem ein drei Meter hoher Drahtzaun um den Ring gezogen wurde, an dem der kahle Boris Yerkov und Fred der Friseur, mit Stierpeitschen und Klappstühlen bewaffnet, entlangpatrouillierten und alles argwöhnisch beäugten, damit niemand in den Ring hinein- oder aus ihm herausklettern konnte.

Rückblickend kommt es mir beinahe wie eine Prophezeiung vor, daß Starla und ich während des Endkampfs um die große Liebe feindliche Lager bezogen. (»Sex ist das Allerwichtigste«, sagt Starla. »Überleg dir mal, was du wirklich von mir willst, was wirklich zählt, wenn du das nächste Mal 'ne Nummer mit mir schieben willst.«) Starla hoffte, daß Bob Noxious mit seiner schwarzen Seele Lord Poetry im Endkampf Darling Donnis ausspannen und endgültig für sich gewinnen würde. Zweimal war es ihm beinahe gelungen. Ich hoffte, daß Lord Poetry endgültig eine Lanze für die Liebe brechen würde. Starla meinte, das wäre ausgeschlossen, und sie hatte recht. Spätabends, wenn es vorbei ist, wenn Starla meine Schultern auf die Matratze gedrückt und sie dort festgehalten hat, wenn wir wieder sprechen können, sage ich: »Starla, eins mußt du zugeben, heut nacht haben wir uns wirklich geliebt. Das habe ich genau gespürt.« Sie läuft mit steifen Beinen und zusammengepreßten Schenkeln ins Badezimmer, um einen Teil von mir wieder loszuwerden. »Die Höhlenmenschen haben die Liebe erfunden«, ruft sie durch die geschlossene Tür. »Nachdem sie sich Gesetze ausgedacht hatten, konnten sie sich nicht mehr ohne weiteres gegenseitig umbringen, also erzählten sie ihren Frauen, sie liebten sie, damit sie nicht mit anderen Männern vögelten. Mehr steckt nicht dahinter.«

Kein Wrestler in Charlotte war so gefürchtet und böse wie Bob Noxious, und am Abend des Endkampfes wußten wir, daß er Darling Donnis nicht etwa deshalb haben wollte, weil er sie liebte. Bob Noxious bot einen beängstigenden Anblick: Er trug einen kobaltblauen, stachligen Irokesenschnitt, und wenn ihn auf dem Weg zum Ring ein Fan anspuckte, spuckte er zurück. Er hatte einen Stiernacken, einen Brustumfang von einem Meter vierzig und konnte seine Brustmuskeln so schnell anspannen, daß seine Brustwarzen sich wie Motorkolben ruckartig auf und ab bewegten. Obwohl Lord Poetry nicht ganz so groß war wie Bob Noxious, wirkte er doch ebenso furchterregend. Er trug seine roten Locken länger als Starla und stieg in Strumpfhosen mit Paisleymuster – in Rosa-, Purpur- und Lavendeltönen – in den Ring, die er eigens in England anfertigen ließ. Vor und nach jedem Kampf las er Darling Donnis ein Gedicht vor, während die Zuschauer ihm zubrüllten, er solle damit aufhören. (Die Leute aus Charlotte konnten sich nicht entscheiden, wen sie mehr haßten: den gewaltigen Bob Noxious mit seiner wilden Roheit oder den tänzelnden Lord Poetry mit seinen Paisleystrumpfhosen und dem dicken Gedichtband.) Darling Donnis war ein Bild der Unschuld (und der Gefahr, zumindest für die Männer) und verschlang jedes Wort von Lord Poetry. Sie war blond, trug ein tief ausgeschnittenes weißes Spitzenkleid (aber nie ein Höschen), und jedesmal, wenn Lord Poetry in Bedrängnis geriet, schlug sie sich die Hand vor den Mund und riß besorgt die grünen Augen auf.

Darling Donnis steckte in der Klemme: Sie war in Lord Poetry verliebt und zugleich fasziniert von Bob Noxious' animalischer Ausstrahlung. In den letzten beiden Runden, die Bob Noxious und Lord Poetry vor dem Endkampf ausfochten, hatte Bob Noxious seinen Gegner so lange mit Fäusten bearbeitet, bis Lord Poetry auf die Matte sank, dann hatte er sich zu Darling Donnis umgedreht, die Hände in die Hüften gestemmt, die Schultern zurückgeschoben und dabei so dicke Muskelpakete zur Schau gestellt, daß jeder andere Mann nur vor Neid erblassen konnte. Darling Donnis zitterten die Knie, sie suchte Halt an der Ringabsperrung, konnte die Augen jedoch nicht von Bob Noxious lassen. Während die Zuschauer ihm zubrüllten: »Mach schon! Mach schon! Laß sie zucken!«, spannte er seine Brustmuskeln an, erst nur die eine Seite, ein- oder zweimal, um Darling Donnis zu triezen, dann die andere, dann im Takt, immer schneller. Ob man wollte oder nicht, man mußte einfach hinschauen, es war wie eine Naturgewalt, und Darling Donnis war bei beiden Kämpfen wie gelähmt. Sie konnte den Blick nicht von Bob Noxious' Brustkorb wenden und wäre zu ihm hingegangen (obwohl sie sich die Hände vor den Mund hielt und den Kopf schüttelte, war die Anziehungskraft einfach zu stark), wenn Rockin' Robbie Frazier nicht gewesen wäre. Bei beiden Runden vor dem Endkampf rannte Rockin' Robbie Frazier in Straßenkleidung aus dem Umkleideraum und warf dem zu Boden gestreckten Lord Poetry den Gedichtband zu, den Darling Donnis achtlos auf die Matte außerhalb des Rings hatte fallen lassen. Dann kletterte er durch die Seile und hielt den wutschnaubenden und brüllenden Bob Noxious so lange fest, bis Lord Poetry aus der Gefahrenzone gekrochen war und Darling Donnis eines ihrer Lieblingssonette vorlesen konnte, damit sie sich wieder beruhigte. Doch am Abend des Endkampfes wußte ganz Charlotte, daß etwas passieren mußte. Wir waren davon überzeugt, daß es selbst Rockin' Robbie nicht gelingen würde, Darling Donnis dreimal vor Bob Noxious zu retten. Die Anziehungskraft von Bob Noxious war einfach zu stark. Diesmal mußte Lord Poetry es allein schaffen.

Der Käfig für das Texas-Maschendraht-Massaker wurde weggeräumt und das Saallicht langsam gedämpft, bis nur noch der Ring von Scheinwerfern erhellt war. Die weiße Matte leuchtete so grell, daß einem die Augen schmerzten. In der Dunkelheit unter dem Stadiondach blitzten blaue Scheinwerfer auf, Lichtkreise glitten rasch über die Köpfe der Zuschauer hinweg und ließen für den Bruchteil einer Sekunde ein- oder zweihundert erwartungsfrohe Gesichter aufleuchten. Wie Tiere vor einem Erdbeben spürten die Zuschauer, daß etwas Großes bevorstand. Die Rednecks auf den oberen, billigen Plätzen stampften mit den Füßen und schrien wie Eulen. Starla rutschte unruhig auf ihrem Sitz hin und her, steckte zwei Finger in den Mund und stieß einen schrillen Pfiff aus. »Ohhhhh, meine Damen und Herren und Wrestling-Fans«, ertönte Big Bill Boscoes Stimme von überallher aus der Dunkelheit, als sei es Gottes Stimme selbst. »Ich hoffe, ihr haltet euch gut an euren Sitzen fest« – und in heller Aufregung schrien 23 000 Leute *ja!* –, »denn gleich wird die Erde beben, und der Boden unter euren Füßen wird sich auftun« – *JAA!*, ertönte es jetzt noch lauter –, »und aus der Urfinsternis wird das Feuer der Hölle emporschießen zu einem vernichtenden Flammenmeer reinster Wrestling-Rage.« Die Zuschauer stießen die Fäuste in die Luft, brüllten wie Tiere, ließen alles Böse heraus, das sie in ihren Herzen verbargen, JAAAAAA! »Ohhhhhh«, sagte Big Bill Boscoe, als sie sich wieder beruhigt hatten, und er dämpfte seine Stimme zu einem furchtsamen Flüstern (er hatte Angst, jenes Wesen zu entfesseln, das im Dunkel auf den Klang dieser Worte wartete), und die Menge brüllte vor Wut über seine Feigheit JAAAAAA! »Ohhhhhh, Charlotte, ohhhhhh, liebe Wrestling-Fans, meine Damen und Herren, ich hoffe, ich bete, daß ihr bereit seid« – JAAAAAA! – »für den LETZTEN... KAMPF... UM DIE... GROSSE LIEBE!«

Als die offizielle Kampfzeit vorbei war (beim Profi-Wrestling passiert nie etwas wirklich Wichtiges bis zum Ertönen der Schlußglocke), standen Bob Noxious und Lord Poetry in der Ringmitte und drückten sich gegenseitig die Kehle zu. Da beim SWA-Profi-Wrestling Würgegriffe nicht erlaubt sind, hatte der Ringrichter ihnen befohlen, einander loszulassen, doch weil sie ihn einfach ignorierten, begann er, sie für eine Doppeldisqualifikation auszuzählen. Bob Noxious und Lord Poetry ließen gerade so lange voneinander ab, daß sie den Ringrichter packen – jeder an einem Arm – und aus dem Ring werfen konnten, wo er kraftlos am Boden liegenblieb. Lord Poetry und Bob Noxious setzten ihre Würgegriffe wieder an. Niemand konnte sie daran hindern, und wir spürten, wie uns das Herz in die Hose rutschte, wie wir im Chaos versanken. Unter der Haut an ihren Armen traten die Adern wie Seile hervor. Ihre Gesichter waren haßverzerrt und verfärbten sich erst rot, dann violett. Neben mir sprang Starla auf und schrie: »MACH Lord Poetry KALT! MACH IHN KALT!«

Darling Donnis rannte die ganze Zeit um den Ring und flehte, jemand, irgend jemand, solle die beiden auseinanderbringen. An seinem Pult rang Big Bill Boscoe verzweifelt die Hände. Natürlich wollte er helfen, aber er war ja nur Big Bill Boscoe, eine Stimme. Was konnte er schon tun? Darling Donnis stürmte davon. Sie umkreiste noch zweimal den Ring, ehe sie Rockin' Robbie Frazier entdeckte, der im Schatten neben der Tür zum Umkleideraum Wache hielt. Sie zerrte ihn ins Scheinwerferlicht, zum Ring. Wild gestikulierend zeigte sie auf Lord Poetry und Bob Noxious. Die beiden zitterten, als ob sie frieren würden. Bob Noxious' Augen verdrehten sich bereits, doch er ließ nicht locker. Lord Poetry taumelte, dann trat er einen Schritt zurück und gewann damit sein Gleichgewicht zurück. Darling Donnis schrie Rockin' Robbie etwas zu. Sie deutete noch einmal auf die beiden. Sie raufte sich die Haare. Sie schob sich flehend die Hände unter das Kinn. »ERWÜRG ihn!« brüllte Starla. »ERWÜRG ihn!« Sie warf mir einen Seitenblick zu. »MACH SCHNELL!« Darling Donnis fiel vor Rockin' Robbie auf die Knie und schlang die Arme um seinen Bauch. Rockin' Robbie strich ihr übers Haar, starrte jedoch weiterhin ins Leere und schüttelte verneinend den Kopf. Diesmal nicht. So mußte es einfach kommen. Es war ein fairer Kampf, in den er sich nicht einmischen durfte. Er drehte sich um und verschwand in der Dunkelheit.

Darling Donnis war jetzt allein. Sie lief zum Ring, stellte sich vor das Seil und schrie Bob Noxious und Lord Poetry zu, sie sollten aufhören. Ihre Stimme ging zwar unter in einem lauten Gebrüll, das uns aus tiefstem Herzen kam, doch wir wußten, was sie sagte. Sie trommelte auf die Matte, aber die beiden hörten sie nicht. Sie würgten einander noch immer mit leichenblassen Fingern. Darling Donnis kroch unter dem untersten Seil hindurch in den Ring. »NEIN!« kreischte Starla und boxte mit den Fäusten in die Luft. »Er soll STERBEN. Er soll STERBEN.« Darling Donnis ging einen Schritt auf die beiden Männer zu und streckte die Hände aus, dann blieb sie stehen, weil sie nicht wußte, was sie tun sollte. Sie schlang sich die Arme um die Schultern und schwankte hin und her. Sie riß sich an den Haaren und schrie. Sie schrie so gellend, als ob sich die Erde tatsächlich aufgetan habe und sie vom Höllenfeuer verschlungen würde – und als sei das alles ihre Schuld. Sie schrie, bis ihre Augenlider flatterten und sich schlossen, dann sank sie auf die Matte, ein weißblondes Häufchen Elend, und blieb dort reglos liegen.

Als Darling Donnis' Schreie verklangen, schien es, als sei der Bann, der Bob Noxious und Lord Poetry dazu gezwungen hatte, sich gegenseitig die Kehle zuzudrücken, plötzlich gebrochen. Lord Poetry sank keuchend auf Ellbogen und Knie und kehrte dabei Darling Donnis den Rücken zu. Bob Noxious taumelte rückwärts in eine Ringecke, wo er sich gegen die Spannschrauben lehnte. Mit einer Hand hielt er sich am obersten Seil fest, mit der anderen rieb er sich die Kehle. »HOL sie dir!« schrie Starla Bob Noxious zu. HOL sie dir!« Als sich eine kleine Ewigkeit niemand im Ring rührte, hörte man in der tiefen Dunkelheit, die den Ring umschloß, 23 000 Menschen mit den Füßen stampfen, zunächst auf den oberen Plätzen und dann im ganzen Stadion. Hunderte von winzigen Flammen leuchteten in der Dunkelheit. Dennoch blieben Bob Noxious, Lord Poetry und Darling Donnis wie versteinert. Die Zuschauer stampften immer lauter (BUMM! BUMM! BUMM! BUMM!), bis Darling Donnis schließlich erschöpft den Kopf hob und sich das Haar aus dem Gesicht strich. Wir hielten den Atem an – wen würde sie anschauen? Es war Bob Noxious. Bob Noxious sah plötzlich auf, seine dunkle Kraft kehrte zurück. Er ließ seine Kehle los, griff nach dem Seil und zog sich ein Stück nach oben. Darling Donnis erhob sich auf Hände und Knie, warf Lord Poetry, der sich noch immer nicht gerührt hatte, einen raschen Blick zu und schaute dann wieder Bob Noxious an. »MACH SCHON, Darling Donnis«, brüllte Starla. »Los, MACH SCHON!« Bob Noxious hievte sich aus den Seilen und machte einen unsicheren Schritt nach vorn. Er holte tief Atem und blieb aufrecht stehen. Darling Donnis ließ ihn nicht aus den Augen. Bob Noxious stemmte die Hände in die Hüften und warf mit ungeheurer Anstrengung seine gewaltigen Schultern zurück. Wir konnten sehen, daß Darling Donnis *nein* flüsterte. Nein. Starla war neben mir aufgesprungen und schrie: »JA!«

Bob Noxious' linke Brustwarze zuckte. Zuck. Dann noch einmal. Dann die rechte. Der Anfang vom Ende. Kaum merklich streckte Darling Donnis ihm die Hand über die Matte entgegen. Doch dann, als alles schon verloren schien, tauchte Rockin' Robbie Frazier aus dem Schatten auf und rannte zum Ring. In einer Hand hielt er ein dickes Buch, in der anderen ein kabelloses Mikro. Er schob den Kopf unter den Seilen hindurch in den Ring und schrie Lord Poetry an, dessen Gesicht nur wenige Millimeter von ihm entfernt war. *(Lord Poetry! Lord Poetry!)* Schließlich hob Lord Poetry den Kopf, schaute Rockin' Robbie an und drehte sich langsam um, den Blick auf Bob Noxious gerichtet, dessen Brustmuskeln inzwischen rhythmisch zuckten, links-rechts, links-rechts, wie Herzschläge. Darling Donnis hob ein Knie von der Matte und kroch auf Noxious zu. Rockin' Robbie langte durch die Seile und half Lord Poetry auf die Knie. Er reichte ihm Buch und Mikrofon. Noch immer auf den Knien, drehte Lord Poetry sich zu Darling Donnis um. Sie würdigte ihn keines Blickes. Rechts neben Lord Poetry, in eineinhalb Meter Entferung, pumpte Bob Noxious immer mehr Leben in seinen gewaltigen Brustkorb. Wie ein Zug, der in Fahrt kam. Lord Poetry schlug das Buch auf, blätterte ein Stück weiter und schüttelte den Kopf. Nein, das paßt nicht. Er blätterte zurück und schüttelte noch einmal den Kopf. Welche Zauberworte kann man sprechen, um die Welt zu retten, in der man lebt? Wie findet man den richtigen Satz? Darling Donnis leckte sich die roten Lippen. Rockin' Robbie schrie Lord Poetry etwas zu und zeigte ihm Zahlen mit den Fingern. Zehn-acht. Zehn-acht. Lord Poetry drehte sich zu Rockin' Robbie um und hob fragend die Augenbrauen: Achtzehn? Ja, schrie Rockin' Robbie. Achtzehn. Zehn-acht. »Meine Damen und Herren«, tönte Big Bill Boscoes kraftvolle Stimme, in der jetzt ein Funke Hoffnung mitschwang: »Ich glaube, wir hören jetzt Shakespeares achtzehntes Sonett!« In der Dunkelheit erhob sich ein Schrei wie ein Wind: NEEEEIIIN!

Lord Poetry blätterte in seinem Buch, betrachtete eine Seite, streckte dann die Hand aus und berührte sie, als sei es Blindenschrift. Er warf Darling Donnis, die nun flach auf dem Bauch lag und quer über die Matte auf Bob Noxious zukroch, einen raschen Blick zu. Lord Poetry sprach ins

Mikrofon: »Vergleich ich dich mit einem Sommertag?« Starla trat gegen die Rückenlehnen des Sitzes vor ihr und schrie: »NEIN! Tu's nicht! Tu's nicht! Er will deine *Seele!* Er will deine *Seele!«* Lord Poetry schaute auf und fuhr fort: »Du hast mehr Maß und größ're Lieblichkeit«, und dann schneller, drängender: »Die Maienknospe, die verzärtelt lag«, doch Darling Donnis kroch weiter, so tief am Boden, daß die Macht seiner Worte sie nicht traf, bis sie nur noch etwa dreißig Zentimeter von Bob Noxious entfernt war. Bob Noxious hatte die Augen vor Schmerz und Konzentration geschlossen, doch seine Brustmuskeln zuckten immer schneller. Lord Poetry wollte weitersprechen, aber dann warf er einen letzten Blick auf Darling Donnis, vergrub sein Gesicht im Buch und sackte auf die Matte. Rockin' Robbie zerrte an den Seilen, als ob sie die Gitterstäbe eines Käfigs wären, warf den Kopf in den Nacken und brüllte vor Wut, kletterte jedoch nicht in den Ring. Was dort geschah, konnte er nicht verhindern. Wir sahen, wie Darling Donnis *bitte* zu Bob Noxious sagte. *Bitte.* Die angsterfüllte Stimme von Big Bill Boscoe polterte: »Darling Donnis! Darling Donnis! Schlägt rauher Wind; kurz währt des Sommers Zeit! Des Himmels Auge brennt manchmal zu heiß! Sein goldnes Antlitz, oft trübt sich's für lang!« Aber es war zu spät. Bob Noxious packte Darling Donnis bei den Schultern und zog sie hoch. Sie sah ihm in die Augen, streckte beide Arme aus und berührte seine breite, elektrisierende Brust. Sie verdrehte die Augen. Starla ließ sich auf ihren Sitz zurücksinken und atmete zweimal tief durch. Sie schaute mich an und lächelte: »Siehst du«, sagte sie, als sei es spätabends, als sei es schon vorüber. »Siehst du.«

Unser kleines Paradies

Weil ihm nichts anderes einfiel, kaufte Vernon Jackson seiner Frau Peggy zehn Stockenten und setzte sie in den Teich. Vernon wollte nicht, daß Peggy tagsüber draußen saß, denn die Ärzte meinten, ihre Haut sei besonders sonnenempfindlich, aber er dachte, sie beide könnten sich abends, wenn die Sonne schon tiefer stand und nicht mehr so gefährlich war, auf die Veranda setzen und den Enten beim Schwimmen zuschauen. Er dachte, das würde Peggy vielleicht gefallen. Auf dem Heimweg redete er sich immer wieder ein: Die Enten sind bestimmt genau das Richtige für Peggy. Die Enten sind genau das, was der Arzt verordnet hat. Die Enten kauerten am Boden der beiden Käfige auf der Ladefläche seines Lieferwagens. Sie reckten die Hälse, öffneten die Schnäbel und zischten.

Nachdem Vernon in Rente gegangen war und nicht mehr in den Stonecutter Mills arbeitete, hätte Peggy gern ein Haus in Rutherfordton, dem Nachbarort, gebaut – sie hatten ihr Leben lang zur Miete gewohnt –, aber Vernon wollte unbedingt die fünfundzwanig Morgen Land kaufen, die er an der Oakland Road entdeckt hatte, und ein Wohnmobil am Teich aufstellen. Das sei doch wie ein Haus in den Bergen, sagte er, ein Sommerhaus, eine Hütte, und es würde ihnen beiden bestimmt guttun, aus der Stadt herauszukommen, weg von all dem Lärm und Verkehr. Aber Peggy war von Anfang an nicht besonders begeistert davon gewesen und hatte sich nur schwer von dem Gedanken verabschieden können, ein eigenes Haus zu besitzen. Eigentlich, dachte sie, wäre ihr ein bißchen mehr Lärm und Verkehr ganz lieb gewesen. Dennoch unterschrieb sie die Verträge, ohne Vernon zu sagen, wie schrecklich sie das alles fand.

Peggy wußte, daß Vernon es nur gut meinte. Er hatte jahrelang gespart. Als ihn seine Kollegen aus der Weberei bei seinem Abschiedsessen damit aufzogen, daß er immer noch den ersten selbstverdienten Penny besaß, lachte er nur darüber. Für das Grundstück legte er Bargeld auf den Tisch – wer von diesen Trotteln wäre dazu schon in der Lage gewesen –, und das Wohnmobil würde nach drei Jahren abbezahlt sein. Einen Tag, nachdem Vernon in Rente gegangen war, zogen sie um. Die Wände des Wohnmobils waren aus dünnem Kunststoff, und Peggy fand den Gedanken angenehm, daß es wenigstens nicht ewig halten würde, daß man Räder dranschrauben und es fortbringen konnte, daß es nicht noch Jahre nach ihrem Tod dort stehen würde, daß niemand im Vorbeifahren mit dem Finger auf das Wohnmobil zeigen und sagen konnte, das war das Zuhause von Peggy Jackson, das einzige, was sie sich ihr Leben lang gewünscht hat.

Als Peggy noch ein Baby war, verließ ihr Vater Spindale und zog mit der ganzen Familie nach Kalifornien. Der Zweite Weltkrieg hatte gerade begonnen, und er dachte, er könne in den Flugzeugfabriken eine Menge Geld verdienen. In einer

Neubausiedlung namens Rancho Apache mieteten sie ein kleines weißrosa Häuschen in einer Straße, wo verkrüppelte Palmen auf den dürren Grünstreifen zwischen Bürgersteig und Fahrbahn wuchsen. Die Siedlung war wie auf dem Reißbrett angelegt – schnurgerade in einem Tal zwischen zwei braunen Hügeln. Die dünne Schicht Asphalt auf den Straßen war frisch und schwarz.

Im ersten Herbst, den Peggy und ihre Familie in Kalifornien verbrachte, trieben die Winde aus Santa Ana ein Buschfeuer die Flanke eines Hügels hinunter bis an den Rand von Rancho Apache, wo es fünf Häuser niederbrannte. Peggys Mutter kaufte einen Fotoapparat, um ein Bild von dem Feuer zu machen, fotografierte statt dessen jedoch Peggy und ihren Vater neben der Palme vor ihrem Haus. Sie schrieb »Unser kleines Paradies« auf die Rückseite des Fotos und schickte es ihrer Familie in Spindale.

Einen Tag, nachdem Peggy aus dem Krankenhaus zurück war, schaute sie aus dem Küchenfenster auf die rote Lehmschneise, die in die Flanke des Hügels geschlagen war, und mit einem Mal wurde ihr klar, daß Vernon sie nie wirklich gekannt hatte. Der Gedanke überfiel Peggy aus heiterem Himmel, als ob ein Hypnotiseur mit den Fingern geschnippt hätte, um sie aus einem tiefen Schlaf zu holen, und sie wußte, daß es daran keinen Zweifel gab. All die Jahre hatte Vernon nur das Bild geliebt, das er sich von Peggy machte, die Traumfrau aus Kalifornien, die ihn gerettet hatte, als er bereits alle Hoffnungen aufgegeben hatte. Peggy wußte, daß Vernon noch immer dasselbe für sie empfand wie damals, als er sie zum ersten Mal gesehen hatte und noch nicht wußte, wie sie hieß. Er hatte sie immer behandelt, als könne sie bei einer heftigen Berührung zerbrechen, als sei sie etwas Seltenes und Wunderschönes, das ihm aus unerfindlichen Gründen gehörte und eigentlich gar nicht zustand. Vor ihrem Wohnmobil erstreckte sich der Teich, und Peggy mochte die Aussicht, besonders kurz nach Sonnenuntergang, wenn das Wasser glatt und dunkel wie ein Spiegel war und die ganze Welt grün und üppig erschien. Aus den rückwärtigen Fenstern blickte man lediglich auf eine Böschung aus rotem Lehm, die fast ebenso hoch wie das Wohnmobil war. Sie dachte, *Vernon hätte nicht so dumm sein dürfen, das Wohnmobil in ein Loch zu stellen,* und sie dachte, *Vernon hat kein Recht, mich so zu sehen. So bin ich nicht.* Wenn es regnete, floß roter Schlamm von der Böschung herab unter das Wohnmobil und ergoß sich über ihre gemauerte Terrasse. Vernon mußte den Schlamm mit einem Schlauch wegspülen. Die Böschung war von Wasserrinnen zerfurcht. Im ersten Frühjahr hatte Vernon versucht, die Böschung mit Gras zu bepflanzen, aber es schlug keine Wurzeln. Es gab keinen Mutterboden, nur roten Lehm, auf dem nichts wuchs. Vernon deckte die Erde mit Stroh ab, doch der Regen schwemmte es unter das Wohnmobil, und die Vögel pickten die Samenkörner auf.

Vernon weigerte sich, ihre Narben anzusehen. Wenn Peggy sie ihm zeigen wollte, wurde er jedesmal leichenblaß und wandte den Blick ab. Es war wichtig für sie, daß er hinschaute, doch er verließ das Zimmer, wenn sie sich auszog. Er war nicht einmal neugierig auf die BH-Prothese, wollte nicht wissen, wie sie sich anfühlte, wie sie gemacht war, daß die Körbchen eine Silikonfüllung so schwer wie Brüste hatten und warm waren, wenn sie den BH abends auszog.

Eines Nachts im Bett knöpfte sie das Oberteil ihres Schlafanzugs auf, nahm Vernons Hand, führte seine Finger über ihre Narben und stellte sich vor, ihre Lebensgeschichte wäre dort in Blindenschrift aufgezeichnet. Sie dachte: *Das bin ich, Vernon Jackson. Hier steht alles, was du über mich wissen mußt. Du brauchst es nur zu lesen.* Aber die Narben waren noch dünn, und Vernons Finger konnten sie nicht bis zu ihrem Ausgangspunkt verfolgen. Peggy mußte die ganze Zeit seine Hand führen. Seine Berührung verriet ihr, daß er nichts von dem begriff, was sie ihm damit sagen wollte. »Es tut mir so leid, Peggy«, sagte er. Jedesmal, wenn Vernon an die Operation dachte, hätte er am liebsten den Chirurgen umgebracht. Er sprach mit niemandem darüber, weil er Angst hatte, die Leute würden sagen, so etwas dürfe er nicht denken, und daß sie versuchten, ihn zu trösten.

Auf dem Foto trägt Peggys Vater eine neue Fliegersonnenbrille und zweifarbige Halbschuhe. Er sitzt in der Hocke und hält Peggys Hand hoch über ihren Kopf – sie kann noch nicht allein stehen und trägt nur eine Windel –, und beide blinzeln in Richtung Kamera. Nach dem Tod ihrer Großmutter hatte Peggy das Foto in einer Zigarrenschachtel voller alter Briefe gefunden. Ihr junger Vater sah irgendwie traurig aus, so wie der kleine Ort in North Carolina, aus dem er immer wegziehen wollte. Als Peggy erfuhr, daß sie krank war, grub sie das Foto wieder aus und betrachtete es genau. Ihre Brustwarzen waren blaß und winzig, als wären sie mit einem Bleistift gezeichnet.

Peggys Vater starb in einem dunklen, übelriechenden Krankenzimmer in Los Angeles an Lungenkrebs. Ein Verdampfungsgerät in der gegenüberliegenden Ecke spie Wolken kalter Mentholdämpfe aus. Die Wände des Krankenhauses waren bis zur halben Höhe grün gestrichen, dann weiß bis zu den hohen Decken. An der Wand über dem Bett ihres Vaters standen, säuberlich mit Bleistift notiert, drei Telefonnummern. In dem Zimmer gab es kein Telefon, und Peggy überlegte, wer wohl die Nummern dorthin geschrieben hatte und wem man welche Nachricht hatte übermitteln wollen.

Zwei Tage, bevor ihr Vater starb, half Peggy ihrer Mutter dabei, ihn zu waschen. Sie war siebzehn. Sie stand auf der einen Seite des Bettes, ihre Mutter auf der anderen. Ihr Vater sprach nicht mehr und sah sie vorwurfsvoll an – nur seine Augen bewegten sich –, weil er wollte, daß sie ihm halfen. Das Morphium wirkte schon nicht mehr. Er wog damals weniger als einen Zentner, und Peggy beobachtete fasziniert, wie sich in den Vertiefungen zwischen seinem Schlüsselbein und den Schultern das Wasser sammelte. Sie drückte den Waschlappen so lange über der kleinen Mulde aus, bis sie randvoll war wie eine Schüssel oder ein See. »Laß das«, sagte ihre Mutter und wischte das Wasser mit einem Handtuch weg.

Peggy und ihre Mutter begruben ihren Vater auf einem Friedhof in Los Angeles, auf dem sich ordentlich angelegte Reihen weißer Grabsteine so weit erstreckten, wie Peggys Auge reichte. Zur Beerdigung erschien kaum jemand: ein paar Kollegen aus der Fabrik, ein paar Nachbarn aus Rancho Apache, niemand, den sie gut kannten. Peggys Mutter hatte es sich nicht leisten können, ihren Mann den weiten

Weg nach North Carolina überführen zu lassen, wie sie es ihm versprochen hatte. Als sie zwanzig Jahre später an einem Lymphknotentumor starb, hatte sie immer noch Schuldgefühle. Da Peggys Mutter die Krankenhausrechnungen nicht bezahlen konnte, zogen sie überstürzt zurück nach Spindale. Eines Morgens bestiegen sie vor Sonnenaufgang einen Zug in Richtung Osten und hinterließen keine Nachsendeadresse. »Wir haben nie hierher gehört, Peggy«, sagte ihre Mutter. »Wir hätten gar nicht erst kommen sollen.«

Die Enten drängten sich am Ufer zusammen. Für Vernon klangen ihr leises Gegacker und Geschnatter wie Fragen. Er stellte die leeren Käfige wieder auf die Ladefläche seines Trucks und versuchte, die Enten in den Teich zu scheuchen. Er versprach ihnen, daß sie sich dort wohl fühlen würden, daß er sie jeden Tag mit Mais füttern würde und daß sie auf der Welt nichts weiter zu tun bräuchten, als für Peggy zu schwimmen, aber sie gingen nicht ins Wasser. Jedesmal, wenn er ihnen zu nahe kam, watschelten sie vor ihm davon, zeterten und schlugen mit den Flügeln. Immer wieder liefen sie im Kreis um ihn herum, und im Licht des Spätnachmittags schillerten die dunklen Köpfe der Erpel erst grün, dann blau, dann lila und schwarz.

Das weißrosa Haus, in dem Peggy in Kalifornien aufwuchs, sah genauso aus wie das Haus gegenüber. Als kleines Mädchen stellte sich Peggy oft mitten auf die Straße, schloß die Augen und drehte sich im Kreis, bis ihr so schwindelig wurde, als stünde sie hoch oben auf einer Mauer. Dann wirbelte sie ein paarmal in die entgegengesetzte Richtung, öffnete die Augen und versuchte zu erraten, welches Haus ihres war, während die Welt um sie kreiste. Manchmal irrte sich Peggy und ging ins falsche Haus. Dann kam ihr das eigene Haus den ganzen Tag lang fremd vor. Sie hatte das Gefühl, als sei alles zusammengepackt und auf die andere Straßenseite geschleppt worden, während sie geschlafen hatte, als sei sie ein anderer Mensch als der, für den ihre Eltern sie hielten, als sei nichts von alledem, was ihr vertraut war, wirklich.

An dem Morgen, als Peggy aus dem Krankenhaus entlassen werden sollte, strich ihr Vernon Orangenmarmelade auf den Toast, weil sie wegen der Operation noch zu starke Schmerzen hatte, um die Arme länger zu heben. Vernon erzählte ihr, daß er ihr gern ein paar Enten für den Teich schenken wollte und wie hübsch sie auf dem grünen Wasser aussehen würden. Er sagte, die Flügel würden gestutzt, damit sie nicht davonfliegen konnten. Er fragte sie, ob sie sich darüber freuen würde, ob es sie freuen würde, ihre eigenen Enten auf dem Teich schwimmen zu sehen.

Da Vernon offensichtlich hellauf begeistert war, verschwieg ihm Peggy, daß sie sich noch nie für Enten interessiert hatte, daß sie nicht glaubte, die Enten wären eine Hilfe, daß sie im Augenblick nicht glaubte, irgend etwas wäre eine Hilfe, und daß sie spürte, wie die Krebszellen ihre Organe belauerten wie Plünderer, die auf die Dunkelheit warteten. Als sie sich kennenlernten, war Peggy so schüchtern, daß sie dachte, sie hätte nichts zu sagen. Als sie dann später begriff, daß sie durchaus etwas zu sagen hatte, schien der Zeitpunkt verpaßt, um plötzlich mit dem Reden anzufangen.

Die Schwester kam herein, holte die grüne Plastikwanne unter dem Waschbecken hervor, zwinkerte Peggy zu und fragte Vernon, ob er Mrs. Jackson waschen wolle. Vernon wurde blaß und wütend, murmelte eine Entschuldigung, die weder die Schwester noch Peggy verstehen konnten, und verließ das Zimmer. Nachdem die Schwester ihr das Nachthemd ausgezogen hatte, hob Peggy langsam die Arme, kreuzte sie und ließ einen Finger an beiden Schlüsselbeinen entlanggleiten.

Vernon lernte Peggy bei einem Square Dance im Gemeindesaal von Spindale kennen. Sie hatte sich gerade bei der R-S Central für das Abschlußjahr angemeldet. Ihre Mutter trug noch immer Schwarz. Vernon war hochgewachsen und breitschultrig und hatte trotz seiner kräftigen Statur eine schmale Taille und einen festen, runden Hintern. Als er den Saal betrat, fiel Peggy auf, daß alle Leute ihn ansprachen und die Männer ihm die Hand schütteln wollten. Fünf oder sechs kleine Jungen liefen hinter ihm her und versuchten, seinen Gang nachzuahmen. Sie fand ihn damals häßlich – seine Nase war zu lang und spitz, seine schwarzen Augen waren zu klein und standen zu eng zusammen – und änderte ihre Meinung in den langen Jahren ihrer Ehe nur geringfügig.

Vernon war das Werfer-As der Rutherford Country Owls, eines halbprofessionellen Baseballteams, und zwar schon so lange, wie Peggy auf der Welt war. Peggys Vater hatte sogar gelegentlich in der Betriebsmannschaft mit ihm Baseball gespielt. Die Cincinnati Reds hatten Vernon einmal eine Summe von achttausend Dollar gezahlt, um ihn als Profispieler unter Vertrag zu nehmen, doch während der ersten Woche des Frühjahrstrainings in Florida hatte er Heimweh bekommen und war nach Spindale zurückgekehrt. Er gab den Reds das Geld zurück und spielte für den Rest seiner Baseballkarriere als Werfer gegen halbprofessionelle Teams aus Shelby, Cherryville, Lincolntown und Kings Mountain.

Vernon war zweiunddreißig, als er Peggy bei dem Square Dance zum ersten Mal sah, und er fand, daß sie das schönste Mädchen war, das er je gesehen hatte. In Kalifornien war Peggy das noch nie passiert – sie wußte, daß sie nicht besonders hübsch war –, daher beschloß sie schon zu Anfang ihrer Bekanntschaft, ihn in diesem Glauben zu lassen. Peggy war so zierlich, daß Vernon sie mit einem Arm hätte hochheben und über seinen Kopf halten können. Er stand dicht hinter ihr und tat so, als ob er der Band zuhörte, bemühte sich jedoch angestrengt, Peggys Gespräch mit ihrer Mutter zu belauschen. Sie hatte einen kalifornischen Akzent, den Vernon kultiviert und exotisch fand. Er versuchte, ihre Größe zu schätzen und kam zu dem Schluß, sie könne höchstens einen Meter fünfundfünzig oder einen Meter sechzig groß sein. Als Vernon so dicht bei ihr stand, daß er beinahe ihren Duft einatmen konnte, überkam ihn eine Verzweiflung, die an Hoffnungslosigkeit grenzte, der heftige Wunsch zu verhindern, daß jemand anderer sie ansprach und heiratete, ehe er es tun konnte. Peggy und Vernon erregten bei dem Square Dance ein gewisses Aufsehen. Noch nie hatte in Spindale jemand erlebt, daß Vernon J. ein Mädchen ansprach, geschweige denn mit einem Mädchen tanzte. Als er mit Peggy die Tanzfläche betrat, zeigten die Leute auf das Paar und flüsterten sich zu, der gute alte Vernon habe sich bestimmt in das neue Mädchen verliebt. Der Ansager merkte, was los war, und sprach Vernon bei seinen Instruktionen direkt an: Verbeug dich vor deiner Partnerin, Vernon. Und jetzt verbeug dich vor dem nächsten Mädchen. Als sie über den Tanzboden hüpften – Teil eines riesigen Kreises, dessen Bewegung die Papierschlangen an der Decke flattern ließ –, fiel Peggy auf, daß die Leute lächelten, wenn sie vorübertanzten. Es gefiel ihr, sich mit Vernon zu zeigen, auch wenn er häßlich war.

Eine Woche später, als Vernon zuschaute, wie Peggy auf die alte Tribüne hinter dem Home-Base auf dem Legion Field in Forest City hinaufkletterte, merkte er, daß er sich bis über beide Ohren in sie verliebt hatte. An diesem Abend spielten die Owls gegen Bessemer City, und Vernon war so nervös, daß er den ersten drei Battern einen Punkt schenkte, was bis dahin noch nie passiert war, denn er war bekannt für sein konzentriertes Spiel. Einmal hatte er gewettet, er könne vom Bürgersteig der Main Street aus einen Baseball zwischen zwei offenen Autofenstern hindurchwerfen – und er gewann.

Jedes Base war besetzt, der vierte Batter von Bessemer City befand sich am Home-Base, und Vernon stand hinter der Abwurfstelle und rieb den Baseball. Innerlich zitterte er, wie damals in Florida. Der Baseball in seinen Händen fühlte sich sonderbar an. Voller Angst überlegte er, wo er beim nächsten Wurf hinfallen könnte. Er blickte unter dem Schirm seiner Kappe hervor zur Tribüne hinauf und sah Peggy – sie trug einen blauen ärmellosen Pulli und Halbschuhe und hatte sich einen Sweater um die Schultern gelegt, obwohl es ein schwüler Abend war –, und es kam ihm so vor, als hielte sie ihm die Daumen und wollte, daß er seine Sache gut machte. Er schaute sie an und rieb den Ball so lange, bis er wußte, daß er ihn gut im Griff hatte. Er stellte sich vor, daß sie sich vielleicht, bloß vielleicht, auch in ihn verliebt hatte und deshalb zu dem Spiel gekommen war.

Vernon war noch nie verliebt gewesen, und als er den Baseball in die Innenseite seines Handschuhs schlug, überlegte er, was das zu bedeuten hatte. Er dachte daran, daß das Maschendrahtnetz hinter dem Catcher so rostig und ramponiert war, daß Fehlwürfe manchmal geradewegs hindurchsausten und auf der Tribüne landeten. Er ging wieder zur Abwurfstelle und zielte mit dem Ball auf den Kopf des Cleanup-Man von Bessemer City – der sollte sich bloß nicht einbilden, daß er den Baseball mit der Keule auch nur berühren konnte – und machte ihn mit drei Würfen aus. Vernon schaute zur Tribüne hinauf, sah Peggy an und tippte an den Schirm seiner Kappe. Die nächsten beiden Batter machte er ebenfalls aus. Der Pitcher von Bessemer City, der nicht wußte, daß Vernon verliebt war, zielte wegen dieser arroganten Geste etwas später mit dem Ball auf Vernons Kopf.

Als zwei Wochen später die Schule begann, war das neue Mädchen aus Kalifornien bereits als Vernon Jacksons Mädchen bekannt, was Peggy nicht weiter störte, da es ihr die Mühe ersparte, sich Freunde zu suchen. Es schien fast so, als sei sie schon mit jedermann befreundet. Vernon half als Trainer beim Central Baseball Team, und obwohl sie nicht einen einzigen der Spieler kannte – sie war noch keinen Monat in der Schule –, erkoren sie Peggy zu ihrem Maskottchen. Ihre Mutter und Großmutter legten eine Nachtschicht ein und nähten Peggy ein lavendelblaues Taftkleid, das sie bei der Parade durch die Hauptstraßen von Spindale und Rutherfordton trug. Die Fahrt durch Spindale gefiel Peggy recht gut, weil die Straße breit und die Menschenmenge nicht allzu groß war, in Rutherfordton jedoch herrschte auf den Bürgersteigen ein solches Gedränge, daß die Leute auf die Straße auswichen und ihr so nahe kamen, daß Peggy sie beinahe berühren konnte. Alle freuten sich, daß sie da war, und Hunderte von Menschen winkten ihr zu, obwohl Peggy nicht ein einziges bekanntes Gesicht sah. Es schien, als wollten sie alle etwas von ihr, doch Peggy hatte nicht die geringste Ahnung, was das sein konnte.

Peggy schaute Vernon immer gern beim Werfen zu, obwohl es ihr peinlich war – später machte es sie wütend –, daß er nach jedem Strikeout an seine Kappe tippte und sie ansah. Als dies bereits zu einem Ritual geworden war, drehten sich die Zuschauer auf der Tribüne gespannt zu ihr um. Dann lächelte sie zwar jedesmal und applaudierte begeistert, ärgerte sich jedoch darüber, daß die Zuschauer das von ihr erwarteten. Sie fand, es sei allein ihre Angelegenheit, ob sie Vernon zulächelte oder nicht. Selbst Leute, die Peggy nicht kannte, brüllten ihr an Spieltagen quer über die Hauptstraße zu: »He, Peggy, wie viele Batter macht der gute Vernon wohl heut abend aus?«

Wenn Vernon zum Wurf ansetzte, zog er das rechte Bein an wie ein Flamingo – er war Linkshänder – und drückte das Knie fest gegen die Brust. Dann lehnte er sich langsam zurück, streckte das Bein und hob den Fuß hoch über seinen

Kopf. Wenn es so aussah, als würde er jeden Augenblick hintenüberfallen, machte er einen so großen Schritt in Richtung Home-Base, als wolle er darüber hinwegmarschieren. Sein linkes Knie schleifte über den Boden. Sein Arm fuhr blitzschnell hoch über den Kopf und dann wieder nach unten, während er das linke Bein nach hinten riß. Er warf den Ball mit solcher Wucht, daß Peggy nie mehr als einen weißen Streifen erkennen konnte. Es war ihr unbegreiflich, wie man den Ball überhaupt treffen konnte. Sie liebte das aggressive Geräusch, mit dem Vernons Fastball auf den Handschuh des Catchers klatschte. Sie mochte es nicht, wenn er Effetbälle oder Change-ups warf, weil sie sich wie Fehlwürfe anhörten. Als sie später Kinder zeugen wollten – sie versuchten es jahrelang –, stellte sich Peggy immer vor, Vernons Spermien seien Basebälle, die mit großer Geschwindigkeit in ihrem Körper herumsausten, und in Gedanken versuchte sie einen davon zu fangen, nur einen einzigen, und ihn festzuhalten.

Peggy hatte Geschichten über Phantomschmerzen gehört, über Leute, die sich an Armen und Beinen kratzen wollten, die bereits vor Jahren amputiert worden waren. Auf diese Weise hatte sie ihre Brüste nie vermißt – es hatte sich nie so angefühlt, als seien sie noch da, selbst am ersten Tag nach der Operation spürte sie nur, daß sie einfach *weg* waren. Manchmal jedoch konnte sie sich vorstellen, wie Vernons große Hände sie berührten. Vernon war ein sanfter Mann, aber ihre Brüste faßte er gern fest an – wenn sie miteinander schliefen, drückte er sie so fest, daß ihre Brustwarzen hart wurden und sich aufrichteten und Peggy sich wunderte, daß sie nicht summten. Manchmal entdeckte sie blaue Flecken auf ihren Brüsten, die seine Fingerspitzen hinterlassen hatten, und sie überlegte, ob er sie im Laufe der Zeit irgendwie verletzt haben könnte.

In den Flitterwochen fuhren Peggy und Vernon auf dem Highway 74 über die Berge nach Asheville. Sie wohnten im Biltmore Hotel, einer damals eher schäbigen Unterkunft, was Vernon offensichtlich nicht bemerkte. Die Matratze roch muffig, und der rote Teppich in den Korridoren war in der Mitte ausgetreten und verschlissen. Der Ventilator auf der Fensterbank ihres Zimmers funktionierte nicht richtig und war umgekippt, er klapperte und blies die Luft nur noch in eine Richtung. Am ersten Abend aßen sie im S-&-W-Selbstbedienungsrestaurant und sahen sich anschließend im Plaza-Kino *Die Giganten* mit James Dean an. Sie kehrten ins Hotel zurück und zogen sich im Dunkeln aus. Peggy hatte sich nie Gedanken darüber gemacht, was für ein massiger Mann Vernon war, bis er ins Bett stieg und ihren kleinen Körper mit seinem großen Körper zudeckte. Wenn Gott jetzt auf sie herniederschaute, dachte sie, dann könnte er sie gar nicht sehen.

Froh und erleichtert spürte Peggy, wie erregt sie bei der Vorstellung war, mit Vernon zu schlafen, und daß sie es schön fand, nackt neben ihm zu liegen, seine Haut an ihrer zu spüren, und daß sie feucht war – sie hatte Angst gehabt, es könne anders sein, weil ihre Mutter ihre eine Dose Vaseline in die Reisetasche gesteckt hatte, für den Notfall –, aber als Vernon versuchte, in sie einzudringen, tat es trotzdem weh. Als sie nach Luft schnappte, sprang Vernon auf, setzte sich auf die Bettkante, vergrub den Kopf in den Händen und weigerte sich, es in derselben Nacht noch einmal zu versuchen. Peggy wünschte sich verzweifelt, daß er weitermachte, sagte jedoch nichts. Sie wußte bereits, daß es wenig Sinn hatte, Vernon etwas zu erzählen, das er nicht verstand. Bei einer ihrer ersten Verabredungen hatte er sie gefragt, ob alle Mädchen in Kalifornien so hübsch seien wie sie, und als Peggy lachte, verstand er nicht, warum. Er bekam einen roten Kopf, schaute in eine andere Richtung und schwieg lange Zeit.

Peggy verlor ihre Unschuld erst am zweiten Abend nach ihrer Hochzeitsnacht – sie hatten inzwischen zweimal das Biltmore House besucht, waren die schöne Strecke bis hinauf zum Mount Mitchell gefahren, hatten auf dem Rasen des Grove Park Inn ein Picknick gemacht und Brathähnchen gegessen, hatten im Auto vom Beaucatcher Mountain aus den Blick über Asheville genossen, Cola getrunken und sich im Radio das Spiel der Woche angehört –, weil Vernon ihr auf keinen Fall weh tun wollte. Peggy hätte am liebsten geschrien: »Tu's doch einfach, Vernon. Halt den Mund, hör auf mit den Entschuldigungen und tu's einfach, bring die Sache endlich zu Ende. Ich will es genauso wie du. Für wen hältst du dich eigentlich, verdammt noch mal?« Als das Häutchen schließlich zu reißen begann, mußte Peggy ihre Hände auf Vernons Hinterbacken legen und sie fest nach unten drücken, damit er es durchstieß. Als er am nächsten Morgen das Blut auf den Laken sah, war er entsetzt und wollte sie vor dem Zimmermädchen verstecken. Beim Frühstück sprach er kaum ein Wort, und auf der Rückfahrt den Berg hinunter tätschelte er ihr das Knie, als sei sie verletzt.

Peggy legte ihre Hand auf die Innenseite von Vernons Schenkel, nahe am Schritt, und ließ sie während der ganzen Fahrt nach Spindale dort liegen, obwohl sie merkte, daß er sich dabei unbehaglich fühlte.

Selbst als Vernon und Peggy schon fünfundzwanzig Jahre verheiratet waren und er seit zwanzig Jahren keinen Baseball mehr angerührt hatte, kamen Leute im Scoggin's oder im Inland Harbor an ihren Tisch und sagten zu Vernon, er sei doch inzwischen bestimmt ein Star in der Profi-Liga geworden und in der Hall of Fame verewigt. Vernon antwortete dann immer, seine Ehe mit Peggy sei ihm wichtiger, als Baseballs zu werfen. Peggy wußte, daß er es ernst meinte – und daß es ein Kompliment für sie sein sollte –, aber jedesmal, wenn Vernon diese Antwort gab, hätte sie sich am liebsten auf einen Stuhl gestellt und verkündet, daß sie erst drei Jahre alt war und in Kalifornien lebte, als Vernon Jackson zum ersten und zum letzten Mal am Frühjahrstraining in Florida teilgenommen hatte, und daß nichts, absolut nichts von alledem ihre Schuld gewesen sei. Das einzige, was Vernon wirklich hervorragend konnte, war Basebälle zu werfen, er war einfach der geborene Pitcher. Das unterschied ihn von allen anderen Leuten, und Peggy glaubte, daß er die Bedeutung dieser Gabe nie begriffen hatte. Nachdem Vernon das Baseballspielen aufgegeben hatte, war er nur noch ein netter Kerl. Weiter nichts. Ein netter Kerl wie alle anderen. Die Webereien in Spindale waren voll davon.

Peggys Haare fielen fast alle auf einmal aus. Sie stand vor dem Spiegel im Bad des Wohnmobils und zog es sich büschelweise vom Kopf. Es tat überhaupt nicht weh. Das war das Erstaunliche daran. Vernon kam ins Bad und holte ihre Haare wieder aus dem Abfalleimer, zog sie aus der Bürste und steckte sie in einen Briefumschlag. Als Peggy ihn anbrüllte und einen Idioten nannte, wich er taumelnd vor ihr zurück, setzte sich in seinen Truck und fuhr auf dem Highway 74 in die Berge. In Gerton hielt er an, rief sie per R-Gespräch aus einer Telefonzelle an, weinte und sagte ihr, wie sehr er sie liebe und daß sie nie, nie sterben solle. Peggy sagte Vernon, daß sie ihn auch liebe und er bitte zurückkommen solle, sie habe ihn nur angebrüllt, weil sie krank sei. Auf dem Heimweg bog Vernon vom Highway auf die Rock Springs Road ab, fuhr bis zur Brücke und öffnete den Umschlag mit Peggys Haaren über dem dunklen Fluß, der tief unter ihm rauschte. Im selben Augenblick fing er an zu weinen und konnte lange Zeit nicht aufhören, weil er wünschte, er hätte Peggys Haare behalten.

Kurz darauf hatte Peggy zum ersten Mal das Gefühl, alles sei irgendwie komisch. Von Zeit zu Zeit, selbst wenn sie an gar nichts Bestimmtes dachte, stieg ein lautes Kichern in ihr auf und bahnte sich seinen Weg nach draußen. Einmal passierte es an einem Sonntag in der Kirche, während einer Predigt über Schadrach, Meschach und Abed-Nego – die albernen Namen waren der Auslöser gewesen –, und alle drehten sich voller Mitgefühl zu ihr um, weil sie glaubten, mit *ihr* stimme etwas nicht statt mit diesen Namen. Daraufhin brach Peggy in unkontrollierbares Gelächter aus und mußte die Kirche verlassen. Eines Tages schäumte Peggy ihren Kopf mit Vernons Rasiercreme ein und rasierte sich ihre letzten Haarsträhnen ab. Da Vernon meinte, sie solle einen Hut tragen, damit sie keine Erkältung bekäme, strickte sich Peggy eine knallrote Skimütze mit einer großen Bommel. Sie bat Vernon, ihr mehr Garn zu holen, um die Mütze zu verlängern. Sie stopfte sie mit Papier aus, damit sie aufrecht stand. Die Mütze sah derart albern aus, daß Peggy immer lachen mußte, wenn sie sie trug. Sie war fast 30 Zentimeter hoch, und Peggy war darin beinahe so groß wie Vernon. Die Mütze sah aus wie eine Sirene. Manchmal saß Peggy draußen mit ihrer spitzen roten Mütze und den neuen Silikonbrüsten – sie hatten sogar *Brustwarzen* –, schaute zu, wie Vernons Enten im Teich schwammen und einander bestiegen und lachte, bis sie Bauchschmerzen kriegte. Vernon rief Peggys Arzt an und erzählte ihm, Peggy werde langsam hysterisch. Der Arzt verschrieb Tabletten, die Peggy nie einnam. Sie wollte auf gar keinen Fall – außer noch häufiger erbrechen zu müssen – noch mehr Tabletten schlucken. Vernon kaufte ihr eine Perücke, die sie tragen sollte, wenn sie essen gingen, und Peggy trug sie, wenn auch widerstrebend. Sie war aus Nylon, kratzte und sah weder aus wie Haar, noch fühlte sie sich so an.

Mit der Zeit mochte Peggy das Gefühl, einen Kahlkopf zu haben, vor allem, wenn sie in der Dusche unter dem heißen Wasserstrahl stand. Sie sagte zu Vernon, es werde ihm Glück bringen, über ihre Glatze zu streichen, aber er wollte nicht. Er meinte, das funktioniere nur, wenn sie ein Catcher wäre. Wenn Peggy ihren kahlen Kopf berührte, sagte ihr das mehr über sich selbst, als es eine ihrer Frisuren je vermocht hätte. Auch der Anblick gefiel ihr. Unter ihrer Kopfhaut zeichnete sich ein Netz aus Adern in blassem Blau ab, wie Linien auf einer Landkarte in der Farbe eines teuren Lidschattens.

Eines Tages entdeckte Peggy eine Narbe, die sie längst vergessen hatte. Als sie die Narbe berührte, hatte sie den Geruch des Hauses in Kalifornien, in dem sie aufgewachsen war, so deutlich in der Nase, als sei sie dort. Sie erinnerte sich daran, wie sie als kleines Kind über den Küchenfußboden rannte, den ihre Mutter auf Hochglanz gebohnert hatte, ausrutschte, hinfiel und mit dem Kopf gegen die Tischkante schlug. Sie wußte nicht mehr, wo ihre Mutter damals war, aber ihr Vater brachte sie ins Krankenhaus, wo man die Wunde mit drei Stichen nähte und ihr einen grünen Lutscher schenkte. Danach fuhr er mit ihr über die braunen Berge hinunter zum Meer. Er zog seine Handschuhe aus, band sie an den Schnürriemen zusammen, krempelte die Hosenbeine hoch und trug Peggy auf seinen Schultern über den Sand.

Auf dem Heimweg sah sie von einem Hügelkamm aus die Hochhäuser im Zentrum von Los Angeles in der Ferne aufragen. Als Peggy sich wieder daran erinnerte, wurde ihr klar, daß sie damals zum ersten Mal die Stadt wahrgenommen hatte. Im Sonnenlicht blitzten die Fenster orangefarben auf, und einen Moment lang dachte Peggy, die Häuser stünden in Flammen. Ihr Vater saß neben ihr, seine Hand leicht auf ihrem Nacken, und er sang mit leiser Stimme »Ruby, honey, are you mad at your man«, ein Lied, bei dem ihre Mutter immer weinen mußte, weil es sie an zu Hause erinnerte, und Peggy dachte, ihrem Daddy sei es irgendwie gelungen, die Häuser nur für sie allein erglühen zu lassen. Sie rutschte dicht an ihn heran und roch Old Spice und Tabak. Er hatte immer eine Packung Lucky Strike in der Hemdtasche. Der kühle Wind ließ ihr langes Haar flattern, und sie merkte, wie es ihren Vater im Gesicht kitzelte. All das hatte sie vergessen.

Peggys und Vernons einziges Kind kam tot zur Welt. Schon zu Beginn ihrer Schwangerschaft hatte Peggy gespürt, daß irgend etwas nicht stimmte. In der Nacht, als sie das Kind empfing, wachte sie mit einem Schreckenslaut auf, weil sie dachte, ein Einbrecher sei im Haus. Ihre Mutter meinte, das wären die Nerven. Vernon redete ununterbrochen davon, er wolle ihrem Sohn beibringen, wie man einen Fastball so wirft, daß ein rechtshändiger Batter ihn nicht trifft, und er werde nicht zulassen, daß er Effetbälle wirft, ehe er richtig gut ist und seine Beine so kräftig wie Zaunpfähle sind. Ihr Sohn, meinte er, werde es selbst den Profis zeigen. Peggy versuchte sich ihren Sohn vorzustellen, aber es gelang ihr nicht. Das Baby – es sollte Charlie heißen, nach ihrem Vater, doch nur Vernon nannte es so, Peggy mochte ihm keinen Namen geben – wuchs zu schnell, verlangte zuviel von ihr und war im achten Monat so groß, daß sie kaum noch laufen konnte. Als es sich in ihr bewegte, spürte Peggy fast so etwas wie Verzweiflung, als wisse das Baby bereits, daß sie es nicht zur Welt bringen konnte.

Als Peggys Wehen einsetzten, bat sie Dr. Keeter, das Baby mit einem Kaiserschnitt zu holen. Er lachte und sagte, das sei nicht nötig, mit ihr und dem Kind sei alles in bester Ordnung, sie wären alle beide kräftig und gesund. Er trug einen Mundschutz, und Peggy hätte ihm am liebsten die Augen ausgekratzt. Sie lag sechsunddreißig Stunden in den Wehen, während sich das Zimmer um sie drehte und sie erbrechen mußte von den Spritzen, die sie bekam. Sie wäre beinahe verblutet. Die ganze Zeit über ließen sie literweise Blut in sie hineinlaufen. Sie konnten sie nicht operieren, weil sie blutete. Peggy dachte, das Baby würde sie zerreißen. Es war ein Junge, riesengroß und knallblau angelaufen. Dr. Keeler trug ihn zu einem kleinen Tisch in einer Ecke des Kreißsaals und beatmete ihn, doch er konnte ihn nicht retten.

Vernon beugte sich weinend über Peggys Bett, strich ihr mit den Fingern über das Haar und sagte, es sei alles seine Schuld, »man kann eine hübsche kleine Jersey-Kuh nicht von einem häßlichen alten Zebubullen decken lassen, weil das Kalb zu groß wird«, und er hätte es besser wissen sollen und ihr nicht so etwas furchtbar Gräßliches antun sollen. Es dauerte Monate, bis Peggy Vernons Anblick wieder ertragen konnte, bis sie nicht mehr den Drang verspürte, mit den Fäusten auf ihn einzuschlagen, sobald er das Zimmer betrat, und es dauerte noch eine ganze Weile länger, bis er sie wieder berühren durfte.

Bei den Enten gab es keine festen Paare, sie vermehrten sich nach dem Zufallsprinzip. Die Erpel fochten untereinander Kämpfe aus und jagten die Weibchen quer über den Teich. Eines Nachmittags beobachteten Peggy und Vernon, wie drei Erpel abwechselnd das kleinste Weibchen bestiegen. Peggy trug ihre rote Zipfelmütze. Sie konnte sich das Lachen kaum noch verbeißen. Ein Erpel nach dem anderen rutschte flügelschlagend auf der Ente herum und drückte sie dabei unter Wasser. Sie brachten den Teich mit ihren flatternden Flügeln zum Schäumen, reckten die langen Hälse und zwickten das Weibchen in den Rücken. Die ganze Zeit schnatterten sie wie verrückt. Manchmal konnten Peggy und Vernon die Ente nicht mehr sehen. Alle Tiere streckten die Schnäbel in die Luft, schlugen mit den Flügeln und veranstalteten einen Höllenlärm, wie zur Fütterungszeit. Sobald die Ente freikam, versuchte sie zu entwischen, wurde jedoch sofort vom nächsten Erpel festgehalten und bestiegen. Peggy dachte, *ich wünschte, Vernon würde mich so ficken.* Sie hatte das Wort noch nie benutzt. Es saß ihr wie ein Kloß im Hals. *Ficken, ficken, fick mich, Vernon.* Der dritte Erpel bestieg die Ente. Peggy warf Vernon einen kurzen Blick zu und hielt sich die Hand vor den Mund, um nicht »fick mich« zu sagen. Vernon schluckte und sah sie nicht an. Plötzlich tauchte hinter den beiden Enten eine Alligatorschildkröte auf und schlug ihre schrecklichen Kiefer in das zappelige Weibchen. Es schrie auf wie ein kleines Kind und schlug den Kopf nach links und rechts auf das Wasser. Peggy riß sich die rote Mütze vom Kopf und zerdrückte sie in den Händen. Sie spürte, wie der Papierkegel darin zerbröselte. Die Erpel schlugen mit ihren gestutzten Flügeln auf die Wasseroberfläche ein und versuchten davonzufliegen. Die Ente schwamm in immer kleineren Kreisen – die Schildkröte zog sie in die Tiefe –, bis ihr Kopf gerade noch aus dem Wasser ragte und schließlich ganz verschwand. Zehn Minuten später trieb sie wieder an die Oberfläche, das Wasser um sie herum war still und glatt. Wie runde Schatten im Wasser tauchten fünf Schildkröten auf, mit schwarzen, hochgereckten Köpfen, und hängten sich wie Kletten an den Kadaver.

Vernon rannte zum Wohnmobil und holte sein Jagdgewehr. Er stützte sich an der Seitenwand ab, richtete den Lauf auf den Rücken der größten Schildkröte und drückte ab. Ein Geysir aus Wasser und Panzersplittern schoß in die Luft. »Du Mistvieh«, brüllte Vernon, »du verdammtes, widerliches Mistvieh.« Die anderen vier Schildkröten tauchten ab, bevor Vernon ein zweites Mal schießen konnte. Peggy sprang von ihrem Stuhl auf und klatschte in die Hände, elektrisiert von dem heftigen Knall des Gewehrs, dem Echo des Schusses, das die Berge aus der Ferne zurückwarfen, den Ausdrücken, die Vernon benutzt hatte, und seiner Lautstärke. So viel Krach hatte sie seit Monaten nicht mehr gehört. In ihrer Nähe war Vernon immer mucksmäuschenstill. Und höflich. Er ging sogar *auf Zehenspitzen.* Manchmal hätte sie ihm am liebsten eine Ohrfeige gegeben, damit er nur einmal wütend wurde. Sie wollte, daß Vernon noch einen Schuß abgab, obwohl die Schildkröten verschwunden waren.

Vernon kaufte einen Klapptisch und stellte ihn so auf, daß man den Teich im Visier hatte. Er füllte einen Sack mit Sand, legte ihn auf den Tisch und stützte sein Gewehr darauf, wenn er auf die Schildkröten schoß. Vernon hielt fast die ganze Zeit Wache und tötete im Laufe des Sommers drei weitere Schildkröten. Sie wurden vorsichtig. Wenn Vernon das Gewehr erst lud, wenn er schon draußen stand, waren sie im selben Augenblick, in dem sie das Geräsuch hörten, verschwunden. Die Schildkröten hatten inzwischen fünf weitere Enten getötet. Die übrigen Enten hielten sich immer seltener auf dem Teich auf. Drei von ihnen wurden von Füchsen getötet, als sie am Ufer entlangwatschelten. Peggys und Vernons letzte Ente war ein Erpel. Er stand dicht am Wasser, schlug mit den Flügeln und schnatterte Fragen, die Vernon nicht beantworten konnte, bis er schließlich das Gefühl hatte, ihm bräche das Herz. »Wir sollten der Ente einen Namen geben«, meinte Peggy.

»Nein, auf keinen Fall«, gab Vernon zurück. »Das will ich nicht.«

»Wir hätten keine Enten mit gestutzten Flügeln kaufen sollen«, sagte sie.

Vernon schüttelte den Kopf. Er vermied es, Peggy in die Augen zu sehen. »Dann wären sie weggeflogen.«

»Das wäre besser gewesen«, sagte sie.

Am ersten Frostmorgen im Herbst entdeckte Peggy geschwollene Lymphknoten an ihrem Hals und unter beiden Achselhöhlen. Das war's dann wohl. Die Halunken stahlen ihr das Leben so ungeniert, als würden sie mit Fernsehern unter dem Arm aus dem Laden marschieren. Peggys Haar war wieder nachgewachsen, weich und dünn wie das eines Säuglings, und es war schneeweiß. Sie steckte eine rote Haarspange hinein. Ihre Zipfelmütze trug sie nicht mehr und die Prothese nur noch dann, wenn sie essen gingen. Vernon saß noch immer an dem Klapptisch, obwohl er tagelang keine Schildkröte gesehen hatte, und Peggy war aufgefallen, daß er in letzter Zeit ebensooft ins Leere starrte wie auf den Teich. Peggy hatte keine Angst, sie wußte selbst nicht, warum – an manchen Tagen fand sie es zu ihrem Erstaunen nicht im geringsten bedrohlich; sie war vor allem aufgeregt, beinahe wie vor einer Reise; sie hatten das Auto ihres Vaters verkauft und waren mit dem Zug nach North Carolina gefahren, was sie immer schon einmal wieder hatte tun wollen –, ihr graute nur davor, krank zu sein. Krank sein war etwas, wo man durch mußte, so wie Arizona, New

Mexico und Texas, um auf die andere Seite zu gelangen. Manchmal wurde ihr ein wenig schwindelig, wenn sie darüber nachdachte, aber Angst konnte man das nicht nennen. Es war eher ein Gefühl, als stünde sie irgendwo in großer Höhe, ohne sich an etwas festhalten zu können.

Peggy wollte Vernon gern etwas mitteilen. Sie wollte ihm eine Zusammenfassung ihres Lebens geben, angefangen von ersten Erinnerungen – das weißrosa Haus, die Hochhäuser im Sonnenlicht, die besondere Art, wie ihr Vater nach Lucky Strikes und Old Spice duftete – bis hin zur Gegenwart, sie wollte ihm alles erzählen, was ihr einfiel, und auch, was es für sie bedeutet hatte. Lange Zeit starrte sie auf seinen Rücken und meinte dann: »Ich möchte dir nur sagen, daß ich anders bin als du, Vernon.«

Vernon wandte sich um, schaute sie an und lächelte. Er hatte den Teich beobachtet. »Das weiß ich doch«, antwortete er. »Du kommst aus Kalifornien.«

»Stimmt«, sagte sie. »So ist es.« Obwohl es sich nicht ganz so verhielt – sie war in der Spindale Street geboren worden, vier Häuser hinter Keller's Cafe –, fand Peggy, daß es der Wahrheit doch recht nahekam. Ihre letzte Ente schwamm dicht am Ufer entlang. Ihr Spiegelbild schwamm unter ihr durch die Bäume im grünen Wasser. Peggy zeigte auf den Teich. »Ist das nicht genauso schön wie ein neuer Baseball?« fragte sie.

»Keine Frage«, sagte Vernon. »Für die Major League. Funkelnagelneu.« Prüfend betrachtete er den Teich. Außer ihrer Ente bewegte sich nichts im Wasser. »Ich glaube, der alte Knabe wird's schaffen«, meinte er. »Ich hab' schon seit Ewigkeiten keine Schildkröten mehr gesehen.«

»Er schafft's bestimmt«, erwiderte Peggy. »Das Bürschchen ist clever. Der kommt schon durch.«

»Ich würde dir gern im Frühjahr neue Enten kaufen«, sagte Vernon. »Oder vielleicht mal was ganz anderes. Wie wär's mit Kanadagänsen?«

»Ich würd' mich freuen, Vernon«, sagte Peggy.

Peggy fiel wieder ein, wie die drei Erpel das Weibchen bestiegen hatten, und als sie daran dachte, stieg das Wort *ficken* wie eine Blase in ihr auf und kam so dicht an die Oberfläche, daß ihr Mund erfüllt war von dem kräftigen Geschmack des harten, salzigen Wortes. Sie wußte jedoch, daß Vernon nicht begreifen würde, was sie brauchte, selbst wenn sie es ihm sagte. Vernon liebte sie zu sehr. Das war das ganze Geheimnis, und sie wollte ihn nicht verletzen, indem sie es aussprach. Der Teich war immer noch voller gieriger Schildkröten – sie hatten sich an der tiefsten Stelle des Teiches im Schlamm vergraben und warteten nur das Frühjahr ab –, aber das wollte sie Vernon nicht erzählen. Peggy sah sich um und dachte, es hätte auch schlimmer kommen können.

Gettysburg

Als Tully bei seinem Freund in Gettysburg ankam, hockte Frank in gelben Gummihandschuhen, die ihm bis zu den Ellbogen reichten, auf einer Trittleiter und holte Vogeljunge aus der Regenrinne seines Hauses. Franks Freundin Eileen stand mit einer Schuhschachtel in der Hand auf einer der unteren Leitersprossen. Auch sie trug gelbe Gummihandschuhe. Eileen war sehr klein, nicht einmal einen Meter fünfzig groß, und ihre Handschuhe reichten ein ganzes Stück über die Ellbogen hinaus, was seltsam feierlich wirkte. Wie Tully bereits erwartet hatte, war Eileen hübsch und merklich jünger als Frank. Er schätzte sie auf fünfundzwanzig oder sechsundzwanzig. Frank hatte seit fünfzehn Jahren Freundinnen in diesem Alter, eine so hübsch wie die andere. Eileens Nase und Wangen waren mit Sommersprossen übersät, und das dichte, braune Haar fiel ihr in einer wilden Mähne auf die Schultern. In Werbespots hatte Tully berühmte Models mit solchen Frisuren gesehen. Doch Eileen war die erste Frau, die ihr Haar tatsächlich so trug.

Eileen entdeckte Tully auf dem Gehsteig, noch ehe er etwas sagen konnte, und Tully hoffte, sie verdächtigte ihn nicht, ihr unter die Shorts geschaut zu haben. Das hatte er nämlich nicht getan. Obwohl es kein Problem gewesen wäre. Die Leiter stand, nicht ganz ungefährlich, auf der obersten

Stufe der Verandatreppe, so daß es geradezu schwierig war, Eileen nicht in die Shorts zu schauen. Früher hätte er bestimmt einen Blick riskiert, jetzt jedoch nicht mehr. Tully hatte sich verändert und glaubte bereits, sich rechtfertigen zu müssen. Eileens Augen waren so blau, daß Tully sich fragte, ob sie Kontaktlinsen trug. Sie begrüßte ihn lächelnd und mit einem übertriebenen Winken. »Du mußt Tully sein«, sagte sie. »Ich heiße Eileen. Frank hat mir diese albernen Handschuhe verpaßt.« Tully nickte; verlegen erwiderte er ihr Lächeln. Wohin er auch schaute, er sah nur Eileens braungebrannte Beine, die in ihren weiten Fußballshorts verschwanden. Frank drehte sich auf der Leiter um, bis er Tully sehen konnte. Er streckte die Arme aus, hielt die Fingerspitzen nach oben wie ein Arzt und tat so, als sei es eine sterile Prozedur, Vogeljunge aus einer Regenrinne zu holen. Tully hatte keine Ahnung, ob Frank Spaß machte oder nicht. Bei Frank wußte man das nie so genau. »Tully«, sagte Frank. »Entscheide du. Ja oder nein. Meinst du, Jungvögel könnten Bakterien haben?«

Tully war noch benommen von der Fahrt und hätte lieber in der Sonne auf dem Gehsteig gestanden und nur freundlich genickt. Er mußte sich erst an den Gedanken gewöhnen, daß er sich in Gettysburg, Pennsylvania, befand, einer Stadt, von der er zwar sein Leben lang gehört, die er jedoch nie besucht hatte, und er hatte keine Lust, schwierige Fragen zu beantworten. Er war noch ganz durcheinander, denn erst als er die endlosen Felder westlich der Stadt schon fast hinter sich gelassen hatte, war ihm aufgefallen, daß sie zum Schlachtfeld gehört hatten. Tully war enttäuscht, nicht nur, weil er kaum etwas gesehen, sondern auch, weil er, obwohl er sich zur Vorbereitung auf seine Reise ein Buch gekauft und gelesen hatte, keinen der Orientierungspunkte wiedererkannte, die er auf den Landkarten und alten Fotografien studiert hatte. Statt dessen hatte er auf einem Hügel links der Straße voller Erstaunen einen Obelisken bemerkt, eine Art Denkmal, das in dieser Umgebung ebenso fehl am Platz schien wie ein Raumschiff. Dann fiel ihm auf, daß die Felder links und rechts des Highway mit ähnlichen Monumenten übersät waren – Kanonen und Bronzestatuen von Generälen hoch zu Roß –, und er entdeckte überall Ständer mit Postkarten. Noch ehe er die plötzliche Erkenntnis, daß er sich auf historischem Boden befand, genießen und feierlich einem angemessenen Gedanken nachhängen konnte, einem Gedanken, den er nie vergessen würde, hatte er das Gebäude bereits durchquert und befand sich in der Stadt.

Gettysburg war sauber und gepflegt und für Touristen so herausgeputzt, wie Jäger ein Feld herausputzen würden in der Hoffnung, die Aufmerksamkeit vorüberziehender Gänse zu erregen. Tully lebte in einer ähnlichen Stadt in North Carolina und kannte die Andenkenläden, Wachsfigurenkabinette, Minigolfanlagen und die grell bemalten ›historischen‹ Restaurants, in die sich nur vom Urlaubswahn befallene Leute hineinwagten, und während er sich durch den dichten, etwas wirren Touristenverkehr der Innenstadt quälte, wuchs seine Verärgerung, die er zu Hause immer dann erlebte, wenn er hinter einem langsam fahrenden Lincoln mit einem Nummernschild aus Florida den Berg hinaufkriechen mußte. Während er um den Platz herumfuhr, schob Tully seinen Arm aus dem Autofenster und hoffte, seine strenge Miene, die Langeweile und Entschlossenheit verriet, werde die Einheimischen dazu verleiten, ihn für einen der Ihren zu halten, einen Städter aus einer anderen Stadt, einen Mann, der etwas zu erledigen hat und dessen Geduld von den Touristen Tag für Tag auf eine harte Probe gestellt wird. Die Einheimischen hatten kein Recht, sich über sein Nummernschild aus North Carolina lustig zu machen, da drei seiner Vorfahren, drei Verwandte mütterlicherseits, in Gettysburg auf seiten der Konföderierten gekämpft hatten. Seinen Ururgroßvater William Womack hatte eine Kugel in den Arm getroffen, Williams Bruder John war im Schlachtgetümmel verschwunden, und danach hatte man nie wieder etwas von ihm gehört. Nur Anderson, der dritte Bruder, war unverletzt heimgekehrt. Da Tully sich einbildete, er befände sich auf einer Art historischer Bergungsmission – insgeheim hegte er die vage Hoffnung, er könne Onkel John irgendwie *finden* –, glaubte er, daß zumindest *seine* Anwesenheit in Gettysburg berechtigt sei.

»Bakterien oder nicht?« fragte Frank.

»Was sind das für Vögel?«

»Mauerschwalben.«

»Segler«, sagte Eileen. »Mauersegler.«

»Ist doch egal«, sagte Frank.

»Ich weiß nicht«, sagte Tully. »Bei Mauerseglern ist das schwer zu beurteilen. Hängt ganz von der Mauer ab.«

»Du warst schon immer ein Klugscheißer, Tully«, meinte Frank. »Weißt du eigentlich, daß ich von hier oben deine kahle Stelle sehen kann?«

»Ha ha!« brüllte Eileen. »Hängt ganz von der Mauer ab. Ha!«

Daß Eileen sich über seine Antwort so köstlich amüsierte,

ließ Tully erröten. Er mochte es, wenn die Leute ihn für geistreich hielten, und obwohl es ihn erst seit kurzem interessierte, was die Leute in dieser Hinsicht über ihn dachten, verwunderte es ihn, daß sie ihn gelegentlich tatsächlich geistreich fanden. Tully gehörte zu den Menschen, die sich bereits in jungen Jahren über ihren Körper definieren – er war breitschultrig, stark, ein Zweimetermann, der in der High-School ein hervorragender Basketballspieler gewesen war –, und den größten Teil seines Lebens hatte er sich in seinem massigen Körper durchaus wohl gefühlt. Noch bis vor kurzem hatte er kaum mehr als nötig gesprochen und es stets gehaßt, wenn ihm ein Gespräch aufgezwungen wurde. Inzwischen kam es zu seiner eigenen Überraschung immer häufiger vor, daß er sich im Shoney's mit Unbekannten unterhielt. Er konnte kaum noch schlafen, weil ihm der Kopf vor lauter Fragen und Gedanken schwirrte und er das Bedürfnis hatte, etwas zu erklären, obwohl er nicht recht wußte, was – ein Zustand, der ihn sehr verwirrte. Tully wußte nicht mehr, wer er war. Er fühlte sich wie fabrikneu und ungetestet, so als spräche er im Traum fließend eine Fremdsprache, ohne genau zu wissen, was er eigentlich sagte.

Er kam von der Hochzeit seiner Cousine Tina in einer Kleinstadt in New Jersey und befand sich auf dem Heimweg nach North Carolina, und – das hätte er gern jemandem gesagt, denn er bewies, daß er Prioritäten setzte – er liebte seine Frau und verkaufte Immobilien. Während der Rückfahrt auf der Interstate in Virginia entlang des langen, flachen, nach Stonewall Jackson benannten Gebirgszuges, dachte Tully über diese neue Selbstdefinition nach. Tully hatte sich die ganze Zeit heftig nach seiner Frau gesehnt – wieder eine neue Erfahrung: Crystal und er waren seit achtzehn Jahren verheiratet, und obwohl sie eine gute Ehe führten, die durch nichts gefährdet schien, hatte Tully aus unerklärlichen Gründen fast die ganze Zeit das Gefühl, als bräche ihm das Herz. Jacksons berühmte letzte Worte: »Laßt uns den Fluß überqueren und im Schatten der Bäume Rast machen« hatten sich wie von selbst in die sehr viel persönlichere Erklärung verwandelt, die bis zum Ende der Reise in seinem Schädel hämmerte wie ein kaputter Reifen. Obwohl Tully wußte, daß seiner Erklärung die mystische Dimension von Jacksons Worten fehlte und er sie während der letzten Tage ein wenig ermüdend gefunden hatte, wollte er sie auf keinen Fall vergessen – vielleicht hatte er ja einmal Verwendung dafür. In New Jersey stellte er sich vor, wie er am Straßenrand irgendeines namenlosen Highways im Norden einem zu Tränen gerührten Verkehrspolizisten den Satz »Ich liebe meine Frau, und ich verkaufe Immobilien« zuflüsterte, während Feuerwehrleute verzweifelt versuchten, ihn aus den Trümmern seines Wagens zu befreien. Er hielt es für mehr als wahrscheinlich, daß er diesen Satz sagen würde, wenn ihn jemand fragte. Bisher jedoch hatte das noch niemand getan. In New Jersey war er nur Tinas Cousin aus North Carolina. Mehr wollte niemand über ihn wissen. Er trug seine unbenutzte Erklärung mit sich herum wie einen Sprengkörper oder ein Lied.

»Wie kommen die Vögel denn überhaupt in die Regenrinne?« fragte Tully.

»Das war Franks Idee.«

»Ich hätte das nicht tun sollen. Verdammt, ich bin schließlich kein Biologe.« Frank wandte sich ab und widmete sich wieder der Dachrinne.

»Er wollte sie braten«, meinte Eileen. »In der *Sonne.*«

»Hör endlich auf damit«, sagte Frank. »Ich kann's nicht mehr hören.«

Eileen grinste frech zu Frank hinauf und erzählte Tully die Geschichte. Am Morgen hatte Frank vor dem Fernseher gesessen, als das Nest mit den drei Vögeln durch den Schornstein in den Kamin gefallen war. Eileen, die Meeresbiologie studiert hatte und sich auch in Ornithologie ein wenig auskannte, war nicht da. Sich selbst überlassen, lieh sich Frank vom Nachbarn eine Trittleiter, kramte die Gummihandschuhe aus dem Schrank unter der Küchenspüle hervor und packte die piepsenden Vögel in die Regenrinne. Er hatte fälschlicherweise angenommen, die Vogeleltern würden ihre Kleinen aus der Rinne retten. Als Eileen nach Hause kam, saßen die Jungen bereits seit ein paar Stunden in der Sonne. Dann war Tully eingetroffen. Er hatte das Gefühl, zu spät gekommen zu sein, wie ein Polizist, der erst am Tatort eintrifft, wenn seine Kollegen bereits alles versiegelt und die wichtigen Zeugen vernommen haben. Er wollte etwas Nützliches tun und war froh, als Frank ihn bat nachzusehen, ob die Vögel noch immer in den Schornstein hinein und wieder hinaus ausflogen. Tully trat einen Schritt auf die Straße zurück, beschirmte seine Augen mit der Hand und schaute zum Dach hinauf. Überrascht stellt er fest, daß tatsächlich gerade ein Vogel in den Schornstein flog. Ehe er etwas sagen konnte, flog ein anderer Vogel hinaus. Vielleicht war es aber auch derselbe Vogel. Tully war sich nicht sicher. Alles erschien geheimnisvoll und dringlich. Er beobachtete, wie der zweite Vogel hinter dem Nachbarhaus verschwand. »Sie sind immer noch da oben«, rief er, erschrocken über die Lautstärke seiner Stimme und wieder einmal enttäuscht von sich selbst. Das war nicht besonders hilfreich gewesen.

Eileen dachte, Tully wolle sich über Frank lustig machen, und als sie zustimmend lächelte, ließ Tully die Sache auf sich beruhen. Um Tully zu erheitern, streckte sie einen Arm aus und starrte den gelben Gummihandschuh mit übertriebener Verachtung an. Tully fand es interessant, daß Eileen Meeresbiologin war, und hoffte auf eine Gelegenheit, sie nach ihrem Spezialgebiet zu fragen. Seit einiger Zeit fand er Fachwissen sehr beeindruckend, und er schaute sich häufig Dokumentarsendungen im Kabelfernsehen an. In den Buchläden des Einkaufszentrums durchstöberte er die Abteilungen für Geschichte und Naturwissenschaft und prägte sich dabei nach dem Zufallsprinzip ungewöhnliche Fakten ein. Die Anwesenheit der Chinesen in Tibet beunruhigte ihn. Viele Halbaffenarten waren vom Aussterben bedroht. Er stellte sich vor, wie Eileen beim Sporttauchen irgend etwas untersuchte. Korallen vielleicht. Da Tully nicht das geringste über Korallen wußte, konnte er sich das nur schwer ausmalen. Er glaubte, es sei nicht ganz ungefährlich, an Genaueres erinnerte er sich aber nicht. Vielleicht waren sie scharf. Er nahm nicht an, daß Korallen giftig waren. Er überlegte, ob Eileen kräftig genug war, um mit einer Sauerstoffflasche auf dem Rücken schwimmen zu können, und ob es die Flaschen wohl in verschiedenen Größen gab. Tully verzog das Gesicht, als habe er etwas Verfaultes gerochen, und schüttelte mitleidig den Kopf: Frank *war* dumm. Tullys unnützes Wissen hatte sich in seinem Kopf zu Satzformationen geordnet. Von 172 000 Soldaten, die in Gettysburg gekämpft hatten, waren 51 000 gefallen. Am dritten Tag hätte Lee die linke Flanke der Nordstaatenarmee angreifen sollen. Frank interessierte das bestimmt nicht. Aber Eileen war *Wissenschaftlerin* und hatte keine Angst, etwas Lebendiges zu berühren. Tully wollte auf ihrer Seite stehen.

»Das war eine Vogelkatastrophe«, sagte Eileen auf der Leiter.

»Was soll denn das heißen, ›eine Vogelkatastrophe‹?« fragte Frank. »Warum mußt du immer solchen Unsinn reden?« Frank beugte sich zu Eileen hinunter und legte etwas Winziges in die Schuhschachtel.

»Weil es stimmt, Frank. Es war eine Vogelkatastrophe.«

Frank und Eileen wohnten in einem alten, wenn auch nicht historischen roten Ziegelhaus in der Lincoln Avenue – eine Anschrift, die Tully so gut gefiel, daß er es lieber für sich behielt. Das Viertel war so hübsch wie der Schauplatz einer alten Fernsehserie – in den Gärten standen große Laubbäume, Eichen und Ahorn, die Häuser hatten überdachte Eingänge –, und ein paar Straßen weiter lag das Gettysburg College, wo Frank die Finanzverwaltung leitete. Frank hatte bereits an verschiedenen Universitäten in Florida in der Finanzverwaltung gearbeitet, jedoch noch nie im Direktorium. Zur Feier seiner Beförderung hatte er einen Saab gekauft, obwohl Eileen und er nach wie vor zur Miete wohnten. Am Telefon hatte er Tully erzählt, er wolle ein Haus kaufen, aber Tully kannte ihn zu gut. Frank gehörte zu den Leuten, die mit leichtem Gepäck reisen. Tully konnte es nicht ausstehen, wenn Männer dieses Schlags in sein Büro kamen. Sie befanden sich immer in Begleitung besonders hübscher Frauen, die zwangsläufig enttäuscht wurden. Für Männer wie Frank war kein Ort der Welt gut genug. In Gettysburg stand er dem College-Ausschuß der Kirchgänger vor. Er sagte, seine Aufgabe sei es, den Lutheranern das Geld aus der Tasche zu ziehen, ohne daß sie es merkten. Tully hatte Frank zum letzten Mal vor vier oder fünf Jahren in Tampa gesehen. Damals arbeitete Frank an der University of South Florida und sagte, seine Aufgabe sei es, den Juden Geld aus der Tasche zu ziehen, ohne daß sie es merkten. Auch da hatte er eine Freundin, ein kräftiges Mädchen, das Gewichte stemmte, Tequila pur trank und ausgiebig fluchte. Tully hatte sie nicht gemocht. Als sie zum Tiefseefischen fuhren, verdrückte das Mädchen einen halben Eimer Kentucky Fried Chicken und kotzte dann ins Meer.

Als Eileen die Leiter hinunterkletterte, war Tully einen Moment lang verwirrt, als sei die Welt plötzlich geschrumpft. Eileen war *winzig*, jedoch so perfekt proportioniert, als habe man einen hochgewachsenen Menschen maßstabsgerecht verkleinert. Sie hatte lange Beine, war aber gleichzeitig der kleinste Mensch, den Tully je gesehen hatte, sie besaß weibliche Kurven und einen üppigen Busen, doch ihre Brüste waren mädchenhaft zart. Sie bot einen verwirrenden Anblick. In ihrer Winzigkeit lag etwas außerordentlich Anziehendes, und Tully glaubte, es müsse damit zusammenhängen, daß man sie mit Leichtigkeit hätte hochheben und durch die Gegend tragen können. Sie wog bestimmt nicht mehr als fünfundsiebzig oder achtzig Pfund. Tully mußte seine Einkäufe in Spezialgeschäften für Übergrößen machen, in denen man nur selten Hosen mit Gürtelschlaufen oder Kleidung aus Naturfasern fand. Frank war fast so groß wie Tully – nur fünf Zentimeter kleiner und beinahe ebenso schwer –, und der Größenunterschied zwischen Eileen und ihm warf naheliegende, wenn auch taktlose Fragen auf, die Tully gleich wieder verdrängte. An der University of North Carolina waren Tully und Frank gute Freunde und mittelmäßige Sportler gewesen. Ihre Freundschaft begann im zweiten Studienjahr, nachdem sie festgestellt hatten, daß sie auf dem College nicht mehr so glänzen würden wie in der High-School, und ihre Aufmerksamkeit statt dessen den Mädchen und dem Bier widmeten. Fast zwanzig Jahre später hatte Frank noch immer den Stiernacken eines Footballspielers. Tully war jetzt noch stolz darauf, daß er im Team von Trainer Dean Smith Basketball gespielt hatte, obwohl er während seiner drei Jahre in der Uni-Mannschaft insgesamt nur achtzehn Punkte geholt hatte, sieben davon während einer besonders vernichtenden Niederlage gegen Furman im letzten Studienjahr. Tully rechnete sich aus, daß er und Frank zusammen fast vier Meter groß waren, fast zweieinhalb Meter größer als Eileen.

Von den drei Mauerseglern, die Frank in die Regenrinne gesetzt hatte, lebten noch zwei, und Eileen streckte Frank die Schuhschachtel entgegen, damit er einen Blick hineinwerfen konnte. Frank warf den dritten Vogel über Tullys Kopf in das dichte Gras des Vorgartens, in dem er nicht mehr zu sehen war. Eileens Gummihandschuhe sahen aus wie riesige gelbe Arme, die an ihren Körper angenäht waren – wie die Arme einer Zeichentrickfigur, die unentwegt auf andere Zeichentrickfiguren einschlägt –, und Tully fand, daß sie ein bißchen gefährlich aussahen. Die Finger der Handschuhe krümmten sich in merkwürdigen Winkeln, und als er sich einen Augenblick lang ihre winzigen Hände vorstellte, durchzuckte ihn ein fast verbotener Stich. »Möchtest du die Vogelbabys sehen?« fragte sie. Tully kam sich riesenhaft vor, wie schon so oft – wenn auch noch nie so sehr wie jetzt – in Gegenwart von Leuten, die bedeutend kleiner waren als er selbst. Das Haus, in dem Eileen wohnte, erschien ihm viel zu groß für sie. Der Gehsteig, auf dem sie stand, war viel zu breit. Tully hatte das Gefühl, wenn er sich auf ein Auto stellte, würde er es zerquetschen. Aus großer Höhe schaute er auf die beiden winzigen Kreaturen in der Schachtel hinab, die er auf den ersten Blick keineswegs als Vögel bezeichnet hätte. Sie sahen überhaupt nicht aus wie Vögel. Sie sahen aus wie groteske Föten, hatte keine Federn, lange, schlangenförmige Hälse und schuppige Krallen, die für ihren Körper viel zu groß wirkten. Ihre Augen waren geschlossen oder mit einem Häutchen überzogen, und die Köpfe lagen auf dem Rand der Schachtel, als könnten sie sich nicht aus eigener Kraft aufrichten. Sie schienen nach Luft zu schnappen, und Tully fand, daß sie aussahen, als hätten sie einen Sonnenbrand. Sie waren leicht rosa, was wahrscheinlich nichts Gutes bedeutete. »Ich glaube nicht, daß sie durchkommen«, sagte er und kam sich plötzlich vor wie ein Experte. Er hatte unzählige Tiersendungen gesehen.

»Gegrillte Mauersegler«, sagte Eileen. »Spezialität des Hauses.«

»Gegrillte Mauersegler«, sagte Frank.

Nachdem Frank die Leiter ins Nachbarhaus zurückgebracht hatte, setzte er sich zwischen Eileen und Tully auf die Treppenstufen und fütterte die Vögel mit Zuckerwasser aus einem Augentropfer. Er hielt sie mit dem Kopf nach unten, und sie reckten ihm kreischend die Hälse entgegen, wenn er die Tropfen nicht schnell genug herausdrückte. Den Trick hatte Frank vom Telefondienst der *Pennsylvanians Assisting Wildlife* erfahren. Der PAW-Mitarbeiter hatte Frank erklärt, daß Mauersegler fast ihr ganzes Leben mit dem Kopf nach unten hängen und auch nur in dieser Haltung fressen. Frank verwendete das Kurzwort PAW lässig und mit einem gewissen fachmännischen Stolz, über den Eileen kichern mußte. Tully dachte, wenn er ein Vogel wäre, dann lieber etwas so Alltägliches wie ein Sperling oder ein Rotkehlchen, obwohl er Rotkehlchen ein wenig anrüchig fand, wie Staubsaugervertreter. Tully wollte nicht mit dem Kopf nach unten hängen, schon gar nicht im Dunkeln.

»Frank hat bei der PAW angerufen«, sagte Eileen mit näselnder Stimme und prustete laut los.

»Laß das, Eileen«, sagte Frank. »Bitte.«

»Und die PAW hat gesagt: ›Bringen Sie uns die Vögel gleich vorbei‹«, fuhr Eileen im gleichen Tonfall fort.

»Du bist ein Kindskopf«, sagte Frank.

Eileen stieß Frank den Ellbogen in die Rippen, ein bißchen zu heftig, fand Tully. »Frankie ist ein kleiner Frechdachs«, sagte sie näselnd.

»Tully«, sagte Frank, »du wirst es mir wahrscheinlich nicht glauben, aber im Golf von Mexiko bin ich auf dem Rücken geschwommen, und sie hat auf meiner Brust gesessen.«

»Aber inzwischen schwimmen wir nicht mehr, nicht wahr, mein Süßer?« meinte Eileen.

»Ja«, gab Frank zurück. »Schon lange nicht mehr.«

Frank bestand darauf, die Jungvögel allein in die Zentrale der PAW nach Harrisburg zu bringen und überließ es Eileen, Tully die Stadt zu zeigen. Bevor er wegfuhr, hatte er im Haus einen kurzen Streit mit Eileen hinter geschlossenen Türen. Tully blieb draußen auf der Veranda und versuchte, nicht hinzuhören. Er dachte, vielleicht sei er ja schuld an dem Streit. Ein blauweißer Doppeldeckerbus, der sich mit lautem Ächzen die Lincoln Avenue zum College hinaufquälte, unterstützte Tullys Bemühungen, nicht zu lauschen. Das Oberdeck des Busses war offen und sah aus, als sei das Dach bei einem Unfall abgeschnitten worden. Die im Freien sitzenden Touristen trugen Kopfhörer und starrten stur geradeaus, reglos wie Schaufensterpuppen oder Leichen. Ehe er sich bremsen konnte, hatte Tully schon gewinkt und überlegte, ob der Bus wohl einen Reiseführer hatte oder ob die Touristen nur ein Band hörten. Er ärgerte sich nicht über Franks Unhöflichkeit, einerseits weil Frank schon immer unhöflich gewesen war und Tully nichts anderes erwartete, und andererseits weil er dankbar dafür war, daß er nicht nach Harrisburg mußte. Harrisburg lag etwa vierzig Meilen nördlich von Gettysburg, und Tully sehnte sich mit ganzem Herzen nach dem Süden. Selbst wenn sie nur eine Stunde dauerte, eine Fahrt nach Norden wäre beschwerlich gewesen, so als wolle man ein Boot stromaufwärts rudern, um in eine Stadt zu gelangen, die einen gar nicht interessierte. Tully war nur neun Autostunden von zu Hause entfernt. Er dachte an Maryland, West Virginia, und an Virginia, das sich weiter südlich erstreckte, und jenseits davon – er konnte es sich fast schon vorstellen – lag North Carolina. Bis jetzt reichte Tullys Phantasie nur bis Fancy Gap, Virginia. Er wollte bleiben, wo er war, und nicht noch mehr an Boden verlieren.

Tully hatte sich allein auf den Weg gemacht, weil Crystal wütend auf ihn war, und die ganze Tour, auch die Fahrt nach Norden, als er in die falsche Richtung steuerte, war eine Reise zurück zu ihr gewesen. Crystal war sauer, weil ihr Tully in der Nacht vor seiner Abreise nach New Jersey im Bett erzählt hatte, daß er auf dem College etwas mit Monica Mensing, die Crystals Studentinnenverbindung angehörte, in der Zeit gehabt hatte, als er bereits mit Crystal gegangen war. Crystal und er hatten Erinnerungen über Chapel Hill ausgetauscht und viel gelacht, besonders über Frank, der auf dem College ein Mensch voller Widersprüche gewesen war. Frank war Sportler, trug einen Bürstenschnitt, war Mitglied in einer Studentenverbindung, Nixon-Anhänger – und in offenem Widerspruch zur damaligen Mode trug er Button-down-Hemden, helle Hosen mit Bügelfalten und Slipper ohne Socken. Gleichzeitig war er jedoch ein heimlicher, aber heftiger Kiffer und begeisterter Anhänger der freien Liebe. Frank und Tully hatten die meisten Mädchen im Dunstkreis der Friedensbewegung abgeschleppt, wo es für Sportler wie sie an sexuellen Angeboten nie mangelte. Aus irgendeinem Grund mußte Tully an Monica Mensing denken, die sowohl mit Frank und als auch mit ihm ins Bett gegangen war, wobei Frank sich Filzläuse geholt hatte. Tully sagte: »He, Crystal, erinnerst du dich noch an Monica Mensing?« und als sie stocksteif wurde, wußte Tully, daß er einen großen Fehler begangen hatte. Crystals nacktes Bein lag über seinem. Sie zog es zurück. »Herrgott noch mal, Tully«, sagte sie. »Hast du mit ihr geschlafen?«

Während ihrer Ehe war Crystals Wut Tully fast immer wie ein fernes Geräusch vorgekommen, und da es so weit weg schien, hatte es ihn kaum gestört. Jetzt jedoch zischte ihr Zorn an seinen Ohren vorbei, schien in seinem Bauch und seiner Brust zu explodieren und versetzte ihn in Furcht und Schrecken. So sehr hatte er sich noch nie vor etwas gefürchtet. Tullys größte Angst war es, Crystal zu verlieren – seine erste Altmännerangst, dachte er –, und er wollte ihre Wut dämpfen, indem er alles wiedergutmachte, was immer es sei. Da er zunächst nicht verstand, warum sie über seine Affäre mit Monica Mensing so wütend war – das lag zwanzig Jahre zurück, und damals waren sie beide mit anderen Partnern zusammen gewesen –, vermutete er, es müsse etwas damit zu tun haben, daß Monica und Crystal in derselben Studentinnenverbindung waren. Crystal war ein außerordentlich *loyaler* Mensch. Bis heute hatte sie Tully den geheimen Handschlag ihrer Verbindung nicht gezeigt, und im Lauf der Jahre hatten sie sich über den Chi-Omega-Handschlag mehr als einmal gestritten. Tausende von Frauen in ganz Amerika kannten diesen Handschlag, und Tully hätte wetten können, daß fast alle ihn ihren Männern gezeigt hatten. Natürlich wußte er seit langem, daß er enttäuscht gewesen wäre, wenn Crystal nachgegeben hätte, und manchmal ertappte er sich dabei, daß er – getarnt als Beschwerde – mit Crystals Sturheit prahlte. Er würde Crystal liebevoll und reumütig in die Arme nehmen, wenn er wieder nach Hause kam, obwohl er sich vorstellen konnte, daß ihr das nicht gefiel. Er glaubte, daß Crystal früher mehr Spaß gemacht hatte, denn da hatte er sie einfach nur umarmt, weil er wußte, daß er bekommen würde, was er haben wollte.

Als Eileen sich zu Tully auf die Treppe setzte, war sie immer noch wütend auf Frank, obwohl sie krampfhaft versuchte, sich nichts anmerken zu lassen. Tully entdeckte in ihrem Gesicht die Spuren vieler kleiner Kränkungen und Enttäuschungen, und er hätte gern vergessen, daß er die auch bei Crystal gesehen hatte. Lange Jahre war er so wie Frank gewesen – nicht unbedingt gemein, aber kühl und reserviert. Tully glaubte, er sei einfach zu *groß* gewesen. Er wollte so vieles wiedergutmachen, und er war schon einundvierzig Jahre alt. Zu Beginn ihrer Ehe hatte er Crystal so lange zugesetzt, bis sie sich sterilisieren ließ. Nur mit Mühe hatten sie einen Arzt gefunden, der den Eingriff vornahm, denn Crystal war noch jung, und junge Leute, sagten die Ärzte, änderten fast immer ihre Meinung. Aber Tully war hart geblieben. In der Isolation seines Sportlerdünkels war er davon überzeugt gewesen, sein Leben nie mit Kindern teilen zu wollen. Die Pille machte Crystal dick und reizbar, und Tully konnte sich damals nicht einmal vorstellen, mit einem Kind zu *sprechen*. Natürlich hatte er sich getäuscht – Crystal liebte Kinder, und in den vergangenen Jahren hatte selbst Tully ein paar mißtrauische Blicke auf sich gezogen, wenn er im Einkaufszentrum kleine Kinder ansprach –, und Crystals Sterilisation empfand er jetzt als egoistischen Akt, den er nicht mehr wiedergutmachen konnte. Er war davon überzeugt, daß seine Arterien bereits teilweise verkalkt waren. Inzwischen aß er kein rotes Fleisch mehr, und er hatte Angst, über Adoption zu reden.

»Na, Tully«, fragte Eileen, »was machst du eigentlich?«

»Ich verkaufe Immobilien«, gab Tully zurück und errötete wegen seiner Feigheit. »Und ich bin verheiratet.«

Eileen machte große Augen, dann lachte sie. Tully hatte ihr unbeabsichtigt geschmeichelt. »Und wie war die Reise?«

»Prima«, sagte Tully, der sich selbst ein wenig geschmeichelt fühlte. »Ich bin allerdings froh, daß sie bald zu Ende ist.« Tully hatte den Norden nie besonders gemocht. New Jersey war ihm vorgekommen wie eine endlose Kette von Lagerhallen und Fabriken, die durch Mautstraßen verbunden waren. Es hatte den Anschein, als seien alle Gebäude Büros oder Industriebetriebe, und er fragte sich, wo die Leute eigentlich *wohnten*. Er hatte nicht daran gedacht, Vierteldollarmünzen für die Mautgebühr mitzunehmen, und die Frauen in den Mauthäuschen gaben Wechselgeld nur widerwillig heraus. Die Fahrer hupten zuviel. Als sich beim Hochzeitsempfang für Tully endlich eine Gelegenheit bot, Tina zu begrüßen, war ihr anzusehen, daß sie nicht mit ihm gerechnet hatte und sich fragte, was er hier suchte. In diesem Moment wurde ihm klar, daß er wegen unangebrachter, vielleicht sogar lächerlicher nostalgischer Gefühle zu Tinas Hochzeit gefahren war. Als Junge fand Tully seine Liebe zu seiner Cousine so tragisch, daß er eines Tages am Erntedankfest auf den Heuboden der Scheune seiner Großeltern kletterte und sich fest vornahm, Atheist zu werden. Und dafür hatte er nun die lange Reise nach New Jersey gemacht. Bei der Feier hatte sie sichtlich gestutzt. »Tully?« hatte sie gesagt. Tully war nichts weiter als ein Name auf einer Liste, ein *Verwandter.* »Meine Güte, mit dir hätte ich hier nie gerchnet.« Tully hielt eine Schachtel mit zwei Kelchgläsern umklammert, die Crystal ausgesucht hatte. Die Gläser waren aus Kristall, und Tully war todtraurig. Er war so weit weg von zu Hause. Er überreichte Tina die

Schachtel und hätte sie am liebsten sofort zurückverlangt. Crystal hatte sie selbst eingepackt. Eine Stunde nach seinem Geständnis, mit Monica Mensing geschlafen zu haben, nachdem er glaubte, die Sünden seiner Vergangenheit würden ihn in dieser Nacht nicht mehr einholen, rollte Crystal sich auf die andere Seite und fragte: »Sag mal, Tully, hast du eigentlich ein *Gummi* benutzt? Mußtet ihr auf ihre *Periode* warten?« In New Jersey fühlte er sich von allem abgeschnitten und allein auf der Welt. Er versuchte, seine Cousine anzulächeln. »Hier sind zwei Kelchgläser«, sagte er.

Eileen und Tully überquerten den Platz zu Fuß, ein Abenteuer, auf das Eileen sich einließ, weil sie, wie alle Bewohner von Gettysburg, blind darauf vertraute, daß der Verkehr, der sich über den Platz ergoß, auf Fußgänger Rücksicht nähme. Tully war sich da nicht so sicher und ging erst über die Kreuzung, als alle Fahrzeuge hielten. Er kam sich vor wie Frankensteins Monster, das dem kleinen Mädchen folgte. Als sie den Platz überquert hatten, blieben sie vor dem Wills House stehen, in dem Lincoln vor seiner berühmten Rede, der »Gettysburg Address«, übernachtet hatte. Das Haus war inzwischen ein Museum, davor stand eine lebensgroße Statue Lincolns, der einer anderen Statue, einem Mann in Pullover, Kordhosen und Turnschuhen, etwas erklärte, das auf einem Stück Papier stand. Mit seinem Hut wies Lincoln in die Ferne. »Es ist wirklich albern«, sagte Eileen. »Nur in Gettysburg würde man die Statue eines Touristen aufstellen, der Abraham Lincoln nach dem Weg fragt.«

Tully hatte noch nie ein Standbild von einem Touristen gesehen und konnte es kaum fassen, daß er jetzt eines vor sich hatte. »Vielleicht fragt er Lincoln nach der ›Gettysburg Address‹?« sagte er. »Wäre das nicht möglich?«

»Nö, der Typ will wissen, wie man zum ›Land der kleinen Pferde‹ kommt.« Eileen stemmte die Hände in die Hüften und trat dicht an die Statue heran. »He, Fremder«, sagte sie, »zum ›Land der kleinen Pferde‹ nimmst du am besten die Route 30. Jetzt verzieh dich, und wehe, du bist noch hier, wenn ich wiederkomme.«

Sie steuerten auf das Blue Lagoon zu, ein Restaurant mit Bar, an dessen Tür ein Schild mit der Aufschrift »Geschlossen« hing, aber Eileen führte Tully durch eine lange Gasse, die von der Baltimore Street abzweigte, dann durch eine unauffällige Stahltür, einen schmalen, unbeleuchteten Flur entlang in die Küche. »Der Besitzer schließt sonntags die Vordertür ab«, sagte Eileen, »damit die Leute aus der Gegend hier ungestört ein Bier trinken können. Das ist geheim.« Sie stießen eine Saloontür auf und kamen in das schummrige, schlicht und spärlich möblierte Restaurant. Holzstühle, die nicht zueinander paßten, standen an Tischen, auf denen rotweiße Plastikdecken lagen. Auf jeder Tischdecke stand eine alte, wachsbedeckte Chiantiflasche mit einer roten Kerze. Ein an die Wand geheftetes Fischernetz und ein paar Meeresaquarelle waren das einzige, was an eine blaue Lagune erinnerte. Die Deckenlampe war aus einem alten Wagenrad gefertigt. Tully war froh, daß der Besitzer nie in seinem Büro in North Carolina auftauchen und ihn bitten würde, sie zu verkaufen. Man hätte sie nur mit Mühe transportieren können.

Die Bar des Blue Lagoon war heller als das Restaurant, obwohl kein Licht brannte und die Jalousien vor dem großen

Fenster zur Straße heruntergelassen waren. An der Wand hing ein zweites Fischernetz, und an dem Tisch darunter saßen zwei Männer, die ein wenig älter waren als Tully, und spielten Schach. Bei näherem Hinsehen erkannte Tully, daß sie indianischer Abstammung sein mußten. Sie waren korpulent, aber kräftig, hatten dunkles, sich lichtendes Haar und auffällige Schnurrbärte. Der eine nickte, ohne das Schachbrett aus den Augen zu lassen, blickte kurz auf und nannte Eileen »Seesternchen«. Sie ignorierten Tully, und nichts hätte ihm ein stärkeres Gefühl der Vertrautheit zu geben vermocht als die Tatsache, daß nicht einmal seine Größe ihre Aufmerksamkeit erregte. Er kam sich vor wie ein Einheimischer, und das war fast so gut, als wäre er schon wieder zu Hause. Eileen erklärte ihm, einer der Männer sei Ron, der Besitzer des Blue Lagoon, der seinen Lebensunterhalt vor allem damit bestritt, Gespenstergeschichten über das Schlachtfeld zu schreiben. Der andere Mann hieß Dave, ein Zahnarzt, der während der Ausschachtungsarbeiten für seine neue Praxis eine scharfe Artilleriegranate entdeckt hatte. Hinter dem Tresen erhob sich ein gelangweilt aussehendes Mädchen und begrüßte Eileen, indem sie zwei Finger hochhielt. Eileen lotste Tully zu einem Tisch im hinteren Teil der Bar, und das Mädchen brachte ihnen zwei Bier. Im Fernsehgerät über dem Tresen lief ein Spiel der Baltimore Orioles, das jedoch kaum jemand beachtete.

»Wieso hat dich der Typ ›Seesternchen‹ genannt?«

»Ich hab' mich auf Seesterne spezialisiert«, sagte Eileen. »Früher mal.«

»Und jetzt nicht mehr?«

»Hier gibt es keine, Tully. Da kann man lange suchen.«

»Kann sein«, meinte Tully. Er versuchte, sich Gettysburg auf der Landkarte von Pennsylvania in seinem Atlas vorzustellen. Er fragte sich, wie weit die Straße wohl vom Meer entfernt lag, doch er wußte nur, wie weit sie von North Carolina entfernt war.

»Halt. Einen Seestern gibt es doch in Gettysburg«, sagte Eileen und wies auf das Netz an der Wand. Links unten in der Ecke des Netzes hing ein kleiner grauer Stern, den Tully vorher nicht bemerkt hatte. »Das ist meiner. Der letzte. Ich hab' ihn aus Florida mitgebracht. Lebendig sehen sie natürlich viel schöner aus. Der da ist getrocknet.«

»Was macht eigentlich eine Meeresbiologin wie du in so einer Stadt?«

»Keine Ahnung, Tully«, sagte sie. »Das weiß ich genausowenig wie du. Abweichendes Migrationsmuster, würde ich sagen.«

»Abweichendes Migrationsmuster«, wiederholte Tully. Er fand, es klang gut, wenn er wissenschaftliche Ausdrücke benutzte.

»Genau«, meinte Eileen. »Das abweichende Migrationsmuster der Zwergsystematikerin.«

»Du bist kein Zwerg«, sagte Tully. Er hoffte, daß seine Antwort nicht zu schnell gekommen war und nicht zu ernst geklungen hatte.

»Technisch gesehen«, sagte Eileen, »stimmt das sogar, ob du's glaubst oder nicht. Ich bin nur eine sehr, sehr *kleine* Systematikerin.«

»Systematikerin.«

»Genau. Systematiker beschreiben Dinge. Ich beschreibe Seesterne. Wenn du ein Systematiker wärst und mich als

Zwerg beschreiben würdest, dann wäre das nicht korrekt. Außerdem ist es ein sehr häßliches Wort.«

»Warum Seesterne?«

»Ich weiß nicht genau. Vielleicht, weil sie aussehen wie wir, verstehst du? Eigentlich sind es ganz einfache Tiere, aber es sieht fast so aus, als versuchten sie etwas anderes zu sein.«

»Sie sehen aus wie wir?«

»Ja, sie sehen aus wie wir.« Eileen glitt hinter dem Tisch hervor, breitete die Arme aus und grätschte die Beine. »Guck mal, Tully«, sagte sie. »Zwei Hände, zwei Füße und ein Kopf. Fünf Arme. Siehst du?«

»He, Seesternchen«, rief ihr der Zahnarzt Dave vom anderen Ende der Bar zu. »Zappel bloß nicht so rum. Sonst hol' ich das Netz.«

»Mach lieber, daß du nach Hause kommst, du Riesenaffe«, rief Eileen zurück. »Deine Kinder sind inzwischen in der *High-School*, verdammt noch mal. Sie brauchen einen *Vater*.« Sie setzte sich wieder hin und schaute Tully gespannt an. »Verstehst du?«

»O Mann«, meinte Dave. »Hast du *High-School* gesagt? Hör' ich zum ersten Mal.«

»Genau«, sagte Ron. »*High-School*. Du bist am Zug.«

Tully grinste. Er kam sich vor, als habe er von Eileen gerade ein Geschenk bekommen oder eine Wegbeschreibung zu einem besonders guten Aussichtspunkt. »So hab' ich das noch nie gesehen«, sagte er. »Fünf Arme.« Er fühlte sich schon wie ein halber Wissenschaftler.

»Ja. Fünf Arme. Aber trotzdem sind sie ganz einfache Tiere, Echinodermen, das bedeutet, sie haben stachlige

Haut. Sie sind so einfach gebaut, daß sie mit den See*gurken* verwandt sind, aber sie haben eben diese Arme. Bis jetzt zeigen sie noch keine Präferenz für einen bestimmten Arm, so wie wir zum Beispiel eine Präferenz für unseren Kopf haben, aber wer weiß, vielleicht ist es eines Tages soweit. Findest du das nicht hochinteressant, Tully? Sie *entwickeln* sich. Der Seestern da drüben gehört zu einer Spezies namens *Luidia clathrata,* die mir besonders am Herzen liegt. Es gibt zwei Arten von *Luidia clathrata,* sie sind allerdings so eng miteinander verwandt, daß sie denselben Namen haben, dabei ist die eine Art grau und die andere dreifarbig, und es gibt ein paar kleine morphologische Unterschiede wie die Anordnung der Knöchelchen und die Skelettstruktur. Bisher weiß man aber noch nicht genau, warum. Vielleicht war es ein bestimmtes Ereignis, vielleicht liegt es auch nur an der Umwelt, jedenfalls *verändern* sie sich, verstehst du? Sie haben inzwischen andere Merkmale. Und wenn man ein Merkmal beschreiben kann, eines, das kein gemeinsames Merkmal ist, dann läßt sich damit ein Organismus von einem anderen unterscheiden. Man hat einen Ansatzpunkt und kann sich vielleicht schon vorstellen, wohin die Entwicklung zielt. Leuchtet dir das ein? Kannst du damit etwas anfangen?«

»Mann«, sagte Tully. »Das ist ja toll. Das ist wirklich toll. Das ist also dein Beruf?« Ihm war ein wenig schwindelig. Er hatte Angst, er könnte etwas vergessen.

»Das ist mein Beruf. Du findest ihn nicht blöd?«

»Nein«, sagte Tully. »Überhaupt nicht. Wie kommst du denn darauf? Findet Frank ihn etwa blöd?«

»Ich weiß nicht, was Frank davon hält«, meinte Eileen.

»Er hat sich jedenfalls nichts dabei gedacht, mich von Florida hierher zu verschleppen.«

»Na ja, wer weiß schon, was in Franks Kopf vor sich geht?« gab Tully zurück. Er wußte nicht, was er sonst hätte sagen sollen.

Eileen zeichnete mit dem Fingernagel einen Stern auf ihr Bierglas. »Ich brauche noch ein Jahr für die Recherchen, und dann ist meine Dissertation fertig«, sagte sie.

»Willst du wieder nach Florida zurück?«

Sie lächelte, gab jedoch keine Antwort. »Du bist ein netter Kerl, Tully. Wirklich. Ich erzähle dir jetzt, was ich an Seesternen so spannend finde.«

»Okay«, sagte Tully. »Schieß los.« Er konzentrierte sich in der Hoffnung, daß er es behalten und Crystal erzählen konnte.

»Also, wenn man einem Seestern einen Arm abschneidet und die Scheibe in der Mitte nicht ganz zerstört hat, dann wächst nicht nur ein neuer Arm nach – der abgetrennte *Arm* entwickelt sich sogar wieder zu einem neuen Seestern.«

»Kaum zu glauben.«

»Sag das Frank nicht.«

»Wieso nicht?«

»Ich fürchte, er würde es ausprobieren.«

Nachdem sie das Blue Lagoon verlassen hatten, zeigte Eileen Tully die Miniaturausgabe eines gotischen Schlosses, das auf dem Little Round Top stand, einem der beiden Hügel, von denen aus man das Südende des Schlachtfeldes überblicken konnte. Einer Anschlagtafel zufolge handelte es ich um ein Denkmal zu Ehren der Truppen des Vierundvierzigsten

Regiments von New York. Tully erinnerte sich, daß die Truppen der Konföderierten am zweiten Tag der Schlacht den Little Round Top fast erobert hätten, wodurch dem Süden der Sieg sicher gewesen wäre. Der verzweifelte Sturmangriff eines Regiments aus Maine hatte vermutlich die Union gerettet. Tully freute sich, daß er endlich die Schauplätze seiner Lektüre wiedererkannte. Eileen hatte eine Karte des Schlachtfeldes aus dem Handschuhfach ihres Wagens geholt, so daß Tully während der Fahrt über die Confederate Avenue nachvollziehen konnte, wie und wo die beiden Armeen sich damals gegenübergestanden hatten. Als sie an der Stelle vorbeikamen, wo General Pickett seinen berühmten Angriff gestartet hatte, schaute Tully über die grasbewachsenen Felder und entdeckte die kleine Baumgruppe, die das Ziel der Attacke gewesen war. Die Bäume markierten das Zentrum der Frontlinie der Unionssoldaten und standen tatsächlich genau dort, wo Tully sie vermutet hatte. Deshalb kam er sich zum ersten Mal, seit er Crystal von Monica Mensing erzählt hatte, nicht mehr so idiotisch vor. Ihm fiel wieder ein, daß die Stelle, wo der Angriff kurzzeitig die gegnerischen Linien durchbrochen hatte, ehe er abgewehrt wurde, die »Hochwassermarke der Konföderierten« genannt wurde, doch Tully unterdrückte das Verlangen, eine Bemerkung darüber fallenzulassen. Eileen kannte sich hier offensichtlich bestens aus. Frank hätte das Schlachtfeld natürlich nie besichtigt. Frank war auch in Florida nie an den Strand gegangen.

In der Gedächtnisstätte war zwischen zwei orangefarbenen Fässern ein Seil gespannt, das den Zugang zur Treppe des Geschützturms versperrte. Tully wollte schon kehrtmachen, als Eileen den Finger an die Lippen legte und ihn mit einem Wink aufforderte, ihr zu folgen. Sie kroch unter dem Seil hindurch, stieg die Treppe hinauf und verschwand. Tully schaut sich um, und als er sah, daß niemand sie beobachtete, kletterte er über das Seil. Die Wendeltreppe war so schmal, daß Tully beinahe mit den Schultern an die Wände stieß. Im Lauf der Jahre waren die Stufen so abgetreten worden, daß sie kleine Vertiefungen bekommen hatten und uneben waren. Sie waren so glatt, daß man fast ausrutschte. Das Treppenhaus war vermutlich gesperrt, weil jemand gestürzt war. In leicht gebückter Haltung stieg er die Treppe hinauf, wobei er sich mit einer Hand an der Granitwand festhielt und mit der anderen den glänzenden bronzefarbenen Handlauf umklammert hielt. Er hatte Angst, er könne ausrutschen oder mit dem Kopf an einen niedrigen Vorsprung stoßen. Wieder staunte er darüber, wie winzig Eileen war, und stellte fest, daß das Denkmal offensichtlich für Menschen ihrer Größe erbaut worden war. Sie sah völlig normal aus, als sie die gewundene Treppe hinaufkletterte, Tully hingegen hatte das unangenehme Gefühl, noch größer geworden zu sein – so groß, daß jedes Haus, und sei es ein Schloß, zu klein für ihn war –, wodurch das Treppenhaus noch enger und bedrohlicher wirkte. Er war froh, als sie schließlich durch eine Türöffnung auf eine kleine Terrasse mit niedrigen Zinnen traten.

Das berühmteste Schlachtfeld in der Geschichte Amerikas erstreckte sich tief unter Little Round Top, und als Tully zum Ausgang des Tales über üppige Felder und Wälder hinweg in Richtung Gettysburg schaute, erwartete er so etwas wie eine Erleuchtung, daß die Stimme eines seiner

Vorfahren ihm plötzlich sagen würde: *»Hier.* Hier ist es passiert.« Er fühlte jedoch rein gar nichts, sondern hörte lediglich, wie ein Immobilienmakler die schöne Aussicht lobte. *»Hier.* Hier könnte man herrliche Eigentumswohnungen bauen.« Tully spürte, wie die Geschichten, die seine Großmutter über die Schlacht erzählt hatte, immer mehr an Bedeutung verloren. Im ganzen Tal deutete nicht das geringste darauf hin, daß hier einst eine große Schlacht ausgefochten worden war, daß 172 000 Menschen einander drei Tage lang heftig bekämpft hatten, daß hier die Geschichte einen Verlauf genommen hatte, deren Folgen sich niemand der Beteiligten jemals hätte träumen lassen. Mit einem Mal wußte Tully, daß Gettysburg für ihn nichts weiter als eine kleine Stadt inmitten eines Nationalparks bleiben würde.

Ein nahezu ununterbrochener Strom von Autos ergoß sich langsam über die Straßen rings um das Schlachtfeld, und links von Tully, am Fuß des Hügels, schwärmte ein Trupp von Touristen über Devil's Den, eine Felsformation, wo einer der erbittertsten Kämpfe stattgefunden hatte. Die Touristen wiesen mit ausgstrecktem Zeigefinger in die Gegend, riefen sich etwas zu, das Tully nicht verstand, und posierten für Erinnerungsfotos. Sie machten *Urlaub.* Bis zu diesem Augenblick hatte Tully insgeheim die Hoffnung gehegt, er würde vielleicht ein Erinnerungsstück an die Schlacht finden, das er mit nach Hause nehmen konnte – ein Minié-Geschoß, eine Patronenhülse, einen Knochensplitter –, jetzt jedoch wurde ihm klar, daß das Gelände völlig ausgeplündert war. Die Spuren der Geschichte hatten sich verflüchtigt. Tully hörte seiner Großmutter vor allem deswegen so gern zu, wenn sie vom Krieg erzählte, weil sie sich klar und deutlich an ihren Großvater William erinnerte. Er war nach der Rückkehr aus dem Krieg Prediger geworden, denn er konnte mit seinem verkrüppelten Arm nicht mehr als Farmer arbeiten. Nur weil sich seine Großmutter noch so genau an einen alten Mann mit verkrüppeltem Arm aus ihrer Kindheit erinnerte, hatte Tully stets behaupten können, er kenne jemanden, der im Sezessionskrieg gekämpft hatte. Wenn er das sagte, lösten sich jedesmal über hundert Jahre Geschichte in nichts auf. Jetzt jedoch, hoch oben auf dem Little Round Top, fand Tully nirgends auch nur den geringsten Hinweis darauf, daß ein Mitglied seiner Familie einmal hier gewesen war oder je wieder zurückkehren würde. Onkel John hatte sich in Luft aufgelöst.

»Woran denkst du?« fragte Eileen.

»Ich denke gerade, daß es gar nicht so aussieht, als ob hier überhaupt ein Kampf stattgefunden hätte.«

»Außer zwischen mir und Frank. Wir streiten uns dauernd.«

»Außer zwischen dir und Frank. Kann man von hier aus euer Haus sehen?«

Eileen beschirmte ihre Augen mit der Hand und starrte angestrengt in die Ferne. »Nee«, sagte sie. »Vielleicht im Winter. Keine Ahnung. Jetzt nicht. Es ist irgendwo da drüben.« Sie wies in Richtung Stadt, schaute Tully an und lächelte erwartungsvoll. Es war offensichtlich, daß sie über Frank reden wollte. Tully fand es schade, daß man sich auf der Terrasse nirgends hinsetzen konnte. Im Sitzen fiel es ihm wesentlich leichter, sich mit Eileen zu unterhalten. Er hätte sich gern auf eine der Zinnen gesetzt, hatte jedoch Angst, er könnte herunterfallen.

»Worüber streitet ihr euch denn so?«

»Ach, über alles mögliche«, sagte Eileen. »Über Pennsylvania. Über Seesterne. Darüber, daß ich den Sitz im Saab nicht wieder verstelle, wenn ich gefahren bin. Verstehst du? Über solche Sachen.«

»Junge, Junge«, sagte Tully. »Frank läßt dich den Saab fahren?«

Eileen lachte. »Manchmal. Wenn ich ganz artig war und mal gerade nichts Dummes gesagt habe. Frank denkt, ich bin sogar zum Autofahren zu dumm.«

»Du bist nicht dumm.«

»Ich weiß. Ich rede doch nur dummes Zeug, um Frank zu ärgern. Manchmal muß ich dummes Zeug reden, damit der Vollidiot überhaupt den Mund aufmacht, und dann sagt er: ›Herrgott noch mal, Eileen. Das war wirklich dumm. Warum redest du bloß immer so dummes Zeug, Eileen?‹ Dann sage ich: ›Warum nennst du mich immer einen Dummkopf? Du bist dumm, du Vollidiot‹, und dann fangen wir an, uns zu streiten, und wenn wir uns lange genug angebrüllt haben, kriege ich ihn meistens dazu, mir eine Liebeserklärung zu machen, worüber er sich jedesmal furchtbar aufregt.«

»Frank war schon immer ein schlechter Verlierer.«

»Ich weiß. Ich streite mich besonders gern bei Baseballspielen«, sagte Eileen. »Frank kann es nicht ausstehen, wenn ich während eines Baseballspiels rede, deshalb dauert es nicht mal halb so lange wie sonst, bis er sauer wird.« Sie lächelte verschmitzt. »Tully, jetzt erzähl mir mal, warum deine Frau sauer auf dich ist.«

Tully wollte ihr eine witzige Antwort geben, doch die

Wahrheit lag ihm schon auf der Zunge und war schneller ausgesprochen, als er denken konnte. »Meine Frau ist sauer, weil ich sie vor Jahren dazu überredet habe, sich sterilisieren zu lassen, und jetzt würden wir beide gern Kinder haben. Das ist die Kurzfassung.« Einen Augenblick lang flatterte sein Herz, und Tully hatte ein Gefühl, als bliebe ihm gleich die Luft weg. Er wollte nicht in Pennsylvania sterben.

»O Gott«, sagte Eileen. »Es tut mir wirklich leid, Tully. Ich wollte dir nicht zu nahe treten. Das war etwas Intimes. Ich hatte ja keine Ahnung, daß du mir etwas Intimes verraten würdest.«

»Schon gut«, sagte Tully. »Ich auch nicht.« Er wandte den Kopf und versuchte, unten im Tal den Peach Orchard zu entdecken. Am zweiten Tag der Schlacht war im Peach Orchard etwas Wichtiges geschehen.

»Soll ich dir auch etwas Intimes verraten?«

»Wenn du willst«, sagte Tully. »Es muß aber nicht unbedingt sein.« Tully wollte nichts erfahren, was so bedrückend war wie sein eigenes Problem.

»Also, folgendes«, sagte Eileen. »Frank hat mich mit Herpes angesteckt.« Sie lächelte, beinahe stolz, dann schluckte sie, biß sich auf die Lippe und wartete auf Tullys Reaktion. Er fragte sich, ob er als erster davon erfuhr.

»Mensch, Eileen«, sagte er. »Das ist aber sehr intim.«

»Deswegen streiten wir uns«, sagte Eileen. »Ich hab' gerade mal wieder einen Ausbruch. Jedesmal, wenn einer von uns beiden Herpes hat, kriegt Frank ein schlechtes Gewissen, weil er mich angesteckt hat, und macht den Mund nicht mehr auf. Am Ende liegen wir uns dann jedesmal in den Haaren. Er denkt, er hätte mir etwas Schreckliches angetan.«

»Also, wirklich, Eileen«, sagte Tully. »Er hat dich immerhin mit *Herpes* angesteckt.«

»Ich weiß, aber er sagt, er hätte nicht gewußt, daß er Herpes hatte, als er mich angesteckt hat, und das muß ich ihm einfach glauben. Manchmal muß man einfach etwas glauben, bevor man jemanden verurteilt. Ja, es ist schon unangenehm. Was soll's, ich *habe* nun mal Herpes, aber ich denke nicht von morgens bis abends daran. Es gibt Tage, an denen ich überhaupt nicht daran denke. Heute allerdings schon.«

»Das tut mir furchtbar leid für dich, Eileen«, meinte Tully. »Frank hätte besser aufpassen sollen. Das war wirklich dumm von ihm.«

»Schon gut, Tully. Herpes ist ja nicht heilbar, und wenn er wieder mal ausbricht, muß ich eben zum Gynäkologen, dann in die Apotheke und diese ganze *Arznei* nehmen, und dann muß ich an Frank denken. Ich kann leider nichts dagegen machen, ich muß einfach an ihn denken. Eine Schwangerschaft wäre für mich sowieso nicht unproblematisch gewesen, und jetzt könnte es wirklich kompliziert werden. Und wenn Frank Herpes hat, muß er immer an mich denken, weil er mich angesteckt hat und sich mein Leben dadurch genauso verändert hat wie seins. Wir müssen dann jedesmal aneinander denken, und das wird sich auch in Zukunft nicht ändern, ob wir nun zusammenbleiben oder nicht. Selbst wenn ich wieder nach Florida ginge und für den Rest meines Lebens dabliebe, müßte ich an Frank denken und Frank an mich. Verstehst du das? Oder hört sich das furchtbar dumm an?«

Tully schüttelte den Kopf und hoffte, daß es überzeugend aussah.

»Frank findet es furchtbar dumm. Er redet nicht gern darüber, aber ich glaube, das ist wie bei den Heiligen, die wir mal in der Schule durchgenommen haben. Die haben sich vor ewig langer Zeit mit Zweigen ausgepeitscht und Dornengürtel getragen, weil sie sich dann Gott näher fühlten.«

»Ich weiß nicht, Eileen«, sagte Tully. »Ich weiß nicht, ob ich über so etwas nachdenken könnte. Ich denke nicht gern darüber nach, was ich Crystal angetan habe.«

»Aber wenn du daran denkst, merkst du dann nicht, daß du sie unheimlich liebhast?«

»Ja schon, aber es ist mir lieber, wenn ich dann nicht an Crystals Sterilisation erinnert werde. Das war das Schlimmste, was ich je getan habe. Ich will nicht ständig daran denken.«

Eileen kletterte auf eine der Zinnen und sah Tully in die Augen. Tully überlegte, ob er sie rechtzeitig würde packen können, falls sie stürzte. Die Erde lag sehr tief unter ihnen. »*Würdest* du denn über sie nachdenken, Tully? Würdest du das wirklich tun? Wenn es nichts Schlechtes auf der Welt gäbe, wüßten wir gar nicht, daß es auch Gutes gibt. Es wäre alles gleich, und wir wüßten es nicht einmal. Dann könnten wir ebensogut zu den Wirbellosen gehören.«

»Wirbellose«, sagte Tully.

»Vergiß lieber, daß ich das gesagt habe. Das ist eine ziemlich willkürliche und homozentrische Art, Tiere zu klassifizieren. Hier die Lebewesen, die wie wir sind, und da die Lebewesen, die anders sind. So denkt kein guter Wissenschaftler.«

Tully hatte das Gefühl, als hätte ihn Eileen bei einem Wettlauf geschlagen. Er kam sich dumm und alt vor. »Eileen«, sagte er, »was, um alles in der Welt, findest du eigentlich an Frank?«

Eileen kicherte und hüpfte von der Zinne herunter. »Ach, Tully. Frank ist einfach so *radiär-symmetrisch,* wenn du verstehst, was ich meine. Als ich ihn zum ersten Mal sah, stand er in einer Studentenkneipe, trug einen seiner braven Anzüge und hatte eine aufgedonnerte Blondine mit prallen Rundungen im Arm. Ich dachte: ›Menschenkind, das ist vielleicht ein radiär-symmetrischer Typ.‹ Bei Frank ist allerdings auffallend, daß er versucht, sich *bilateral-symmetrisch* zu geben. Obwohl Frank ein großer, dummer, primitiver Organismus ist, versucht er, eine dritte Herzkammer zu bilden. Es ist faszinierend, das zu beobachten. Als er heute morgen versucht hat, die Vogeljungen zu retten, fand ich das richtig lieb, aber er hat sich dabei derart dämlich angestellt, daß man sich fragt, wie groß sein Gehirn ist. Und weil es ihm leid tat, daß er die Jungen draußen in der Sonne hatte braten lassen, hat er mich angebrüllt, als ob es meine Schuld gewesen wäre. Dann fährt er mit ihnen den weiten Weg nach Harrisburg in seinem nagelneuen Saab, in dem ich nicht mal Kartoffelchips essen darf. Die Vögel gehen wahrscheinlich sowieso ein. Ich hätte sie einfach einer *Katze* vorgesetzt. Ich liebe Frank, aber *klassifizieren* könnte ich ihn nicht.«

Tully und Eileen hörten die Mauersegler im Haus, als sie die Verandatreppe hinaufstiegen. Als Eileen die Haustür aufmachte, sahen sie, wie Frank, der wieder seine gelben Handschuhe trug, einen der Vögel dazu zu bewegen versuchte, sich an einem Handtuch festzukrallen, das er um einen Bestenstiel gewickelt hatte. Der Besen lehnte am Kaminsims. Obwohl der andere Vogel sich bereits mit beiden Krallen an dem Handtuch festhielt, kreischte er, als hätte er Angst herunterzufallen. Der Vogel in Franks Hand kreischte ebenfalls. Frank blickte auf und grinste. »Na, ihr beiden«, sagte er. »Da seid ihr ja. Was habt ihr denn getrieben? ’ne schnelle Nummer geschoben?«

»Volltreffer«, gab Eileen zurück. »Wir wären schon längst zurück, aber Tully will danach immer noch ein bißchen kuscheln.«

»Tully«, sagte Frank. »Du bist ja so herzig.«

»Danke. Was machst du denn da?«

»Ich will die kleinen Kerlchen wieder hoch in den Schornstein schieben, das hätte ich von Anfang an versuchen sollen.«

»Ich hab’ gedacht, du läßt sie in Harrisburg«, sagte Eileen. »Bei der PAW.«

»Nee«, sagte Frank. »Die hätten sie zwar genommen, meinten aber, die Vögel würden wahrscheinlich eingehen. Die Frau, die mich beraten hat, hielt es für die beste Lösung, sie wieder in den Schornstein zu befördern.«

»Das hätten sie dir auch am Telefon sagen können.«

»Ich habe diesmal mit einer anderen Frau gesprochen. Sie war ziemlich clever. Sie ist Tierärztin. Wir haben ein paar Würmer zerdrückt und die Kerlchen gefüttert. Mann, die hatten vielleicht einen Bärenhunger. Ihr könnt euch gar nicht vorstellen, wieviel die gefressen haben.« Frank streckte eine Hand aus und hielt sie unter den zweiten Vogel, um ihn aufzufangen, falls er stürzte, und zog die andere Hand dann vorsichtig zurück. Der Vogel sah aus wie ein Schmierfleck am Handtuch. Er stieß zwar einen Laut aus, den Tully für einen Mauerseglerschrei hielt, krallte sich jedoch weiterhin fest. »He, guckt euch das an«, sagte Frank. »Wie er da hängt. Guckt euch bloß die Krallen an. Was meinst du, Tully? Sind diese Vögel nicht einfach umwerfend?«

»Umwerfend«, meinte Tully.

»Mensch, die haben später mal was zu erzählen«, sagte Frank. »Sind erst einen Tag alt und schon in einen Schornstein gefallen, in der Sonne gebraten worden und im Auto nach Harrisburg gefahren. Wie viele Mauersegler können das von sich behaupten?«

»Bestimmt nicht viele«, sagte Tully.

»Genau«, sagte Frank. »Aber das hier sind zähe Bürschchen. Ich hab' sie Butkus und Singletary genannt.«

»Butkus und Singletary?« fragte Eileen.

»Ja. Zähe Burschen. Wenn sie groß sind und draußen rumfliegen, hauen die sicher ganz schön auf die Kacke. Vor denen kneift bestimmt sogar eine Katze den Schwanz ein.«

Eileen sah sich die beiden Vögel genauer an. Sie hatten aufgehört zu kreischen und zwitscherten statt dessen ängstlich. »Sie sehen besser aus«, sagte Eileen. »Das hat du gut gemacht. Steckst du den Besen jetzt in den Schornstein?«

»Genau das hatte ich vor.« Frank hatte im Kamin drei Ziegelsteine übereinander gestapelt, auf die er den Besen stützen wollte, damit die Vögel so hoch wie möglich hingen.

»Und die Ärztin meint, die Vogelmutter kommt zurück und füttert sie?«

»Vielleicht. Und wenn nicht, müssen wir ran, meine Liebe. Dann sind wir Papa und Mama. Tully, du könntest den Onkel spielen.«

»Das habe ich befürchtet«, sagte Eileen. »Meine Kinder heißen Butkus und Singletary.«

Frank ging in die Hocke und hob den Besen behutsam an. Eileen hielt die Hände unter die Vögel, falls einer von ihnen das Handtuch losließ. Frank manövrierte den Besen in den Kamin durch die Luftklappe so weit nach oben, bis er den Stiel auf die Ziegelsteine stellen konnte. »Das wär's, Jungs«, sagte er. »Jetzt schlagt mal jede Menge Krach, damit eure Mama merkt, daß ihr zu Hause seid.«

Eileen beugte sich vor und versuchte, in den Schornstein hinaufzuschauen. »Das würd' ich an deiner Stelle nicht tun, Herzchen«, sagte Frank. »Die Jungs haben ein großes Mittagessen verdrückt.«

Tully und Frank standen in der Dämmerung vor dem Haus und beobachteten, wie die Mauersegler in den Schornstein hinein und wieder hinaus flogen. »Es ist erstaunlich, wie viele Vögel da jetzt drin sind«, sagte Frank. »Mindestens fünfzig. Irgendeiner wird sich schon um die Jungs kümmern. Meinst du nicht auch?«

»Ja, bestimmt«, sagte Tully. Er war sich nicht sicher, ob er das wirklich glaubte, wollte Frank jedoch nicht beunruhigen. »So viele Vögel lassen die beiden Burschen sicher nicht verhungern.«

»Mauersegler sehen wirklich komisch aus«, sagte Frank. »Sie haben spitz zulaufende Flügel und fliegen immer im Zickzack. Sie sehen irgendwie aus wie Fledermäuse.«

Obwohl er sich Mühe gab, konnte Tully die Flugbahn eines Vogels nie sehr lange verfolgen. Sie sahen tatsächlich wie Fledermäuse aus.

»Ich glaube, das hilft ihnen beim Insektenfang«, meinte Frank. »Wahrscheinlich haben ihre Flügel deswegen so eine Form.«

»Frank, du hast soeben einen Vogel beschrieben.«

»Ich weiß«, sagte Frank. »Das beunruhigt mich.«

»Ich finde es reizend.«

Frank schüttelte den Kopf. »Ich muß dafür sorgen, daß das Mädel mal wieder 'n paar Semester sieht, Tully. Sie treibt mich noch zum Wahnsinn mit ihrem ewigen Gejammer über Seesterne. Ich hätte bis ans Ende meines Lebens keinen Gedanken an Seesterne verschwendet. Und jetzt weiß ich sogar, wie die Scheißdinger heißen.«

»Luidia clathrata«, sagte Tully. Er hatte Eileen gebeten, die Bezeichnung auf seine Straßenkarte zu schreiben.

»Siehst du?« sagte Frank. »Es ist doch kaum zu glauben, Tully. Wir kennen den wissenschaftlichen Namen für so 'n blöden Seestern. Nicht zu fassen.«

»Eileen ist intelligent.«

»Ich weiß«, sagte Frank.

»Sie ist wirklich intelligent.«

»Ich mag sie sehr.«

»Ja, ich mag sie auch sehr«, sagte Frank.

»Und was hast du vor?«

»Was soll das heißen: ›Was hast du vor?‹«

»Das heißt: Was hast du vor?«

»Jetzt hör mal, Tully«, sagte Frank. »Eileen und ich wohnen zusammen, stimmt's?«

»Ja«, sagte Tully. »Und?«

»Hab' ich jemals mit einer Frau zusammengelebt, seitdem du mich kennst?«

Tully überlegte kurz. »Nein. Ich glaub' nicht. Du hast noch nie mit einer Frau zusammengelebt.«

»Na also«, sagte Frank. »Da hast du's.«

Am nächsten Morgen nach dem Frühstück gingen Tully, Eileen und Frank vor dem Kamin auf die Knie und lauschten, bis sie zu dem Schluß kamen, daß all das Flattern und Zwitschern im Schornstein dafür sprach, daß die Mutter der kleinen Mauersegler ihnen gerade das Frühstück brachte. Ein paar Minuten darauf sagte Frank: »Tully, halt die Ohren steif« und stieg in den Saab, um zur Arbeit zu fahren. Tully und Eileen mußten lachen, weil das College nur ein paar Straßen entfernt lag. Tullys Lachen klang ein wenig gequält, denn Crystal und er hatten erst vor kurzem begonnen, etwas mehr auf die Umwelt zu achten und ihren Müll zu sortieren. Er trug seine Reisetasche zum Auto und ging zur Veranda zurück, um sich von Eileen zu verabschieden. Sie kletterte auf einen Stuhl und streckte die Arme aus, und als Tully vor sie hintrat, gab sie ihm einen lauten Schmatz auf die Wange. »Keine Bange, Tully«, sagte sie. »Am Mund hab' ich ihn nicht.« Sie überreichte Tully ein Paar Seestern-Ohrringe als Geschenk für Crystal. Tully versicherte ihr, Crystal würde bestimmt begeistert sein, obwohl er wußte, daß sie außer einem Paar goldener Kreolen keine anderen Ohrringe trug. Der erste Bus für Stadtrundfahrten kam die Lincoln Avenue entlang, und es war noch so kühl, daß die Touristen auf dem Oberdeck Pullover trugen. »Touries«, sagte Eileen. »Jeder will was sehen.« Tully gab Eileen einen zarten Kuß auf den Mund. »Tschüs, Luidia«, sagte er. Sie stand noch immer auf dem Stuhl, als Tully von der Lincoln Avenue in die Carlyle abbog und sie im Rückspiegel nicht mehr sehen konnte. Er fuhr durch die Stadt zum Besucherzentrum des Parks, wo er eine Biographie von Stonewall Jackson sowie zwei Exemplare der Namensliste aller in Gettysburg gefallenen Konföderierten kaufte, in der er erstaunt und enttäuscht zugleich den Eintrag »John Parker Womack Corporal, 3. Kompanie, 55ster Zug North Carolina« fand. Von den Ausstellungsstücken der Schlacht, die sich Tully im Museum angesehen hatte, war ihm vor allem ein kleines Messer in Erinnerung geblieben, mit dem sich ein Unionssoldat das Bein amputiert hatte, das von einem Artilleriegeschoß der Konföderierten getroffen worden war. In der Erklärung war zu lesen, daß der Soldat die Operation glücklich zu Ende brachte, jedoch ein paar Minuten später starb. Bevor er das Museum verließ, rief Tully aus der Telefonzelle in der Eingangshalle seine Frau an. Crystal sagte weder, daß sie ihn liebe, noch, daß er ihr fehle, meinte aber, er solle vorsichtig fahren, womit Tully sich zufriedengab. Blinzelnd trat er in die Sonne hinaus, fühlte sich dünnhäutig und verletzlich wie eine Larve. Unter dem Arm trug er die neuen Bücher. Er dachte an einen verwundeten Soldaten, dem ein neues Bein wuchs, und an ein verwundetes Bein, aus dem ein neuer Soldat wuchs. Er dachte daran, wie die beiden Soldaten nach Hause marschierten, und überlegte, ob sie wohl die gleichen Erfahrungen gemacht hatten, wenn sie dort ankamen. Er hatte lediglich eine schemenhafte Vorstellung von seinem Ziel und eine dunkle Ahnung, wie man dort hinkam. Er fuhr fast sieben Stunden in südwestlicher Richtung, und auf dem Gipfel eines Berges bei Fancy Gap, Virginia, hatte er plötzlich das Gefühl, als könne er es fast schon sehen.

Lord Randall

Meine Mutter nannte mich Randall nach Lord Randall, einem jungen Mann, den seine Liebste mit einem Gericht vergifteter Aale umgebracht hat. In der High-School hat Mutter bei einem Talentwettbewerb gewonnen, als sie das Lied von Lord Randall sang und sich dabei auf der Mandoline begleitete. Sie glaubt offenbar nicht, es könne Schaden anrichten, ein Kind nach jemandem zu benennen, den ein derart schlimmes Schicksal ereilt hat, aber ich bin mir da nicht so sicher. In der High-School war ich eine Zeitlang Fahrer des Schulbusses, und eines Morgens rannte mir der Erstkläßler John Fitzgerald Kennedy Canipe direkt vor die Räder. Ich hätte ihn überfahren, wenn ich nicht immer ein besonderes Auge auf ihn gehabt hätte, seit ich wußte, wie er hieß. Ich weiß, man kann behaupten, Jeff-Kay Canipes Name habe ihm Glück gebracht, und mit gleichem Recht läßt sich sagen, er habe ihm Unglück gebracht, für mich jedoch beweist das nur, daß Glück und Pech wild durcheinanderwirbeln und daß man gar nicht vorsichtig genug sein kann. Danach fuhr ich den Schulbus nie wieder.

Inzwischen zapft Jeff-Kay Canipe am Bootshafen Benzin, und ich sehe ihn dort immer, wenn ich auf dem Weg zu meinen Eltern bin. Bei den Kindern in der Gegend ist er berühmt dafür, daß er fast alles auf seinem Finger kreiseln lassen kann – Benzinkanister, Wasserskiwesten, Werkzeugkisten, Kühlboxen –, und zwar mit solcher Lässigkeit, als wäre es nichts Besonderes. Er merkt gar nicht, was er tut, so wie andere Leute sich durch die Haare fahren oder auf der Lippe kauen. Er steht vor dir und redet mit dir, während er ein Bootspaddel langsam auf seinem Finger kreiseln läßt, ohne es auch nur eines Blickes zu würdigen. Es macht einen verrückt, darauf zu warten, daß es endlich runterfällt. Er kann sich nicht mehr daran erinnern, daß ich den Schulbus fuhr, als er in der ersten Klasse war, und er weiß auch nicht, daß ich für alles verantwortlich bin, was ihm – an Gutem wie an Schlechtem – seit 1973 geschehen ist.

Wenn ich meine Eltern besuche, stößt meine Mutter die Tür ihres Wohnmobils auf, preßt die Hände an die Brust, als ob sie sterben müßte, und singt mit hoher, tremolierender Stimme: »Wo warst du denn nur, Lord Randall, mein Sohn? Wo warst du denn nur nur, du bildschöner Mann?« was mich selbst nach all den Jahren noch nervös macht. Wenn ich ihr überhaupt eine Antwort gebe, sage ich: »Ich war unten im Tal, da wohn' ich nun mal.« Damit ist sie zufrieden, aber am liebsten wäre es ihr, wenn ich singen würde: »Müd' bin ich vom Jagen und würde gern ruhn«, wie ich es als kleines Kind immer getan habe. Damals spielte sie Mandoline und sang den ersten Teil der Strophen, ich sang den zweiten, und das Ganze wurde für jeden aufgeführt, der stehenblieb und zuhörte. Wir machten ein Theaterstück daraus, bis ich ein bißchen älter wurde und langsam begriff, was mit Lord Randall geschehen war und daß man gar nicht wissen konnte, ob es mir vielleicht Unglück brachte, das Lied immer wieder völlig fremden Menschen vorzusingen.

Vor nicht allzulanger Zeit erzählte mir meine Mutter, sie habe ernsthaft erwogen, mich Fain zu nennen, denn der Name bedeute froh und zufrieden, aber damals habe sie gedacht, er klänge fast so wie der Sänger Fabian, der ein Lied herausgebracht hatte, das sie nicht mochte. Ich bin Fabian unendlich dankbar. Ich hab's einfach im Gefühl, daß der Name Fain nichts Gutes bringen kann, egal, was er bedeutet, obwohl man bei so etwas ja nie ganz sicher sein kann. Wer weiß, vielleicht würde Jeff-Kay Canipe eines Morgens auf dem Weg zur Arbeit einen Unfall verursachen und einen ganzen Schulbus voller Kinder den Abhang hinunterdrängen, und eines der Kinder hätte dazu ausersehen sein können, später ein Mittel gegen Krebs zu entdecken. Es könnte sein, daß es die beste Tat meines Lebens gewesen wäre, Jeff-Kay Canipe zu überfahren. Vielleicht war das ja meine *Bestimmung,* und ich habe alles verdorben. Jeff-Kay Canipe hat sich mit meinen Eltern angefreundet und besucht sie öfter als ich. Man muß Jeff-Kays ganzes Leben in Betracht ziehen, und wenn ich darüber nachdenke, werde ich sehr müde. Man kann einfach nicht wissen, jetzt jedenfalls noch nicht, was noch alles passieren wird. Ich weiß nur jeden Abend, was an diesem Tag *nicht* passiert ist. Selbst für eine Million Dollar würde ich keinen Aal essen, und auch bei Garnelen und Mayonnaise bin ich vorsichtig. Wenn mich jemand Randall nennt, reagiere ich fast nie, und auf Randy schon gar nicht. Fast alle Arschlöcher heißen Randy. Mein Vater hat als zweiten Namen Lake für mich ausgesucht, weil wir nahe an einem See wohnten, und so nenne ich mich auch. Mit Nachnamen heißen wir Tesseneer, aber ich habe keine Ahnung, was um alles in der Welt es bedeutet.

Meine Eltern Bonnie und Bud Tesseneer besitzen einen Forellenteich in der Größe eines mittleren Schlammlochs, ein Stück oberhalb des Pfadfinderinnenlagers. Er liegt drei Meilen von der Hauptstraße und sechs Meilen vom See entfernt, viel zu weit weg und zu klein, um jemals etwas einzubringen, obwohl meine Eltern steif und fest behaupten, daß sie dort oben auf einer Goldmine sitzen und es nur eine Frage der Zeit ist, bis es sich überall herumspricht und das Geschäft blüht. Sie sagen, eines Tages würden Scharen von Touristen bei ihnen auftauchen, die es leid sind, auf dem altbekannten Trampelpfad um den See zu laufen, und die Lust auf frische Bergforellen haben. Ich denke dann jedesmal, lügt euch doch nichts in die Tasche, doch ich spreche es nie aus. Meine Eltern würden die Wahrheit inzwischen nicht mehr ertragen. Sie benehmen sich wie kleine Kinder, die Köder verkaufen und glauben, sie könnten mit ihren Würmern Millionen verdienen. Solche Leute findet man nicht oft.

Die beiden haben immer gedacht, sie würden einmal das große Geld machen und reich wie Rockefeller werden, und das haben sie auf tausend Arten versucht, von denen die eine so erfolglos war wie die andere. Im Lauf der Jahre haben sie es mit Motels, Waschsalons und Campingplätzen probiert, mit Eisdielen, Spirituosenhandlungen, Tankstellen und Souvenirläden, haben Köder verkauft und einen Bootsverleih betrieben – und das alles immer für andere Leute, bis sie den Forellenteich bekamen. Bei jedem neuen Vorhaben riefen sie mich an und sagten: »Lake, jetzt stehen wir vor dem großen Durchbruch. Diesmal klappt's bestimmt.« Doch ich hörte immer schon am Telefon, daß sie bereits Pläne für das nächste Projekt schmiedeten, das *ganz* große, auf das sie ihr Leben lang gewartet hatten. Vor etwa fünf Jahren blieben sie auf Unmengen von Amway-Produkten sitzen, die sie nicht verkaufen konnten, und sie wissen selbst heute noch nicht genau, wie es dazu kam. Wenn man sie danach fragt, schauen sie sich bloß an und kichern. Sie drängen mir das Zeug bei jedem Besuch säckeweise auf und machen ständig Witze über Wildlederreiniger. Manchmal denke ich, daß sie sich eine falsche Vorstellung von dem Forellenteich machen. Ich betrachte gelegentlich den Teich und überlege, was sie wohl darin sehen, für mich jedenfalls sieht er immer nach Scherereien aus. Meine Eltern sind beide über sechzig, können die Finger nicht voneinander lassen, haben keine einzige Versicherung abgeschlossen und machen mir schreckliche Sorgen.

Als ich noch klein war, haben sie vier oder fünf Jahre lang in einem Ferienlager für Jungen unten am See als Hausmeister gearbeitet. So lange haben sie es sonst nirgendwo ausgehalten. Im Winter, wenn die Kinder aus der Stadt wieder fort waren, hat es mir dort besonders gut gefallen, und ich bin fast jede Nacht mit dem Hauptschlüssel und einem Stapel Steppdecken, der so groß war, daß ich ihn kaum tragen konnte, hinunter ins Ferienlager gegangen und habe in einer der Hütten geschlafen. Meine Eltern machten nachts in ihrem Zimmer oft eine Menge Lärm, und als ich alt genug war, um zu wissen, was es war, wollte ich mir das nicht mehr anhören. Ich schätze, im Lager gab es mehr als dreißig Hütten, die alle so dicht am See lagen, daß ich bei starkem Wind hörte, wie die Wellen ans Ufer schlugen, und in jeder Hütte fühlte ich mich anders, wenn ich nachts darin lag. Obwohl ich meinen Eltern immer sagte, in welcher Hütte ich übernachten würde, damit sie mich morgens finden konnten, vergaßen sie manchmal, mich zu wecken, und ich verpaßte den Schulbus und bekam am nächsten Tag Ärger mit den Lehrern. Dann wurde ich immer erst wach, wenn die Sonne schon aufgegangen war. Ich raffte meine Steppdecken zusammen, rannte zum Haus hinauf, wo meine Eltern gewöhnlich am Küchentisch saßen und Kaffee tranken, während mein Vater mit Kugelschreiber eine Skizze auf eine Papierserviette kritzelte. Wenn sie aufblickten, konnte ich ihren Gesichtern ansehen, daß sie wieder einen ihrer großartigen Pläne geschmiedet und mich dabei vergessen hatten. Deshalb nahm ich nach einer Weile ihren Wecker nachts mit in die Hütten, und sie merkten nicht einmal, daß er verschwunden war.

Im Sommer fühlte ich mich im Ferienlager nie sehr wohl, denn ich konnte nicht mehr in den Hütten schlafen und mußte mich außerdem oft im Wald verstecken. Aus irgendeinem Grund war es das Lieblingsspiel der Kinder, Jagd auf Lake Tesseneer zu machen, und in den Freistunden nach dem Frühstück, dem Mittag- und dem Abendessen rottete sich eine kleine Bande zusammen und pirschte sich an unser Haus heran, um mich zu suchen. Wenn sie mich irgendwo draußen erwischten, weit weg vom Haus, schnitten sie mir den Weg ab, und ich mußte davonlaufen und dann in einem großen Bogen zum Haus zurückschleichen, bis die Betreuer am Ende der Freistunde ihre Pfeifen ertönen ließen und sie zurückriefen. Da ich vor keinem dieser Jungen wirklich Angst hatte – zumindest nicht, wenn ich es nur mit *einem* Kind zu tun hatte –, ging ich manchmal nach dem Essen, wenn mir langweilig war oder ich Lust auf ein Spielchen hatte, zu den Hütten hinunter und ließ mich kurz dort blicken. Sie brauchten mich nur zu sehen, nur einen flüchtigen Blick auf mich zu werfen, und schon fuchtelten sie mit den Armen in der Luft herum, brüllten wie die Irren und stürzten mir nach. So etwas Bescheuertes habe ich nicht noch einmal gesehen. Manchmal lief ich auf geradem Weg den Berghang hinauf, und wenn die ganze Bande sich hinter mir in einer langen Reihe formiert hatte, drehte ich mich um und schlich zurück, preschte dann mit Volldampf den Hang hinab, stürzte brüllend aus dem Lorbeer und jagte den kleinen und langsamen Kindern, die das Schlußlicht der Reihe bildeten und sowieso nicht scharf darauf waren, mich zu fangen, eine Höllenangst ein. Sie hätten mich nie erwischt, nicht einmal der große schnelle Junge, der jeden Sommer kam und mich eigentlich ganz allein hätte jagen und ein für allemal zur Strecke bringen sollen. Sie waren bloß ein Haufen Stadtkinder aus Charleston, Savannah und Atlanta, die in den Wäldern hoffnungslos verloren waren, aber wenn der Sommer zu Ende ging, hatte ich es satt, mich ständig zu verstecken, davonzulaufen und dauernd auf der Hut zu sein. Dann ging ich spätabends oft wütend zu den Hütten hinunter, holte mir ein paar große Steine aus den Mulden der Lagerfeuer und warf sie auf die Blechdächer, um zu hören, wie die Stadtkinder flüsterten: »Was war denn das?« und im Dunkeln nach ihren Taschenlampen tasteten. Eine Minute später war jede Taschenlampe in der Hütte angeknipst, und ihre Strahlen drangen durch die Fliegenfenster nach draußen, bis die Betreuer »Ruhe!« und »Macht die Lampen aus!« schrien und schließlich in Unterwäsche die Hüttentür öffneten und sich draußen umschauten, als ob sie mich erkennen könnten. Wenn ich besonders viel Glück hatte, waren sie so sauer, daß sie meinen Namen brüllten, während ich sie aus meinem Versteck im Dunkeln beobachtete und mich diebisch freute. Die Jungen heulten vor Wut auf und schworen, daß sie mich am nächsten Tag erwischen würden. Dann warfen sie sich noch lange in ihren Betten hin und her und konnten nicht einschlafen.

Am Forellenteich meiner Eltern ist nur an ein oder zwei Tagen im Sommer wirklich etwas los. Dann tuckert ein großer roter Schulbus mit einer Truppe Pfadfinderinnen den Berg hinauf, um zu angeln. Meine Eltern freuen sich schon den ganzen Winter darauf, doch ich kann mir kaum etwas Schlimmeres vorstellen. Die kleinen Mädchen stehen Schulter an Schulter um den Teich und ziehen die Forellen so schnell aus dem Wasser, wie die Betreuer Maiskörner an ihre Angelhaken stecken können. Sie tanzen wild herum und kreischen, wenn sie einen Fisch gefangen haben, wobei ihre Angelschnur sich mit den Angelschnüren zur Rechten und zur Linken verheddert, an deren Ende zumeist auch eine Forelle zappelt. Das Tohuwabohu war immer meilenweit zu hören. Ich beobachtete alles aus dem Küchenfenster im Wohnmobil meiner Eltern, durch einen Riß im Vorhang. Wenn so viele Kinder in diesem Alter zusammen sind, schreit das geradezu nach ausgeschlagenen Augen und schlimmen Unfällen. Von weitem sieht es aus, als ob die Fische aus dem Wasser springen und in der Luft Haken schlagen, um aus dem Teich zu fliehen und in die hohen Berge zu entkommen, wo die echten Forellen leben, von den

Mädchen mit den langen Stöcken aber ins Wasser zurückgestoßen werden.

Abends nach dem Angeln veranstalteten die Pfadfinderinnen immer ein großes Fischessen unten im Ferienlager und laden meine Eltern dazu ein. Einmal bin ich mitgegangen – und dann nie wieder. Die kleinen Mädchen saßen im Schneidersitz im Kreis um ein großes Lagerfeuer und nagten an den Forellen, ohne sich um die Gräten zu kümmern, während meine Mutter – obwohl es ein warmer Abend war – am Feuer stand, Mandoline spielte und sang. Sie kennt mehr Lieder als jeder andere, doch in fast jedem Lied wird jemand wegen eines tragischen Mißverständnisses erschossen, gehängt, erstochen oder vergiftet und stirbt mit dem Namen seiner Liebsten auf den Lippen. Ich sage: »Mama, kennst du keine fröhlichen Lieder?« Und sie antwortet: »Lake, was kann denn fröhlicher sein als ein Lied über die Liebe?« Meine Mutter sagt über die Liebe, was sie auch über alles andere sagt: Es kommt immer auf den Standpunkt an.

Als kleiner Junge habe ich einmal Glühwürmchen gefangen und in eine grüne Flasche gesteckt, die ich auf meinen Nachttisch gestellt habe. Als meine Mutter ins Zimmer kam, bewunderte sie meine Glühwürmchen, dann setzte sie sich und erzählte mir eine traurige Geschichte darüber, daß Glühwürmchen verlorene Seelen seien, die im Dunkeln umherirren und den Weg zum Himmel suchen. Danach konnte ich an nichts anderes mehr denken als an die vielen Seelen, die nie in den Himmel kommen würden, weil ich sie in einer 7-Up-Flasche erstickt hatte. Als meine Mutter an jenem Abend im Lager der Pfadfinderinnen vier oder fünf traurige Lieder gesungen hatte, kam sie zu mir herüber, stellte sich vor mich hin und sang »Lord Randall«, als bräche ihr das Herz. An der Stelle, als die Mutter Lord Randall sagt, die Aale seien vergiftet gewesen und er müsse sterben, liefen ihr sogar Tränen über die Wangen. Mein Vater schaute sie an, als ob sie ein Engel wäre, als ob er das Lied noch nie gehört und nicht geahnt hätte, daß sie singen kann. Er schaukelte vor und zurück und klatschte in die Hände, konnte jedoch nicht einmal den Takt halten. Ich merkte, daß all die kleinen Mädchen uns beobachteten, während sie aßen. Vermutlich bekamen sie vom bloßen Zuschauen eine Vorstellung davon, wie unser Leben aussah. Im Schein des Feuers konnte ich ihre Augen sehen – nur schwarze Löcher, wo die Augen hätten sein sollen. Ich hörte, wie sie kauten. Meine Nackenhaare sträubten sich, ich mußte den Teller abstellen und konnte nicht mehr weiteressen. Ich dachte, wenn mir jemals eine Gräte im Hals steckenbleiben sollte und ich mich auf dem Boden wälzen und nach Luft ringend sterben sollte, dann in diesem Augenblick, während meine Mutter »Lord Randall« sang und weinte, mein Vater in die Hände klatschte und lauter wilde kleine Mädchen mit Forellenskeletten in den Händen mich umringten.

Ich arbeite in der Stadt am Fuß des Berges als Pförtner. Das scheint mir ziemlich ungefährlich. Ich habe verschiedene Kranken- und Lebensversicherungen abgeschlossen. Ich spiele Basketball in der hiesigen Mannschaft, denn ich glaube, daß man von dem Augenblick an alt wird, in dem man nicht mehr rennen kann. Rennen gehört zu den wichtigsten Fähigkeiten, die Kinder besitzen und alte Leute nicht. Ich bin vierunddreißig und achte darauf, mich fit zu halten. Jeff-Kay Canipe, ein bombiger Basketballspieler, ist in meiner Mannschaft. Er ist zwar sehr klein, kann aber Basketbälle auf seinen Mittelfingern kreiseln lassen, bis man nicht mehr zuschauen mag. Er kann aus vollem Lauf heraus lange Pässe hinter seinem Rücken werfen und einem Spieler der eigenen Mannschaft zuspielen, obwohl man schwören könnte, daß er ihn nicht einmal angesehen hat. Jeff-Kay Canipe sieht Sachen, die wir nicht sehen. Manchmal umzingeln ihn drei oder vier Typen der gegnerischen Mannschaft, versuchen ihn einzuschließen und ihm den Ball wegzunehmen, aber er dribbelt ihn hinter seinem Rücken und zwischen seinen Beinen hindurch und kommt immer ungeschoren davon. Da meine Eltern keines unserer Spiele auslassen, zieht er manchmal eine große Show ab. Ich selbst bin kein besonders guter Spieler. Die Jungs aus unserer Liga nennen mich das Lake-Monster, wahrscheinlich weil ihnen der Klang des Namens gefällt und weil ich beim Spielen abgeschnittene Jeans und halbhohe schwarze Turnschuhe trage, die ich in einem Müllcontainer gefunden habe. Die Schuhe waren ganz prima und brauchten nur eine gründliche Reinigung, und sie hatten genau meine Größe. Jeff-Kay Canipe wird Special K. genannt. Er hat tatsächlich 150 Dollar für seine Schuhe bezahlt, und er trägt sie nicht einmal auf der Straße.

Wenn ich eingesetzt werde – nie länger als vier oder fünf Minuten in einer Halbzeit –, rollen die anderen mit den Augen, grinsen und sagen dem Spieler, der mich bewacht, er solle sich vor dem Lake-Monster in acht nehmen. Ich sei gefährlich. Ich tue immer so, als hätte ich nichts gehört. Wenn ich den Ball habe, renne ich, so schnell ich kann, in einem großen Kreis von der Mittellinie bis unter den Korb und dann wieder zurück. Nach einer Weile hat mein Bewacher von der gegnerischen Mannschaft keine Lust mehr, neben mir herzulaufen. Dann sagt er: »Menschenskind, Lake, wo willst du eigentlich hin?« zuckt die Achseln und verdreht die Augen, wenn er an seinen Freunden auf der Tribüne oder an einem Mannschaftskameraden vorbeirennt, und läßt mich laufen. Genau das ist mein Plan. Wenn das passiert, laufe ich einfach weiter in meinem großen Kreis, als hätte ich nichts gemerkt, und behalte Jeff-Kay Canipe im Auge, der mich zwar nie direkt ansieht, mich aber mit Sicherheit beobachtet. Mindestens einmal pro Spiel schmeißt er mir den Ball zu, während ich auf den Korb zu renne, und dann brauche ich ihn nur noch hineinzuwerfen. Das kommt Ihnen vielleicht nicht sehr raffiniert vor, aber ich bin nun mal kein guter Basketballspieler. Wenn mir ein Korbwurf geglückt ist, haut mir Jeff-Kay Canipe jedesmal auf den Hintern, während wir in unser Feld zurücklaufen, und sagt: »Behalt mich nur im Auge, Kumpel. Ich paß schon auf dich auf.« Dann sieht er so glücklich aus, als würde er aus der Sporthalle schweben.

Ich weiß nie, was meine Eltern als nächstes vorhaben. Im Frühsommer haben sie auf dem Flohmarkt in Asheville eine kleine Postkutsche und zwei Ponys gekauft. Ich dachte nur, *eine Postkutsche.* Die Ponys heißen Roy und Dale, und mein Vater sagt, die ganze Ausrüstung sei für 850 Dollar fast geschenkt. Sonntags gehen meine Eltern zum See hinunter und lassen kleine Kinder in der Postkutsche fahren, eine Rundreise vom Gemeindehaus zum Bootshafen und wieder zurück. In der Kutsche ist Platz für zwei Kinder, die sich

Knie an Knie gegenübersitzen, und meine Eltern nehmen zwei Dollar pro Kind. Die Fahrt dauert eine Viertelstunde. Jeff-Kay Canipe steht oft am Hafen und winkt, wenn mein Vater die Kutsche dort wendet. Wenn er manchmal etwas auf seinem Finger kreiseln läßt – ein Bootspaddel, einen Besenstiel, einen Feuerlöscher –, stecken die Kinder die Köpfe zum Kutschenfenster hinaus und schauen auf dem Weg zum Gemeindehaus nur noch nach hinten. Für weitere zwei Dollar macht meine Mutter ein Polaroidfoto von den Kindern, wie sie neben meinem Vater und Roy und Dale stehen, oder auch nur neben Roy und Dale, wenn ihnen das lieber ist. Meine Eltern glauben, sie könnten die Postkutsche in diesem Sommer abbezahlen, aber ich bin mir da nicht so sicher.

Die Kutsche ist knallrot angestrichen, und meine Mutter hat in kunstvollen Goldbuchstaben »DIE B-B-POSTKUTSCHEN-TOUR GMBH« auf die Seitenteile gemalt. Auf der Rückseite der Kutsche steht: »FORELLENPARADIES«. Mein Vater trägt Bluejeans, Cowboystiefel, ein rotes Westernhemd und zwei Spielzeugpistolen, und meine Mutter trägt ein altmodisches, langes rotes Kleid und ein großes, rotkariertes Häubchen, das sie mit einer großen Schleife unter dem Kinn festbindet. Manchmal sitzt sie auf dem Kutschbock neben meinem Vater und hakt sich bei ihm ein, doch meistens bleibt sie zurück und unterhält sich mit den Eltern. Auf der Motorhaube des Pick-ups hat sie auf einem roten Tuch ihre Schätze ausgebreitet: die Mandoline, diverse Gläser mit Eingemachtem und Honig, den mein Vater aus den Bienenstöcken hinter dem Wohnmobil holt, Reklamezettel für den Forellenteich und Blätter für Kreissägen, die sie mit

Bergszenen bemalt hat, sowie eine Auswahl der Amway-Produkte. Wenn einer der Eltern auf die Mandoline zeigt und fragt: »Können Sie darauf spielen?«, antwortet meine Mutter: »Ach, nur ein bißchen.« Dann nimmt sie das Instrument und spielt ganz begeistert, schließt die Augen und singt eines ihrer traurigen Lieder. Im allgemeinen kaufen die Eltern daraufhin etwas. Wenn mein Vater auf den Kutschbock geklettert ist, greift er nach den Zügeln, legt den Kopf in den Nacken, dreht sich zum Fenster um und ruft: »Auf geht's. Hoffentlich treffen wir keine Indianer auf unserer Reise.« Meine Mutter klatscht in die Hände und schaut zu ihm hinauf, als ob er der strahlendste aller Helden sei. Die kleinen Kinder in der Kutsche verdrehen die Augen.

Während der Woche dürfen meine Eltern die Postkutsche an der Weide hinter dem Gemeindehaus anketten, ohne etwas dafür zu bezahlen, doch Roy und Dale müssen sie mit nach Hause nehmen. Sie haben keinen Pferdeanhänger für den Transport der Ponys, doch sie sagen immer, sie wollen einen kaufen, sobald das Geschäft gut läuft. Roy ist ein weißbraun gescheckter Wallach und Dale eine Isabellenstute. Wenn man Dale tief in die Augen schaut, sieht man, daß sie blau sind, und sie ist niedlich wie ein Spielzeug. Dale läßt mich nicht dichter als drei Meter an sich heran – ich weiß nicht, was sie gegen mich hat. Meine Mutter meint, es sei wegen meiner Weltanschauung. Sonntags marschiert mein Vater mit den Ponys die sechs Meilen bis zum See, und abends kommen sie auf demselben Weg zurück nach Hause. Mein Vater leidet an Angina pectoris und hat immer Nitroglycerintabletten in der Brusttasche. Meine Eltern reden nie darüber, und wenn ich danach frage, schauen sie mich an, als verständen sie kein Englisch. Meine Mutter fährt mit dem Pick-up immer ein kleines Stück vor meinem Vater und den Ponys her und hält an, wenn der Straßenrand breit genug ist. Im Rückspiegel beobachtet sie, wie die drei auf sie zukommen. Sie wartet, bis sie an ihr vorbeigegangen und außer Sichtweite sind, dann läßt sie den Motor an, holt sie ein und fährt an ihnen vorbei bis zur nächsten Stelle am Straßenrand, wo sie parken kann. Sie hat immer einen Krug Wasser für meinen Vater und Zuckerwürfel für Roy und Dale dabei. Sie brauchen zweieinhalb, manchmal drei Stunden für die Strecke, jeweils hin und zurück. Vor Morgengrauen brechen sie zum See auf und kommen in tiefer Dunkelheit zurück. Die Häfte der Reise verläuft über den Highway, und manchmal hupen irgendwelche Arschlöcher, die Anhänger mit großen Wasserskibooten hinter ihren neuen Pick-ups herziehen, oder sie werfen etwas aus dem Wagen oder beugen sich grölend aus dem Fenster, um die Ponys zu erschrecken, und dazu braucht es nicht viel. Dale ist ohnehin sehr nervös. Die Wagen fahren so dicht vorbei, daß man sie fast berühren kann, und sonntags herrscht reger Verkehr, weil die Wasserskifahrer zum See unterwegs sind und die Touristen am See entlang in die Berge fahren. Ich habe Angst, daß Dale eines Tages auf die Fahrbahn vor einen Bus läuft und meinen Vater und Roy mit sich zieht. Und daß meine Mutter alles mitansehen muß. Manchmal wache ich Sonntag morgens sehr früh auf, liege wach und frage mich, auf welchem Abschnitt der Straße zum See meine Eltern sich gerade befinden und was um alles in der Welt in ihren Köpfen vorgeht.

Zwei- oder dreimal an jedem Sonntag muß meine Mutter

ihre auf der Motorhaube ausgebreiteten Sachen einsammeln und nach Hause fahren, um bei dem tragbaren Generator, der die Belüftungsanlage für den Teich betreibt, Benzin nachzufüllen. Ohne dieses Gerät, das das Wasser mit Sauerstoff anreichert, wären sämtliche fünftausend Forellen in wenigen Stunden tot, und ich habe keine Ahnung, was meine Eltern dann machen sollten. Nach jeweils vier Stunden ist der Tank des Generators leer, doch das scheint meine Eltern nicht zu stören. Mein Vater steht um zwei Uhr in der Nacht und dann wieder um sechs Uhr morgens auf und füllt Benzin nach. Das macht er sieben Nächte die Woche. Wenn meine Mutter manchmal mit ihm aufsteht und eine Kanne Kaffee kocht, sitzen sie anschließend dicht nebeneinander in den Liegestühlen am anderen Ende des Teiches und reden die ganze Nacht. Meine Mutter meint, es sei ein friedliches Leben, aber ich findet das nicht. Der Generator dröhnt, und ich kann mir das Leben meiner Eltern ohne schrecklichen Lärm nicht mehr vorstellen. Wenn ich mich nach einem Besuch bei ihnen auf den Heimweg mache, denke ich jedesmal, ich hätte etwas liegenlassen oder vergessen, etwas Wichtiges zu erledigen, doch ich kann mich nie erinnern, was es ist, weil es nach all dem Krach plötzlich totenstill in meinem Kopf ist.

Meine Eltern kaufen ihr Benzin nur bei Jeff-Kay Canipe am Bootshafen. Jeff-Kay Canipe fragt sie jedesmal, wie es den Forellen geht, als würde er die Fische persönlich kennen, und wenn sonntags am Hafen nicht viel zu tun ist, macht er einen Spaziergang zum Gemeindehaus, unterhält sich mit meinen Eltern und streichelt die Ponys. Meine Eltern haben einen dritten Liegestuhl mitgebracht, damit er sich setzen kann, wenn er sie besucht. Ein Tourist hat schon gefragt, ob er ihr Sohn wäre. Meine Eltern erzählen ihm, wie gut ich früher mit den Jungs aus der Stadt im Ferienlager klargekommen sei, und daß wir den ganzen Sommer lang ausgelassen und johlend in den Wäldern herumgetollt wären. Meine Mutter hat sich angewöhnt, Jeff-Kay Canipe meinen kleinen Bruder zu nennen, obwohl sie weiß, daß mich das wütend macht.

Jeff-Kay Canipe hat Dale besonders in sein Herz geschlossen, und Dale mag Jeff-Kay Canipe, was meine Laune nicht gerade hebt. Dale hat an der Innenseite ihres rechten Vorderbeins eine tiefe Wunde, die nicht richtig heilt, und wenn Jeff-Kay Canipe abends mit der Arbeit fertig ist, fährt er zum Teich hinauf und hilft meinem Vater, eine lilafarbene Tinktur auf die Wunde zu tupfen und an den Rändern etwas Motoröl zu verschmieren, um die Fliegen fernzuhalten. Nachdem Dales Wunde versorgt ist, rennt sie auf der Weide hin und her, tritt um sich, bockt und beißt in die Luft. Dabei kommt tief aus ihrem Brustkorb ein Ton, als wolle sie kämpfen, und sie läßt meinen Vater lange Zeit nicht in ihre Nähe. Nach ein paar Minuten jedoch kommt sie bereits zu Jeff-Kay Canipe und stößt ihren Kopf gegen seinen Arm. Jeff-Kay Canipe füttert sie mit Zuckerwürfeln, kämmt ihr die Mähne und flüstert ihr etwas ins Ohr. Meine Mutter fragt ihn, was er ihr erzählt, aber er meint, das sei ein Geheimnis zwischen ihm und Dale. Wenn Jeff-Kay Canipe sie nicht hören kann, sagt meine Mutter zu mir: »Lake, dein kleiner Bruder kann verdammt gut mit Tieren umgehen«, und ich denke: *Tja, vielleicht hätte ich ihn damals wenigstens ein bißchen anfahren sollen.*

Dale läßt sich von mir nicht streicheln, doch Roy erlaubt es mir, obwohl es ihm keinen großen Spaß zu machen scheint. Roy ist ein ausgeglichenes Pony, und außer Dale ist ihm alles gleichgültig. Meine Mutter meint, Roy sei verliebt in Dale, doch ihre Beziehung sei von Anfang zum Scheitern verurteilt gewesen, weil Roy kastriert ist und Dale seine Liebe daher nicht erwidern könne. Wenn Dale wild auf der Weide hin und her rennt und versucht, die brennende Stelle an ihrem Vorderbein abzuschütteln, trottet Roy jedesmal mit aufgestellten Ohren und steifen Beinen hinter ihr her und schnaubt. Meine Mutter behauptet, Roy würde Dale fragen, ob alles in Ordnung sei. Im Morgengrauen oder am späten Nachmittag, kurz vor der Abenddämmerung, läßt Dale sich manchmal von Roy besteigen. Roy tut gar nichts – er kann ja nichts tun –, und steht nur einfach da, bis Dale sich umdreht und ihn anschaut, als hätte sie ihn gerade erst bemerkt. Dann schüttelt sie ihn ab und trottet davon. Schon vor langer Zeit hat mein Vater gelernt, sich Sonntag morgens zuerst Dale zu schnappen. Wenn er Roy von der Weide geführt und ihn nicht zurückgebracht hätte, wäre Dale höchst zufrieden dageblieben und hätte weiter Gras gefuttert, doch wenn mein Vater mit Dale zum Tor marschiert, wird Roy unruhig und läuft sofort hinter ihr her. Meine Mutter sagt, Roy würde nicht einen Tag ohne Dale sein wollen, und wenn sie *einen* Wunsch frei hätte, dann würde sie Roy wünschen, einen Tag lang ein Hengst zu sein. Mein Vater sagt, wenn auf dem Highway nicht so viel Verkehr wäre, würde er Roy kein Seil umlegen, wenn er die Ponys zum See führt.

Jeff-Kay Canipe ist genauso ein Träumer wie meine Eltern. Sein Lebenstraum ist es, Besitzer von Bobby's Place zu werden, einem Laden am anderen Seeufer. In Bobby's Place kann man außer kaltem Bier und Benzin nichts kaufen, und wenn man an der Pier anlegt, kommt eins von Bobbys Mädchen, um das Boot zu vertäuen und die Bestellung aufzunehmen. Bobbys Mädchen haben blonde Mähnen, sind tiefgebräunt, tragen abgeschnittene Jeans, Bikinioberteile und goldene Halsketten. Manchmal ist die ganze Bucht voller Arschlöcher in Wasserskibooten, die versuchen, Bobbys Mädchen anzumachen. Wenn die Arschlöcher nichts kaufen, kommt Bobby heraus zur Pier, macht eine Faust und verscheucht sie, und wenn sie dann aus der Bucht preschen, stehen ihre Boote mit dem Bug senkrecht im Wasser, und die Motoren brüllen wie Bären. Eines Tages wird es noch ein schlimmes Bootsunglück geben. Jeff-Kay Canipe meint, mit ein klein wenig Glück würde er mit vierzig Jahren genug gespart haben, um das Geld für Bobby's Place bar auf den Tisch zu legen. Er ist jetzt vierundzwanzig. Er hat meine Eltern schon gefragt, ob sie den Laden mit ihm zusammen betreiben wollen, obwohl sie dann fast achtzig sein werden. Natürlich haben sie zugesagt. Meine Mutter meint, sie wird einen Bikini tragen. Jeff-Kay Canipe kommt gar nicht auf die Idee, daß Bobby's Place dann vielleicht gar nicht mehr in Betrieb, nicht zu verkaufen oder abgebrannt sein könnte, oder daß der Damm bei einer plötzlichen Überschwemmung brechen und Bobby's Place dann am Rande einer riesigen Weidefläche stehen könnte, wenn er vierzig ist. Jeff-Kay Canipe wiegt wahrscheinlich nicht einmal einen Zentner, obwohl er kräftige Muskeln an Armen und Beinen hat und von morgens bis abends herumrennen kann. Sein Haar hat sich gelichtet und ist an der Stirn zurückgekämmt. Er kneift die Augen zusammen, wenn er darüber nachdenkt, was man gerade gesagt hat, und umarmt meine Mutter jedesmal, wenn er zu Besuch kommt. Er hilft ihr beim Geschirrspülen und läßt die Teller auf seinem Finger kreiseln. Meine Mutter sagt, Jeff-Kay Canipe und ich könnten Zwillinge sein, obwohl ich einen Meter neunzig groß bin und mein Haar noch so dicht ist wie früher. Ich denke, *das reicht, ich hätte ihn überfahren sollen.* Manchmal sitzen Jeff-Kay Canipe und meine Eltern abends in den Liegestühlen am Teich und reden darüber, wie man das Geschäft ankurbeln könnte, wenn Bobby's Place erst einmal Canipe's Gemischtwarenhandlung ist. Säfte, Eis, Sonnenschutzmittel, schwimmende Schlüsselanhänger, Sauerstoffflaschen für Taucher. Sie müßten das Haus vergrößern. Eine zusätzliche Pier bauen. Mehr Mädchen anheuern. Jeff-Kay Canipe träumt von jenem fernen Tag, an dem Bobbys Mädchen seine Mädchen werden. 1973 war er ein kleiner Junge mit einem blonden Bürstenschnitt, und ich hab' beobachtet, wie er aus der Haustür kam und völlig geistesabwesend über den Hof rannte, immer schneller. Jetzt träumt er davon, daß er an der Pier vor Canipe's Gemischtwarenhandlung steht, während die Wasserskifahrer in ihren Booten in der Bucht kreisen und darauf warten, daß sie endlich drankommen und etwas bei ihm kaufen können, und daß ihn wunderschöne Mädchen umschwirren, deren samtweiche, gebräunte Haut nach Kokosmilch duftet. Jeff-Kay Canipes Traum ist in gewisser Weise auch *mein* Traum, weil ich 1973 zu gut auf ihn aufgepaßt habe, doch ist es kein Traum, den ich ändern oder erfüllen kann, und ich möchte nicht die Verantwortung für etwas übernehmen, das ich nicht beeinflussen und regeln kann. Meine Eltern zeigen in die Dunkelheit auf eine Stelle am anderen Ufer des Forellenteichs, wo sie eine riesige Wasserrutschbahn bauen wollen.

Da die Hauptdichtung am Generator meiner Eltern leicht kaputtgeht, habe ich immer eine Ersatzdichtung und das Werkzeug zum Auswechseln in einer Kiste hinter dem Fahrersitz meines Pick-ups. Ich bin sozusagen stets abrufbereit. Mein Vater ist kein begnadeter Mechaniker. Das letzte Mal ging die Dichtung an einem späten Samstagnachmittag kaputt, und mein Vater bearbeitete den Teich mit einem langen Ruder, mit dem er das Wasser per Hand belüftet. Ich habe keine Ahnung, wo er in diesem Teil des Landes ein solches Ruder gefunden hat, und ich weiß auch nicht, ob man einen Teich per Hand belüften kann. Da es mir bisher jedesmal früh genug gelungen ist, den Generator zu reparieren, hatte ich noch keine Gelegenheit, das herauszufinden. Der Generator läuft vierundzwanzig Stunden am Tag, sieben Tage die Woche, das ganze Jahr über. Eines Tages wird er endgültig den Geist aufgeben, und ich werde nichts daran ändern können. Mein Vater hat eine Ruderdolle an einem Pfosten am Ufer montiert, und er geht vier Schritte vorwärts, wobei er das Ruder durchs Wasser zieht, dann dreht er sich um und macht wieder vier Schritte zurück. Es war schon fast dunkel, und meine Mutter hielt mir eine Gaslaterne über die Schulter, während ich arbeitete. Ich denke, *fünftausend Forellen.* Ich weiß genau, daß die Stille, die eintritt, wenn der Generator kaputt ist, die Forellen nervös macht. Manchmal habe ich das Gefühl, sie warten nur darauf, daß ich Mist baue. Ich spüre geradezu, daß sie alle auf meiner Seite des Teichs sind und lauschen. Jeff-Kay Canipe spielte auf der Weide mit Dale. »O Mann«, sagt mein Vater, »ich komme mir vor wie Ben Hur.«

»Ben Hur«, sagte meine Mutter mit ihrer tiefsten Stimme. »Ich bringe dir gute und schlechte Nachrichten.«

»Zuerst die guten.«

»Die gute ist, daß heute jeder von euch eine Extraportion Brot und Grog zum Mittagessen bekommt.«

»Oh, das hört man gern«, sagte mein Vater. »Bedank dich beim Kapitän in meinem Namen.«

»Meinst du damit Lord Randall, meinen Sohn?«

»Ja«, sagte mein Vater. »Genau den.«

»Ich soll dir danken, Lord Randall«, rief meine Mutter.

Ich denke: *Diese Menschen sind meine Eltern.*

»Und die schlechte Nachricht?« fragte mein Vater.

»Die schlechte Nachricht ist, daß der Kapitän nach dem Mittagessen Wasserski fahren will.«

»O nein«, sagte mein Vater. »O nein.« Er ließ das Ruder zweimal auf das Wasser klatschen. »Lord Randall ist ein kranker Mann.«

»Ich fürchte, man hat ihn vergiftet«, sagte meine Mutter.

Ich sagte: »Das ist gar nicht komisch.«

Meine Mutter kicherte. »Leg mal 'n Zahn zu, Bud«, rief sie. »Wir haben Lord Randall in Harnisch gebracht.«

»Sag ihm, müd' bin ich vom Rudern und würde gern ruhn«, gab mein Vater zurück.

Meine Mutter hielt die Laterne näher an den Generator heran, schaute nach unten und schnüffelte. Eine dicke Ölschicht bedeckte den gesamten Motorblock. »Ach herrje«, meinte sie.

Ich sagte: »Diesmal kann ich's noch reparieren. Aber beim nächsten Mal vielleicht nicht mehr.«

Sie beugte sich vor und schaute in die beiden offenen Zylinder hinein. Ich befestigte die neue Dichtung auf dem Block. Meine Mutter sagte: »Lake, wie kann ein Mensch bloß all das Zeug lernen, das ein Arzt wissen muß? Einfach unbegreiflich.«

Draußen auf der Weide wieherte Roy. Jeff-Kay Canipe schlang seine Arme um Dales Hals und glitt auf ihren Rükken. Er drückte ihr die Knie in die Flanken und hielt sich mit beiden Händen an ihrer Mähne fest. Sie trabte über die Weide, und Jeff-Kay Canipe hüpfte auf ihrem Rücken auf und ab. Roy trabte so dicht neben Dale her, daß er gegen Jeff-Kay Canipes Bein stieß. Jedesmal, wenn Dale mit ihrem wunden Vorderbein auftrat, senkte sie den Kopf ein wenig. »Hüah«, brüllte mein Vater. »Ab geht die Post, Jeff-Kay.«

Meine Mutter fragte: »Wußtest du, daß Jeff-Kay Teller auf seinem Finger kreiseln lassen kann?«

»Mama, sag Jeff-Kay Canipe, er soll von Dale runtersteigen.«

Meine Mutter sagte: »Er meint, der Schwerpunkt wär' das ganze Geheimnis. Jeder Gegenstand hätte irgendwo einen Schwerpunkt, und er spürt, wo der ist, wenn er etwas in die Hand nimmt.« Sie hob und senkte den Arm, um das Gewicht der Laterne zu prüfen. »Ist das nicht eine wundervolle Begabung?«

Ich sagte: »Mama, Jeff-Kay Canipe ist viel zu schwer, um auf Dale zu reiten.«

»Ach, Unsinn«, gab sie zurück. »Er wiegt doch kaum was. Dale hat's gern, wenn man auf ihr reitet.«

Ich sagte: »Sie wird noch unter ihm zusammenbrechen.«

»Du denkst immer gleich an das Schlimmste«, meinte meine Mutter.

Ich dachte: *Einer von uns sollte das auch tun.*

Meine Mutter hob die Hand. »Schsch«, sagte sie.

Ich hörte nur die Hufschläge von Dale und Roy, die auf der Weide im Kreis galoppierten, und das Geräusch, das mein Vater beim Rudern verursachte.

»Bud«, sagte meine Mutter. »Mach mal kurz Pause.«

Mein Vater zog das Ruder aus dem Wasser. »Was ist los?« fragte er.

»Hör mal«, sagte meine Mutter.

Da hörte ich Stimmen in der Ferne, es schienen Hunderte von Stimmen zu sein, die hell und heiter sangen. Der Schweiß auf meinem Rücken wurde eiskalt.

»Was denn?« fragte mein Vater.

»Die Pfadfinderinnen«, gab meine Mutter zurück.

Ich stand auf, drehte mich um und schaute den Zufahrtsweg meiner Eltern hinunter. Auf der Straße, etwa 130 Meter von uns entfernt, marschierte eine Truppe Pfadfinderinnen in der Dunkelheit vorbei. Ich konnte gerade noch ihre weißen Blusen erkennen. Sie sangen:

Weit ist der Weg, Tom Dooley,
weit ist der Weg zurück.
Weit ist der Weg zur Heimat,
weit ist der Weg zum Glück.

Meine Mutter hielt die Laterne über den Kopf und schwang sie hin und her, als wolle sie um Hilfe rufen. Unten auf der Straße blitzte eine Taschenlampe auf, und ihr Lichtkegel glitt die Zufahrt hinauf. Meine Mutter winkte. Sie sangen:

Du bist hinausgezogen,
hast nicht an sie gedacht,
und ihre Abschiedstränen,
die hast du ausgelacht.

Unten auf der Straße wurde die Taschenlampe ausgeknipst. Die Stimmen wurden immer leiser und waren schließlich nicht mehr zu hören. »Ach, Lake«, sagte meine Mutter. »Hast du das gehört? Sie haben gesungen wie die Engel.« In der Ferne stimmten die Pfadfinderinnen die nächste Strophe an, doch ich konnte den Text nicht verstehen. Hinter mir hörte ich, daß Jeff-Kay Canipe »Brrr« sagte, woraufhin die Hufschläge langsamer wurden und verstummten. Ich drehte mich wieder um und betrachtete den Generator. Ich weiß nicht, warum, aber als ich in die Finsternis der Zylinder hinabschaute, hatte ich für den Bruchteil einer Sekunde das Gefühl, als würde ich jeden Moment hineinstürzen und unendlich tief fallen. »Ich bin ja so froh, daß das blöde Ding gerade nicht lief«, sagte meine Mutter. Mein Vater hatte das Ruder noch nicht wieder ins Wasser getaucht und wartete, und als ich zu ihm hinübersah, winkte er, als gäbe es nicht das geringste, worüber er sich Sorgen machen müsse. Jeff-Kay Canipe umarmte Dale auf der Weide und bückte sich, um ihr Bein zu untersuchen. Überall blitzten Glühwürmchen auf, und das Wasser im Teich war still, still, still.

Aliceville

Wir sahen die Gänse in der Abenddämmerung von der Straße aus, ein Schwarm von vielleicht vierzig oder fünfzig Tieren. Sie fielen plötzlich vom Himmel, meilenweit von der nächsten Vogelzuglinie entfernt, und landeten in einer Mulde auf einer unserer Farmen bei Aliceville, North Carolina. Das geschah im Dezember, an einem dieser ruhigen frühen Winterabende, wenn die Luft so klar und schneidend ist, daß man es sich zweimal überlegt, tief einzuatmen.

Onkel Zeno und ich befanden uns auf dem Heimweg – ich weiß nicht mehr, wo wir gewesen waren –, und die Gänse kamen über uns wie eine Offenbarung: Eine einzelne grauschwarze Gans schoß wie ein Blitz aus heiterem Himmel direkt vor unseren Pick-up. Sie flog mit einer Geschwindigkeit, die man einem Vogel ihrer Größe niemals zugetraut hätte. Sie befand sich so dicht über dem Boden, daß wir trotz des Motorenlärms das Rauschen ihrer Flügel hörten. Wir zuckten zusammen, als kurz darauf eine Schar schreiender Gänse die Luft erzittern ließ. Sie flogen so schnell und kamen uns so nahe, daß sie Gefahr liefen, gegen den Pick-up zu prallen. Ihr unvermutetes Auftauchen, die durchdringenden Schreie und der brausende Flügelschlag waren so laut und furchteinflößend wie plötzliche Gewehrschüsse und so ungewohnt für unsere Ohren wie Sprachen des Altertums.

Onkel Zeno stieg mit solch einer Wucht auf die Bremse, daß der Pick-up auf dem Schotter ins Schleudern geriet und wir quer auf der Straße zum Stehen kamen, mit Blick auf die Mulde.

Die Gänse flogen über das Feld, wendeten in einer ansteigenden Kurve vor dem bewaldeten Bergkamm auf der anderen Seite des Baches und kamen wieder, auf Onkel Zeno und mich zu. Sie breiteten ihre riesigen Schwingen aus, stießen mit kurzen Flügelschlägen nahezu senkrecht nach unten, fingen sich wieder und ließen sich schließlich etwa eine halbe Meile von der Straße entfernt auf den Maisstoppeln nieder. Plötzlich waren sie in der Ferne, im fahlen Winterlicht verschwunden – während wir ihnen noch nachstarrten, lösten sie sich in Luft auf, wie Geister, mitten auf dem Feld. Onkel Zeno stellte erst die Scheinwerfer, dann den Motor ab, und wir beugten uns vor und schauten in die zunehmende Dunkelheit hinaus, bis der Bergkamm schwarz vor dem Himmel stand. Es war höchst ungewöhnlich, daß Kanadagänse an einem ganz normalen Tag über die kleine Stadt flogen, in der wir lebten. Wir schwiegen eine Weile, lauschten dem Pochen unserer Herzen und der winterlichen Stille, voller Erstaunen über das, was wir gerade gesehen hatten.

Auf dem Heimweg klang uns das wilde Rauschen ihrer Flügelschläge in den Ohren, und wir beschlossen, Onkel Coran und Onkel Al – Onkel Zenos Brüdern – nicht zu verraten, daß in der Mulde Gänse gelandet waren. Obwohl meine Onkel sich sehr nahestanden, konkurrierten sie auf eine Weise, wie es Brüder häufig tun – sie konnten weder angeln noch jagen, ohne die Beute gegeneinander aufzurechnen –, und Onkel Zeno meinte, Onkel Coran und Onkel Al würden glatt die Augen aus dem Kopf fallen, wenn wir am nächsten Morgen zum Frühstück mit einem Paar Kanadagänsen erschienen. Er hoffte, wir könnten uns kurz vor dem Morgengrauen, wenn die Vögel noch ruhten und unbeweglich waren, an die Gänseschar heranpirschen und zwei oder drei von ihnen schießen, wenn es uns gelänge, schnell genug nachzuladen, ehe die Gänse auf und davon waren. Auf dem Heimweg war er so aufgeregt, wie ich ihn noch nie erlebt hatte.

Auch meine Mutter durfte nicht in unser Vorhaben eingeweiht werden, da Onkel Zeno behauptete, Onkel Coran und Onkel Al brauchten sie nur anzusehen und wüßten schon, daß irgend etwas im Busch sei, und dann würden sie nicht locker lassen, bis meine Mutter ihnen unser Geheimnis verraten hätte. Meine Mutter war vierzehn Jahre jünger als Onkel Al und Onkel Coran und einundzwanzig Jahre jünger als Onkel Zeno. Sie nannten sie Sissy und wußten genau – selbst als sie bereits Großmutter war und meine Onkel ein ehrwürdiges Alter erreicht hatten –, wie sie sie zur Weißglut treiben konnten. Sie brachte es einfach nicht fertig, sie anzulügen. Wir wohnten bei Onkel Zeno in der Depot Street, und die Zwillinge Onkel Coran und Onkel Al wohnten in ihren eigenen Häusern rechts und links von unserem. Wir fünf nahmen wie eine Familie jeden Tag drei Mahlzeiten gemeinsam ein. Meine Mutter kochte, und wir aßen an dem langen Tisch in Onkel Zenos Eßzimmer.

Beim Mittagessen kam kein Wort über die Gänse über meine Lippen, obwohl Onkel Coran und Onkel Al mehr als eine Bemerkung über mein betont unschuldiges Grinsen fallen ließen. Onkel Zeno trat mir unter dem Tisch zweimal gegen das Schienbein und kniff warnend die Augen zusammen. Die ganze Familie wußte, daß irgend etwas in der Luft lag und Onkel Zeno dahintersteckte. Ich genoß jede Minute, in der ich ihnen zeigen konnte, daß ich in das Geheimnis eingeweiht war. Das war nur selten der Fall. Als ich abends im Bett lag, kam meine Mutter mit einer köstlichen Pfefferminzstange in der Schürzentasche in mein Zimmer. Sie brach sie in der Mitte entzwei und bot mir eine Hälfte an. Ich nahm sie. Schweigend knabberten wir unsere Süßigkeiten und schauten uns an, bis meine Mutter, die meine Loyalität unterschätzt hatte, mich fragte, was Onkel Zeno und ich im Schilde führten. Ich erzählte ihr, daß wir uns bei einem Mann einen Hund ansehen wollten – eine Antwort, wie Onkel Zeno sie auf einen solch offensichtlichen Bestechungsversuch wahrscheinlich gegeben hätte. Meine Mutter lächelte – sie betrachtete es immer als gutes Zeichen, wenn sie Eigenschaften ihrer Brüder, besonders von Onkel Zeno, bei mir entdeckte – und sagte, wir sollten bloß achtgeben, daß der Hund auch Fremde verbellt. Das war eine der vielen passenden Entgegnungen. Nachdem sie mir einen Kuß gegeben hatte und aus dem Zimmer gegangen war, hörte ich, wie Onkel Zeno in der Küche lauthals verkündete, er habe nicht die leiseste Ahnung, wovon seine Brüder redeten, und er führe ganz bestimmt nichts im Schilde.

Als sie später am Abend nach Hause gingen, blieben Onkel Coran und Onkel Al vor meinem Fenster stehen, drückten ihre Gesichter an die Scheibe und brummten wie Bären. Ich strafte ihren Auftritt mit der Verachtung, die er verdiente. Da wußte ich noch nicht, was der nächste Tag uns bringen sollte und was Onkel Zeno und ich auf der Jagd entdecken würden. Fast alle Ereignisse, aufgrund derer man die Welt und auch sich selbst mit anderen Augen sieht, würde man sich vorher nicht im Traum einfallen lassen, und das ist bestimmt auch besser so. Denn auf diese Weise können wir von einem Augenblick zum anderen leben, ohne die Dinge, an die wir gerne glauben möchten, anzweifeln zu müssen. Als ich an diesem Abend einschlief, war ich ebenso wie mein Onkel davon überzeugt, ein wundervolles Geheimnis zu hüten: Am nächsten Morgen würde sich eine Schar Kanadagänse vor unseren Augen in die Luft erheben. Draußen auf dem gefrorenen Feld würden sie warten, bis wir uns in der Dämmerung an sie herangepirscht hatten.

Ich hatte den Eindruck, als seien höchstens fünf Minuten vergangen, bis Onkel Zeno an meinem Zeh zog und den Finger an die Lippen legte. Draußen war es so dunkel, daß ich dachte, es wäre mitten in der Nacht. Ich überlegte kurz, ob ich die Augen nicht wieder schließen und zurücksinken sollte in die Träume, durch die ich gereist war und an deren Schwelle ich noch immer stand, doch der Gedanke an die Gänse, die sich wie auf einen Schlag rauschend in die Luft erheben würden, machte mich hellwach. Mit einem Tritt befreite ich mich von der Bettdecke, suchte meine Kleider und Schuhe zusammen und rannte in die Küche, um mich vor dem Feuer anzuziehen. Onkel Zeno trug bereits seine Jagdjacke und hat die Beine seiner Latzhose in die hohen schwarzen Gummistiefel gestopft, die er sonst zum Viehfüttern anzog. Er grinste. »Mach schon, Doc«, flüsterte er und pustete in eine Tasse Kaffee. »Heut abend verspeisen wir beide eine schöne große Gans. Meinst du, wir sollten den anderen was abgeben?« Seine Schrotflinte lag mit abgeknicktem Lauf auf dem Tisch. Meine Mutter hätte weder die Gummistiefel noch die Flinte in der Küche geduldet. Ich schüttelte den Kopf. Sollten sich die anderen doch selbst eine Gans besorgen.

Als ich angezogen war und immer noch zitterte von der Hetzerei zwischen Bett und Küche, gingen Onkel Zeno und ich über den Flur, hinaus in die Dunkelheit und jenen unbekannten Abenteuern entgegen, die uns dort draußen erwarteten. Als wir auf Zehenspitzen an der offenen Zimmertür meiner Mutter vorbeischlichen, hustete sie, woraufhin Onkel Zeno schlagartig stehenblieb. Er nahm die Flinte in die andere Hand, packte mich am Kragen und zog mich in die Küche zurück. Aus dem Weidenkorb, der auf dem zweiten Küchenregal stand, holte er ein Stück Maisbrot, das vom Abendessen des Vortages übrig geblieben war. »Hier, Doc«, meinte er. »Verdrück das mal lieber.« Er goß mir ein Glas Buttermilch ein. Ich schlang alles hinunter. Als wir zum zweitenmal am Zimmer meiner Mutter vorbeikamen, hörten wir keinen Laut.

Sobald wir aus dem Haus waren, kratzten Onkel Zeno und ich in Windeseile das Eis von der Windschutzscheibe. Falls Onkel Al und Onkel Coran gehört hatten, wie der Motor des Pick-up im Hof angelassen wurde, so war dies für sie jedenfalls kein Grund, barfuß aus ihren Häusern zu laufen, um zu sehen, wo wir hinfuhren. Und falls unsere Flucht einen der Köter, Jagdhunde oder kleinen Kläffer geweckt hatte, die abwechselnd unsere drei Häuser bewachten, so krochen sie jedenfalls nicht aus ihren Verstecken hinter den Veranden, um der Sache nachzugehen. Wir kamen unbemerkt davon, fuhren die Depot Street hinunter und bogen an der nächsten Straßenecke auf den Highway.

Soweit ich sehen konnte, lag ganz Aliceville in tiefem Schlaf, nirgends brannte Licht, und noch bevor Onkel Zeno in einen höheren Gang geschaltet hatte, lag die Stadt bereits hinter uns, und wir fuhren durch die weite Landschaft. Der Eisenpflock eines Landvermessers, der den exakten Mittelpunkt von Aliceville markiert, ist unterhalb des Depots in die Erde gerammt – vermutlich machen die kleinen Jungen immer noch jene Spiele, bei denen man durch die Spinnweben und an den überall befürchteten Schlangen vorbei unter das Gebäude kriechen und den Pflock berühren muß, der dort im Zentrum aller Dinge steht. Von diesem Punkt aus beträgt die Entfernung bis zu der imaginären Linie, die die Stadtgrenze markiert, nur jeweils eine halbe Meile in jede Richtung. Aliceville ist ein kleiner, aber perfekter Kreis auf der Landkarte. Es ist von Feldern umschlossen, als wäre es eine unbedeutende Idee, die Gefahr läuft, in Vergessenheit zu geraten. Wir haben unser Leben im Innern dieses Kreises verbracht, und wir haben ihn zu einer Stadt gemacht, indem wir einfach behauptet haben, daß er eine Stadt sei.

Obwohl die Sterne noch immer klar und deutlich zu erkennen waren, sahen sie sonderbar aus, als wären sie an einem Punkt ihrer Bahn, den ich noch nie gesehen hatte, angehalten worden. Der Highway leuchtete weiß im Licht unserer Scheinwerfer, dahinter war alles schwarz, und unser Pick-up holperte im Rhythmus der zurückgelegten Meilen über die Dehnungsfugen der Straßendecke. Nichts deutete darauf hin, daß bald der Morgen anbrechen würde, nur im

Osten, dicht über den Wipfeln der Bäume jenseits der Felder, lag ein blaßlila Schimmer, der jedoch verschwand, wenn man ihn – voller Sehnsucht nach Licht und Wärme – zu lange anstarrte, in der Hoffnung, er werde sich in die Morgendämmerung verwandeln. Die Felder links und rechts des Highways glitzerten weiß vom Rauhreif.

Als die Stadt zwei Meilen hinter uns lag, bog Onkel Zeno vom Highway auf den Weg, der an der Mulde vorbeiführte, wo die Gänse im Dunkeln auf uns warteten. Er schaltete die Scheinwerfer aus und drosselte die Geschwindigkeit, so daß wir beinahe lautlos dahinrollten. Im Licht der Sterne krochen wir den Weg entlang, bis Onkel Zeno etwa eine Meile entfernt von der Mulde anhielt und den Motor abstellte – an der Stelle, wo der Bach, der auf der gegenüberliegenden Seite entlanglief, die Straße kreuzte. »Knall bloß die Tür nicht zu, Doc«, flüsterte Onkel Zeno. »Von hier aus können sie uns hören, und wenn wir auch nur einen Furz lassen, sind sie weg.«

Onkel Zeno lud seine Doppelflinte mit zwei Patronen aus seiner Jackentasche und schloß das Gewehr behutsam. Wir wollten uns an die Gänseschar heranschleichen, indem wir durch den Bach wateten, denn der hatte eine hohe Uferböschung und war zu beiden Seiten durch dichtes Gestrüpp vor Blicken geschützt. Wenn wir uns nahe genug herangepirscht hatten, wollten wir wie die Indianer aus dem Unterholz brechen und uns auf die schlafenden Gänse stürzen. Sie würden hinaufflattern in die eiskalte Luft, dicht vor Onkel Zenos Flinte. Da ich keine Gummistiefel trug, kletterte ich auf Onkel Zenos Rücken – meine Onkel waren große, starke Männer, die zum letztenmal an Onkel Zenos sechzigstem Geburtstag ein Wettrennen die Depot Street hinunter machten –, schlang die Arme um seinen Hals und die Beine um seinen Bauch. Er schüttelte sich kurz, um mich höher auf seinen Rücken zu bugsieren, und stieg dann über das knirschende Eis, das aus der Uferböschung wuchs, in den kalten Bach.

Onkel Zeno trug die Flinte in der rechten Hand, und ich spürte ihren Schaft an meiner Hüfte. Wir bewegten uns langsam bachabwärts, und nach ein paar Schritten hatten uns die Sträucher und Bäume, die links und rechts am Ufer wuchsen, allen Blicken entzogen. Onkel Zeno setzte so leise einen Fuß vor den anderen, daß ich das Geräusch seiner Schritte vom Gurgeln des Wassers nicht unterscheiden konnte.

Wir duckten uns unter tiefhängenden Kletterpflanzen und Baumstämmen, die umgestürzt waren und quer über dem Bach lagen. Als ich durch das Gewirr von dicken Ästen und Kletterpflanzen über unseren Köpfen in den Himmel blickte, war kaum noch ein Stern zu sehen. Obwohl es noch immer Nacht war, sahen die Sterne jetzt blasser aus als zu diesem Zeitpunkt, da wir das Haus verlassen hatten. Ich legte mein Kinn auf Onkel Zenos Schulter, schloß die Augen und lauschte dem Murmeln des Wassers, das in der Dunkelheit an uns vorbeifloß. Vielleicht bin ich sogar eingenickt. Als ich die Augen öffnete, wußte ich, daß zu meiner Linken die Mulde lag, weit und offen unter dem Himmel, doch ich konnte sie durch den Lorbeer und das Dornengestrüpp hindurch nicht sehen. Wir waren immer noch weit von den Gänsen entfernt. Onkel Zeno drehte den Kopf, bis seine Bartstoppeln über meine Wange strichen, und flüsterte so leise »Pssst«, daß ich es kaum hören konnte.

Bis zum heutigen Tage weiß ich nicht, mit welchem Geräusch wir die Gänse verjagten – woher sie wußten, daß wir da waren. Wir haben sie nie gesehen. Wir waren immer noch 300 bis 400 Meter von ihnen entfernt, als sie aufflogen, doch als es geschah, wußte ich, daß es unsere Schuld war. Es war dumm von uns gewesen zu glauben, wir könnten nahe an sie herankommen. Als sie aus der Mulde aufflogen, klang ihr tausendfacher Flügelschlag wie ein Platzregen, der einen mitten in der Nacht aufwecken konnte. Ihre lauten Schreie waren so exotisch und eindringlich wie in der Nacht zuvor, und in den Schreien klangen vereiste Landschaften mit, die ich nie zu Gesicht bekommen werde. Onkel Zeno und ich rührten uns nicht, als sie aufflogen – wir waren so weit weg, daß es uns nicht erschreckte, sondern irgendwie unvermeidlich erschien. Reglos standen wir im Bach, die Köpfe im Nacken, und lauschten. Wir hörten sie noch lange, nachdem sie aufgeflogen waren, während sie sich in Spiralen in die Luft erhoben und kreischten, bis sie hoch über uns waren, fast schon außer Hörweite, und unseren Teil der Welt für immer verließen.

Wir lauschten den verklingenden Rufen, bis wir sie auch beim besten Willen nicht mehr hören konnten, bis selbst alles Wünschen nichts mehr half und die vertrauten Geräusche, die wir nicht hören wollten, langsam zurückkehrten. Der Bach floß weiter, als wäre nichts geschehen, an der Mulde entlang auf den Fluß zu. Der Fahrer eines Pick-up, der auf dem Highway in Richtung New Carpenter fuhr, schaltete den Motor herunter. Ein Hund bellte. Ich drückte das Gesicht gegen Onkel Zenos Nacken, weil ich mich plötzlich wegen unseres Vorhabens und unserer Schlechtigkeit schämte. Hätte ich geglaubt, daß es etwas nützte, so hätte ich in diesem Augenblick ein Gebet gesprochen, um die Gänse zurückzuholen und wieder auf dem Feld ruhen zu lassen. Doch ich wußte, daß ich nichts tun, keinen verzweifelten Handel mit Gott abschließen konnte, ich wußte, daß es vorbei war, aus und vorbei. Die bloße Gegenwart der Gänse hatte unsere Welt nicht ganz so klein erscheinen lassen, und jetzt, wo sie das Weite gesucht hatten, waren wir kleiner als zuvor.

Als Onkel Zeno sich schließlich bewegte, war zu meinem Erstaunen der Tag angebrochen. Die schwarzen Baumstämme ringsum waren grau geworden, als habe der Tag nur darauf gewartet, daß die Gänse wieder in den Himmel stiegen. Ich konnte den blaßroten Sand am Grund des Baches erkennen, den dunkelgrünen Lorbeer an seinen Ufern. Es war wie ein neues Erwachen. Onkel Zeno stieß einen langgezogenen Seufzer aus, wandte sich zur Mulde, stieg aus dem Wasser und setzte mich ab. »Tja, Doc«, sagte er, »ich glaube, wir beide gehen jetzt nach Hause.« Durch das Gestrüpp sah ich den grauen Himmel, der sich über den Feldern wölbte. Aus der Ferne hörte ich den Warnruf einer Krähe. Doch all das schien mir nicht sonderlich bemerkenswert, nicht mehr.

Bildergeschichte

Als ich ein kleiner Junge war, konnte ich von meinem Zimmer aus ein Bahngleis und eine Straßenlaterne sehen. Der lange Güterzug aus Hamlet fuhr immer kurz nach Mitternacht durch die Stadt, und ich versuchte wach zu bleiben, um zu hören, wie er in der Dunkelheit vorbeidonnerte, dem Rangierbahnhof in Gunter entgegen, dann weiter nach Erwin, Tennessee, jenseits der Berge, und Elkhorn City, Kentucky, in weiter Ferne am Ende der Strecke. Ich schlief selten ein, ohne an den Zug zu denken, und wenn ich schlief, fuhr ich mit dem Seaboard Air Line von Aliceville, North Carolina, zu all meinen Traumzielen.

Mein Bett stand in der Mitte des Zimmers, zwischen dem Fenster mit Blick auf die Gleise und dem Fenster, das die Straßenlaterne an die Wand malte, und wenn der Zug nach Westen durch die Stadt stampfte, rasten die dunklen Umrisse der Dampflokomotive und der Güterwagen vorbei, und ich konnte die Hand ausstrecken und sie berühren. Als eines Nachts der Schatten eines Mannes vorbeiglitt, der sich in einem erleuchteten Quadrat verrenkte, zog ich mir die Decke über den Kopf.

In den Nächten, in denen mir die Augen zufielen, hörte ich den Zug im Schlaf und spürte, wie unser Haus bebte, wenn er vorbeifuhr. Manchmal erwachte ich morgens mit dem seltsamen Gefühl, ich hätte auf einem schaukelnden Wagen geschlafen und einen langen Weg unter dem Sternenhimmel zurückgelegt, um wieder nach Hause zu kommen. Ich weiß noch, wie meine Mutter sich morgens über mein Bett beugte und lächelte, wenn ich die Augen aufschlug, wie seltsam und still das Haus nach all dem Lärm meiner Reise war und welch überwältigender Duft nach Gebäck, Kaffee und Schinken in der Luft lag. Ich kann mich an die gedämpften Stimmen meiner drei Onkel erinnern, die sich am Küchentisch über den Tag unterhielten, der vor ihnen lag, und daran, wie meine Mutter mir über die Stirn strich und in dem sanften Tonfall, in dem sie nur mit mir sprach, sagte: »Wo warst du gerade, Jimmy Glass? Wo kommst du her, mein kleiner Träumer?« Wenn ich dann beim Frühstück saß, ging sie durchs Haus und hängte die Bilder an den Wänden wieder gerade.

Während der Depression wurde in Aliceville die Zeit in Ankünften und Abfahrten gemessen. Der Nahverkehrszug von Hamlet nach New Carpenter hielt morgens um 9.50 Uhr und dann wieder auf der Rückfahrt, und zweimal täglich kam die Post. Die alte Dampflok hatte einen Schienenräumer, der aussah wie die Hutkrempe eines Lokomotivführers, und sie zog vier mit Goldbuchstaben bemalte grüne Wagen. Mit dem Nahverkehrszug konnte man für fünfzig Cents nach New Carpenter und zurück fahren, für einen Dollar bekam man eine Rückfahrkarte nach Hamlet.

Handelsvertreter fuhren fast jeden Tag mit dem Zug, nach Osten und Westen, hin und her. Sie marschierten mit hängender Schulter die Straße entlang, weil die schwarzen Musterkoffer mit lauter neuen Waren so schwer waren.

Nicht weit vom Bahnhof, dicht an den Gleisen, stand das Hotel, ein windschiefer Backsteinbau, in dem sie alle wohnten. Der Handlungsreisende aus Stateville Feeds hatte immer Pfefferminzstangen in der Tasche, und alle Kinder in der Stadt wußten, wer er war und wann er wieder zurückkam.

Der Güterzug aus Elkhorn City traf mittags ein, dann wurde Wasser nachgefüllt, und die Dampflok keuchte auf dem Rangiergleis und puffte schwarzen Rauch aus. Wenn der Zug nach Osten stillstand, war er beträchtlich länger als die ganze Stadt und reichte so weit ins Land hinaus, daß man das Zugende nicht sehen konnte. Beim Schrillen der Pfeife kamen die Männer von den Feldern zum Mittagessen nach Hause, und wenn sie zum zweiten Mal zu hören war, schoben sie ihre Stühle vom Tisch zurück. Der Güterzug entlud ganze Berge von Kohle am Depot, und ein Schmalspurzug beförderte die Kohle Wagen für Wagen zu den Baumwollspinnereien in Roberta und Allendale auf der anderen Seite des Flusses. Der Kohlezug fuhr vorwärts in die Stadt hinein und rollte auf dem Heimweg rückwärts, und jeder Junge, der etwas auf sich hielt, konnte ihn überholen und war fünfundvierzig bis fünfzig Meter vor dem Zug am Ziel.

Mein Vater Jim Glass starb eine Woche vor meiner Geburt an einem Herzinfarkt, und meine Mutter und ich wohnten bei ihrem ältesten Bruder Zeno McBride in der Depot Street zwischen den Häusern von Onkel Al und Onkel Coran. Onkel Zeno hatte nach dem Tod meiner Großeltern das Haus der McBrides geerbt. Onkel Coran und Onkel Al waren Zwillinge, und als die Geschäfte der Familie im Zweiten Weltkrieg kräftig florierten, zogen die beiden bei Onkel Zeno aus und bauten sich zu seiner Rechten und zu seiner Linken die gleichen Häuser. Nach dem Abendessen saßen wir immer alle zusammen auf Onkel Zenos Veranda, außer bei den gelegentlichen Familienstreitigkeiten, wenn meine Onkel – jeder für sich – auf ihrer eigenen Veranda saßen. Keiner der drei hat je geheiratet. Onkel Al baute Baumwolle und Tabak an, und Onkel Coran besaß einen Futtermittelladen und eine Entkörnungsmaschine. Onkel Zeno betrieb die Mühle am Painter Creek, und Mutter war ständig in Sorge und versuchte, sich um die ganze Familie zu kümmern. Sie hieß Elisabeth, und meine Onkel nannten sie Sissy, selbst als sie schon alte Männer waren, deren Hände unter ihren Hüten auf dem Schoß zitterten, und Mutter eine alte Frau war, die ihre Namen nicht mehr wußte.

Meine Onkel waren hochgewachsene, hagere Männer mit Adlernasen, die älter wirkten, als sie waren, bis sie tatsächlich alt wurden und jünger wirkten als ihre Altersgenossen. Wenn meine Mutter, die oft unvermittelt weinte und nichts dagegen tun konnte, in der Nähe war, sprachen sie leise, und sie waren immer gut zu mir. Sie sorgten dafür, daß ich nicht zu hart arbeiten mußte oder zumindest nicht härter, als ich es selbst wollte, und an meinem neunten Geburtstag fuhren Onkel Coran und Onkel Al den weiten Weg nach Charlotte und kamen mit einem gescheckten Pony, das Skip hieß, zurück. Onkel Zeno überreichte mir einen Sattel, dessen Leder mit Bildern von Indianerhäuptlingen verziert war, und ein paar echte Satteltaschen, die er in Texas bestellt hatte. Ich glaube, Onkel Zeno freute sich mehr als ich, daß die Satteltaschen aus Texas stammten. Während der langen, trägen Sommer erkundeten Skip und ich die ganze Gegend und durchstreiften jeden Winkel.

Fast jeden Morgen sattelte ich Skip, und wir trabten westwärts an den Gleisen entlang, um dem Zug nach Osten entgegenzureiten. Manchmal band ich mir ein rotes Halstuch vor das Gesicht und jagte juchzend und brüllend mit Skip neben dem Zug her, als ob ich Jesse James wäre. Dann wieder stand ich einfach neben dem Schienenstrang mit dem Arm auf dem Sattelhorn und schaute zu, wie der Zug vorbeifuhr. Skip hatte keine Angst vor Zügen; er stand mit den Vorderbeinen auf dem Schotter des Bahnkörpers und schenkte dem langen Güterzug, der so dicht an uns vorbeidonnerte, daß man ihn fast berühren konnte, keinerlei Beachtung.

Wenn der Zug nach Osten vorbeifuhr, schaute ich geradeaus und wartete auf leere Wagen. Wenn ein Wagen offenstand, glitt ein Viereck aus Licht über den Boden im Schatten des Zuges. Ich konnte es aus den Augenwinkeln kommen sehen. Wenn der Waggon vorbeikam, wurden Skip und ich einen Augenblick lang in das vorüberhuschende Licht getaucht; die Baumwollfelder, der Wald und der Himmel auf der anderen Seite der Gleise waren eingerahmt wie gigantische Bilder. Die Bilder waren hoch und breit, blitzten auf und verschwanden in Sekundenschnelle, und es gab stets mehr zu sehen, als ich in der kurzen Zeit erkennen konnte. Wenn ich den Kopf ein wenig drehte, ehe der nächste offene Waggon vorbeidonnerte, konnte ich das Bild verändern, und die vertraute Welt erschien plötzlich magisch, wenn ich sie auf diese Weise betrachtete. Es hätte mich nicht gewundert, eines Tages nackte Cherokee-Krieger zu erblicken, die mit flatterndem schwarzen Haar am anderen Ende des Feldes entlangjagten, oder Rotröcke mit gepuderter Perücke, die hinter Colonel Ferguson auf den Kings Mountain zumarschierten, oder die Kavallerie der Konföderierten, die auf zottigen Pferden in den Kampf ritt; es hätte mich nicht gewundert, wenn ich eines Tages durch die vorbeirasenden Türen meine Mutter als kleines Mädchen auf dem Weg zur Schule gesehen hätte oder meinen Vater, der in der Sonne auf dem Baumwollfeld arbeitete, und wenn mich beim Mittagessen jemand fragte, warum ich so still sei, dann war es wegen all der Bilder.

Nachmittags ritt ich oft mit Skip zu Onkel Zenos Mühle hinaus. Mein Urgroßvater Mauney McBride hat die Mühle gebaut, als er aus dem Bürgerkrieg heimkehrte, gleich unterhalb der Stelle, wo der Painter Creek vom Lynn's Mountain herabschießt und auf dem Weg zum Fluß langsamer und breiter wird. Der hohe, schmale Damm war aus Steinen gebaut und lag im Wald jenseits der Straße versteckt. Den oberen Abschluß des Damms bildete ein breiter Rand aus Planken, der Abfluß schoß aus der Stirnseite heraus, und zwischen dem Damm und dem herabstürzenden Wasser war gerade noch Platz zum Stehen. Ein Kanal, über den eine kurze Holzbrücke führte, verband den Teich mit der Mühle. Onkel Zeno tünchte die Mühle jedes Frühjahr nach dem Pflanzen, und einmal beauftragte er einen Mann aus Shelby, das Wort »McBride« in großen schwarzen Buchstaben auf die Hauswand zu malen. Das eiserne Wasserrad hatte einen Durchmesser von viereinhalb Metern, und im Sommer trat ich im unteren Teil des Rades auf der Stelle, während es sich drehte und das kalte Wasser links und rechts von mir herabrieselte. Im Inneren der Mühle grummelten die großen Getriebeäder wie der Bauch eines riesigen Tieres.

Mit achtzehn Jahren holte ich meinen einzigen Anzug aus dem Schrank, stieg mit vier anderen Jungen in den Nahverkehrszug und zog in den Krieg. Als ich bei der Armee erklärte, daß ich mich mit Zügen auskenne, wurde ich zum Heizer ernannt und nach Übersee geschickt. Ich schaufelte Kohle auf ausländischen Güterzügen mit schrillen Pfeifen, die Nachschubtruppen, Panzer und Geschütze quer durch Europa nach Osten transportierten und mehr oder weniger versehrte Soldaten in die andere Richtung brachten. Ich litt nicht so stark unter Heimweh wie die meisten anderen Soldaten, weil die Züge, die ich befeuerte, sich anhörten wie die Züge daheim und weil die Kohle, die ich schaufelte, so schwarz war wie die Kohle, die der kleine Zug damals rückwärts über den Fluß nach Roberta und Allendale geschoben hatte, und weil ich glaubte, daß auf irgendeine Weise alle Schienenstränge miteinander verbunden wären.

In Belgien und Frankreich konnte ich mir gut vorstellen, daß um die nächste Ecke Onkel Als Haus zu sehen wäre, dann unser Haus und das von Onkel Coran, alle drei mit Blechdach, weiß getüncht und schnörkellos, die Fenster den Gleisen zugewandt, und daß ich im Vorüberfahren einen Blick hineinwerfen und sehen könnte, wie ein Zug voller Lichter an den Wänden entlangglitt. Ich konnte mir gut vorstellen, wie die engen roten Straßen sich eine nach der anderen öffneten wie ein Tunnel, bis ich am anderen Ende die endlosen Baumwollfelder sah. Ich konnte mir gut vorstellen – selbst in Deutschland im Jahr 1945 –, daß ich eines Morgens aufwachte und meine Onkel in der Küche reden hörte, während meine Mutter sich über mein Bett beugte, mir die Haare mit einem Finger aus der Stirn strich und flüsterte: »Wo warst du gerade, Jimmy Glass?« und daß ich zum ersten Mal wußte, wohin der Zug mich nachts gebracht hatte.

Als ich heimkehrte, wurde ich Heizer bei der Great Southeastern Railway, heiratete ein Mädchen namens Christine aus Aliceville und befeuerte dem Untergang geweihte, wunderschöne schwarze Lokomotiven, während die Ära der Dampfloks zu Ende ging. Danach arbeitete ich als Lokführer in häßlichen Dieselmonstern, mit deren Maschinen man ganze Städte hätte beleuchten können. Sie zogen zweihundert Waggons auf einmal hinter sich her, und ich fuhr so schnell, wie es das Gesetz erlaubte, und meine Töchter gingen in Columbia, Greensboro, Meridian, Charlotte und Norfolk zur Schule und wurden erwachsen. Dann war ich als Bezirksinspektor verantwortlich für 712 Meilen Schienenstränge der Southeastern Railway, und meine Töchter heirateten prächtige junge Männer, deren Namen ich immer noch durcheinanderbringe, und manchmal saß ich dreißig Tage hintereinander im Zug, und meine Frau und ich wohnten in Häusern, in denen ich nachts keine Reisen mehr unternahm, und die Zeit verging wie im Flug.

Als ich in den frühen Morgenstunden des 14. Mai 1983 in einem langen Güterzug wie der Teufel durch den Süden von Georgia raste, blieb mein Herz stehen, und an einer Kreuzung südlich von St. Marys wurde ich umgeladen. Als der Fahrer des Krankenwagens die Tür zuschlug, war der Zug bereits wieder unterwegs, und als er in Jacksonville eintraf, hatte er nur vier Minuten Verspätung. Durch die Heckscheibe des Krankenwagens sah ich in der pechschwarzen Nacht in Georgia rote Lichter aufblitzen und erlöschen.

Von diesen Sachen habe ich geträumt, und ich träume immer noch davon:

Onkel Zenos Mühlteich war das beste und beliebteste Schwimmbad weit und breit. Es war dort so schön, wie man sich das Gelobte Land vorstellt. Die Äste der großen Ahornbäume schlossen sich hoch über dem Wasser, und dichter, glänzender Lorbeer umgab den Teich wie eine Mauer. Ein langes Seil mit einem Steigbügel am unteren Ende war an einem dicken Ast festgebunden, der über dem tiefsten Teil des Teiches hing, und ganze Generationen von Müttern aus Aliceville ließen ihre Kinder hoch und heilig versprechen, daß sie nicht darauf schaukeln würden. Das Wasser war grün wie ein Juwel und floß so langsam auf den Damm zu, daß es aussah, als stehe es völlig still, dann stürzte es kristallklar hinab und zerbarst auf den Steinen in der Tiefe. Durch die Bäume drangen nur winzige Sonnentupfen, und wenn der Wind wehte, bewegten sich die Tupfen auf der Oberfläche des Wassers, und selbst während der heißesten Monate des Jahres war das Wasser stets eiskalt. Wenn die Männer samstags von der Feldarbeit kamen, duschten sie unter dem Abfluß des Damms, kreischten und johlten im kalten Wasser. In den Felsspalten hatten sie harte Bürsten und Seife versteckt, und sie schrubbten sich ab, bis ihre Haut sich rötete und das Wasser hinter dem Damm trübe wurde. An Sonntagnachmittagen wimmelte der Teich von nackten Jungen, die das Wasser zum Schäumen brachten und deren Juchzen weithin zu hören war.

An den Wochentagen, wenn die anderen Jungen Düngemittel verteilten oder auf den Baumwollfeldern hackten, schwamm ich allein im Teich. Manchmal tauchte ich und betastete die kalten Steine des Damms, drückte mich dagegen und sah den weiten, offenen Raum vor mir, der nur dreißig Zentimeter dahinter lag. Ich stellte mir vor, wie das Wasser dort hinunterstürzte, sich an den Felsen brach, wieder zum Painter Creek wurde und auf den Fluß zuströmte, als sei nichts geschehen. Manchmal schwamm ich am Grund entlang wie ein Wels, der seinen breiten Kopf hin und her bewegt. Der Grund war schlammig und mit glitschigen Blättern bedeckt. An anderen Tagen schaukelte ich auf dem Seil und beobachtete mein Spiegelbild im Wasser unter mir, und wenn ich das Seil losließ und einen Kopfsprung machte, versuchte ich ein Bild von mir zu erhaschen, wie ich auf das grüne Wasser zuflog. Manchmal trieb ich auf dem Rücken und schaute in die Höhe, und die Baumkronen schlossen sich hoch über meinem Kopf wie das Dach einer Kathedrale, und an manchen Tagen fühlte ich mich dort, wie ich mich eigentlich in der Kirche hätte fühlen sollen.

Eines Nachmittags – ich war zehn oder elf Jahre alt –, trat eine Frau, die ich noch nie gesehen hatte, aus dem Wald. Ich hörte sie früh genug kommen und versteckte mich im Lorbeer auf der anderen Seite des Teiches. Sie trug khakifarbene Arbeitshosen, schwere Stiefel und ein graues Männerhemd, Hose und Hemd waren ihr zu groß. Sie schleppte ein hohes, schwarzes Stativ, auf dem eine schwere Kamera befestigt war. Ihr Haar hatte sie unter einen braunen Filzhut gestopft, wie ihn auch Onkel Zeno trug, und um das Hutband zog sich ein Ring aus Schweiß. Ihr Hemd war feucht unter den Achselhöhlen. Es war die heißeste Zeit in einem Sommer während der Depression. Sie trat dicht ans Ufer, spreizte die Beine des Stativs und drückte sie in den Sand.

Als sie mit einem Ruck an der Vorderseite der Kamera zerrte, verlängerte sie sich wie ein Akkordeon. Die Linse starrte über den Teich wie ein wachsames blaues Auge, und ich bedeckte mich mit der Hand.

Sie drehte an einer Skala vorn an der Kamera, hob den Arm, schob die Hand vor und zurück und betrachtete sie prüfend im Licht. Sie schüttelte den Kopf und murmelte etwas vor sich hin, das ich nicht verstehen konnte. Sie schaute sich langsam um, warf einen Blick zurück auf den Weg, nahm ihren Hut ab und hängte ihn über die ausgefahrene Linse, und das tat sie auf eine Weise, die mein Herz höher schlagen ließ. Sie zog sich drei Haarnadeln aus dem Haar und steckte sie in ihr Hutband. Mit gespreizten Fingern fuhr sie sich durch das lange, flachsfarbene Haar, das ihr über die Schultern fiel. Ich starrte sie von meinem Versteck aus an – halb fürchtete ich, sie sei ein Trugbild, und halb fürchtete ich, sie sei keines. Bis dahin hatte ich gedacht, nur Frauen in der Bibel könnten auf diese Art schön sein. Ich wäre wahrscheinlich nicht weniger erstaunt gewesen, wenn Ruth, Maria oder Eva aus dem Lorbeer getreten wären und einen irdenen Krug mit Wasser gefüllt hätten.

Einige Jahre vor diesem Ereignis hatte eine Sonnenfinsternis den Himmel über Aliceville verdunkelt, und Mrs. Weaver, meine Lehrerin in der dritten Klasse, ließ die Jalousien herunter und erzählte uns die Geschichte eines kleinen Mädchens, das von einer Sonnenfinsternis hypnotisiert worden war. Das kleine Mädchen wollte nur einmal kurz hinschauen, aber kaum hatte sie das getan, konnte sie die Augen nicht mehr abwenden. Sie starrte so lange in den Himmel, daß sie geblendet wurde, und bis ans Ende ihres Lebens konnte sie nichts mehr sehen außer einer brennenden schwarzen Sonne. Als die morgendlichen Schatten von der Tafel glitten, auf dem Fußboden erstarben und es in Mrs. Weavers Klassenzimmer dunkel wurde, sickerte das grüne Licht eines Traumes durch die Jalousien, und ich spürte die schreckliche Sogwirkung der Sonnenfinsternis. Ich wollte unbedingt zum hinteren Ende des Raumes laufen, die Jalousien von den Fenstern zerren und zu der dunklen Sonne hinaufschauen, bis ich außer ihr nichts mehr sah. Genauso ging es mir, als ich die Fotografin beim Schwimmen beobachtete. Sie hätte ebensogut die Sonne sein können. Selbst um mein Augenlicht zu retten, hätte ich nicht wegschauen können.

Sie trat ans Ufer und blieb stehen. Die Schatten ihrer Rippen wölbten sich von ihrem Bauch bis unter die Brüste. Ihre Haut war weich und weiß, und noch nie hatte ich etwas so Wunderschönes gesehen. Ihr Spiegelbild lag unter ihr, und als sie den Zeh in den Teich steckte, schien ein weißer Fuß aus dem Wasser zu tauchen und sich mit ihrem Fuß in der Luft zu vereinen.

Mit ausgestreckten Armen ging sie langsam ins Wasser, und das Spiegelbild griff nach ihr. Als ihr das Wasser bis über die Taille reichte, glitt sie nach vorn in die offenen Arme und verschwand unter der Oberfläche des Teichs. Unter dem Seil tauchte sie wieder auf, drehte sich auf den Rücken, zog einen Arm nach dem anderen aus dem Wasser und bewegte sich in langsamen Bögen wie die Zeiger einer Uhr. Ein Arm beschrieb einen Halbkreis in der Luft und verschwand im Wasser hinter ihrem Kopf, während sich der andere Arm erhob und das gleiche tat. Sie schwamm zum

Damm und spähte hinüber. In diesem Augenblick wünschte ich mir, bei ihr im Teich zu sein und zuzuschauen, wie das Wasser durch die Luft fällt.

Sie zog die Füße an, stieß sich vom Damm ab, glitt durch den Teich und hielt vor mir an. Bis heute weiß ich nicht, ob sie mich gesehen hat oder was ihr durch den Kopf ging, jedenfalls starrte sie geradewegs in den Lorbeer hinein und lächelte. Ihre Augen waren so grün wie das Wasser. Ihre Brüste waren mit Juwelen aus Wassertropfen geschmückt. Sie streckte die Arme aus und zog sie wieder an ihre Brüste, streckte sie wieder aus. Sie schloß die Augen, schüttelte den Kopf, das lange Haar beschrieb einen Kreis, wickelte sich um ihr Gesicht, gab es frei und wickelte es wieder ein. Große Wassertropfen flogen wie in einem Bogen aus ihrem Haar, segelten durch die Luft, fielen herab und hinterließen kleine Kreise auf der Oberfläche des Teichs. Die Kreise wuchsen und berührten einander, weitere Tropfen fielen herab, und eine kleine Ewigkeit zitterte und leuchtete das Wasser, und alles schien unwirklich.

Dann schwamm sie quer durch den Teich, stieg aus dem Wasser, steckte sich das Haar wieder hoch und zog sich an. Sie setzte den Hut auf, nahm ihre Kamera und verschwand im Wald. Ich sprang zurück in den Teich. Obwohl das Wasser so kalt war, daß mir die Zähne klapperten, blieb ich lange Zeit darin. Ich stellte mir vor, wie das Wasser, in dem sie herumgeschwommen war, über den Damm floß, hinab in den Painter Creek und den Fluß, weiter den Fluß hinab bis ins Meer; ich stellte mir einen weißen Strand vor, der sich dort erstreckte, wo der Fluß ins Meer mündete, und wie Möwenschreie über die Wellen segelten, und ich überlegte, ob ich sie wohl wiedersehen würde oder ob ich sie überhaupt gesehen hatte. Als ich zur Mühle zurückkam, grinste Onkel Zeno und fragte mich, ob ich dort unten eine Frau hätte schwimmen sehen, und ich sagte nein, ich hätte keine Frau schwimmen sehen, und er betrachtete forschend mein Gesicht und verlor kein Wort mehr darüber. Beim Abendessen erzählte er Mutter, daß eine Fotografin von der Works Progress Administration vorbeigekommen sei und ein Bild von der Mühle gemacht habe. Sechs Monate später erhielt er mit der Post einen Umschlag aus Washington, D. C., doch er war aufgerissen und leer.

Danach fiel mir auf, daß alle Straßen in Aliceville zu den Baumwollfeldern hinausführen und dort aufhören. Ich fragte mich, wie winzig die Stadt wohl für einen Vogel oder den Passagier eines Flugzeugs aussehen mochte. Es kam mir so vor, als sei mein Geburtsort so unscheinbar und federleicht wie ein Blatt Papier auf einem roten Schulhof, und als wäre er schon lange über die Felder fortgeweht worden, wenn man ihn nicht mit Bahngleisen an der Erde festgeschraubt hätte.

Als ich an diesem Abend die Augen schloß, sah ich nur noch die Frau, die ich im Teich beobachtet hatte. Ich dachte an ihre grünen Augen, das lange Haar, und wie ihre langen weißen Hände sich im Wasser immer wieder auf ihre Brüste zubewegt hatten. Ich konnte nicht einschlafen, und als der Zug nach Westen um Mitternacht durch die Stadt fuhr, stand ich auf und preßte mich gegen das Fenster, das auf meine Wand gezeichnet war. Ich spürte die Bewegung der Schatten, Konturen und Lichter. Als ich die Augen schloß, winkte sie mir aus dem Wasser zu, und ich glaubte, sie hätte vielleicht meinen Namen gerufen. Der Zug dröhnte und stampfte weiter durch die Nacht, seinem fernen Ziel entgegen, und ich wünschte mir, daß er schneller führe, immer schneller.

Das Herz meines Vaters

Meine Mutter und ich wohnten zusammen mit ihrem ältesten Bruder Zeno McBride in der Depot Street, und die Zwillinge Onkel Al und Onkel Coran wohnten rechts und links von uns in Häusern, die genauso aussahen wie unseres. Nach dem Abendessen saßen wir alle fünf auf Onkel Zenos Veranda, bis die Sterne am Himmel zu sehen waren. Tagsüber sprachen meine Mutter und mein Onkel nur selten über meinen Vater, doch abends erwachte er wieder zum Leben und wanderte durch die Geschichten, die sie erzählten. Jahr für Jahr saß ich meiner Mutter zu Füßen und hörte ihr zu, während mein Vater so vollkommen wurde wie ein Traum. Wenn meine Mutter über ihn sprach, schaute sie in die Ferne und hatte Bilder vor sich, die nur sie sehen konnte – Szenen, an die sie sich erinnerte und Szenen, die sie sich vorstellte –, und sie beschrieb, was sie erblickte, bis auch ich es so deutlich sehen konnte, als sei ich selbst dabeigewesen. In ihren Geschichten wurden die Ereignisse des Juni 1924 so bedeutungsvoll wie eine österliche Auferstehung, deren einzige Zeugen meine Mutter und ich waren.

Selbst als ich schon doppelt so alt war wie mein Vater, als er starb, und meine Töchter, Mutters Enkelinnen, älter waren als sie zu dem Zeitpunkt, als sie Witwe wurde, sah meine Mutter stets das Gesicht meines Vaters, wenn sie mich anschaute. Und selbst als sie in einem weißen Krankenhausbett immer hinfälliger wurde und sich mit Männern, die meine Onkel und ich weder kannten noch sehen konnten, über Schulden stritt, die sie nie hatte, sah ich dennoch jedesmal, wenn ich ihr in die Augen blickte, im Hintergrund den Geist meines Vaters. Meine Mutter kam schon sehr früh zu der festen Überzeugung, daß sie nur eine einzige Geschichte zu erzählen hatte, daß nur eine einzige Geschichte im Leben möglich ist. Schon als ihre Brüder ihren Mann zu Grabe trugen, hatte sie mich dazu auserkoren, das Ende zu ihrer Geschichte zu finden. Bei ihrer Beerdigung sagte der Pfarrer, Klarsicht und Weitblick seien ihre größte Gabe gewesen, aber das hat ihr nichts geholfen. Die eigentlich tödliche Krankheit meiner Mutter war ihr Mangel an Phantasie. Sie hat nie wieder geheiratet und bis zu ihrem Tod ihre unverheirateten Brüder in den hohen Räumen der drei schmucklosen Häuser versorgt.

Mein Vater Jim Ray Glass sen. starb eine Woche vor meiner Geburt. Am Morgen des 8. Juni 1924 ging er mit seiner Hacke auf das Baumwollfeld, und als er zum Mittagessen nicht zurückkam, machte Onkel Al sich auf die Suche und fand ihn flach auf dem Rücken, die glasigen Augen starr und voller Staunen zum Himmel gerichtet. Onkel Al hockte sich neben ihn und wischte mit dem Hut die roten Ameisen vom Gesicht meines Vaters, bis Onkel Coran die beiden eine Stunde später fand. Onkel Coran rannte nach Hause, um Onkel Zeno und den Wagen zu holen, und zu dritt trugen sie meinen Vater vom Feld, brachten ihn zurück in die Stadt und legten seine Leiche auf Onkel Als Küchentisch.

Als die Frauen aus Aliceville davon erfuhren, wischten sie

sich die Hände an den Schürzen ab und gingen auf schnellstem Weg zu Onkel Zenos Haus, wo sie meine Mutter ins Bett steckten und bis nach meiner Geburt nicht mehr herausließen. An jenem Nachmittag wurden in dem Zimmer, in dem meine Mutter lag, die Jalousien heruntergelassen, und die Frauen baten Onkel Zeno um einen großen Block Eis. Sie wischten ihr das Gesicht mit kalten Tüchern ab und sagten, was für ein Glück es sei, daß Jim Glass ihr ein Kind hinterlassen hätte. Sie legten die Hände auf den Bauch meiner Mutter und nickten, wenn ich strampelte.

Ihre Männer kamen früh von den Feldern zurück, setzten sich in ihren Latzhosen auf Onkel Als Veranda und rauchten schweigend. Sie hatten die Hüte tief in die Stirn gezogen und erzählten Onkel Als Geschichte ein ums andere Mal. Mein Vater hatte seine Latzhose und sein Arbeitshemd über seinem Herzen zu einer Kugel zusammengeknüllt, als ob ihn das Gewicht des Stoffes erdrückt hätte. In der Küche wuschen meine drei Onkel meinen Vater und wickelten ihn in ein gebügeltes weißes Bettuch. Abends kam der Arzt, stellte den Totenschein aus und sah nach meiner Mutter. Ihre Pflegerinnen saßen auf hochlehnigen Stühlen an der Wand, die Augen verborgen in den tiefen Schatten, die die Kerosinlampe warf. Eine Woche später, am 15. Juni 1924, wurde ich als Jim Ray Glass jun. geboren.

In den Monaten, die auf den Tod meines Vaters folgten, taten die Frauen als Aliceville ihr Bestes, meine Mutter nie allein zu lassen. Sie machten viel Wirbel um mich und hörten meiner trauernden Mutter voller Anteilnahme zu, bis ihre Geschichte immer mehr von dem abwich, was die Frauen als die Wahrheit in Erinnerung hatten. Daraufhin erklärten die

Frauen meine Mutter nach und nach für sonderbar, weil sie nicht begriff, daß das Leben weitergehen mußte, und sie tuschelten darüber, daß es falsch gewesen sei, Sissy Glass von der Beerdigung ihres Mannes fernzuhalten. Und obwohl meine Onkel angesehene Mitglieder der Gemeinde waren, hielt man auch sie – gemessen an den Verhältnissen von Aliceville – für ein wenig sonderbar und undurchsichtig, zum einen, weil sie nie geheiratet hatten, zum anderen wegen ihrer Häuser, die man von außen nur anhand der Hausnummer unterscheiden konnte. Als Junge mußte ich auf dem Schulhof mehr als einen Kampf ausfechten, weil ich den kauzigen Architekturgeschmack meiner Onkel oder die sonderbare und unaufhörliche Trauer meiner Mutter verteidigte.

Als ich in die Schule kam, hatte sie außer meinen Onkeln und mir niemanden mehr, dem sie ihre Geschichte erzählen konnte, doch schließlich nahmen meine Onkel, die selbst als alte Männer mit der unbeholfenen Liebe großer Brüder für die kleine Schwester über sie wachten, ihre Worte ebensowenig wahr wie die Luft, die sie an ihr Ohr trug. Und als meine Mutter ihre Geschichte schließlich selbst nur noch glauben konnte, wenn sie sie ein ums andere Mal wiederholte, wurde ich zu ihrem einzigen Zuhörer. Und ich hörte zu. Von meiner frühen Kindheit an bis zu ihrem Tod, als ich sechsundvierzig war, erfüllten mich ihre Geschichten – obwohl die Erinnerungen meiner Mutter sich meistens hoffnungslos mit Phantasien vermischten – stets mit tiefer Trauer über den Verlust, den sie erlitten hatte. Zumindest in dieser Hinsicht kann ich guten Gewissens von mir behaupten, daß ich ein guter Sohn war. Meine Mutter glaubte als überzeugte

Christin fest daran, daß ihr diese Bürde nicht ohne Grund auferlegt worden war. Sie drehte und wandte sich unter ihrer Last, versuchte sie zurechtzurücken und wehrte sich dagegen bis zu ihrem Tod. Als ich noch klein war, verstand ich zwar oft nicht, warum meine Mutter weinte, wußte jedoch, daß auch ich auf irgendeine Weise Schuld daran trug, deshalb betrat ich die Zimmer, in denen sie saß, oft mit einer Entschuldigung auf den Lippen, wie ein Gebet. Selbst den kleinsten Gefallen, den ich meiner Mutter erwies, belohnte sie mit dem Satz, ich hätte das Herz meines Vaters.

Ich habe mich oft gefragt, welch rücksichtslose Dinge ich unbedacht zu meinen Töchtern gesagt haben konnte und ob daraus vielleicht Angstträume entstanden sind. Meine Mutter, die 1970 gestorben ist, wußte nichts von den Nächten, in denen ich in Onkel Zenos Haus im Bett lag, die Hand auf die Brust gepreßt, während der Güterzug aus Hamlet vorbeidonnerte, und felsenfest davon überzeugt war, daß sie mich morgens beim Wecken tot vorfinden würde. Sie wußte nicht, daß ich ebenso unbeirrt glaubte, mein Herz könne mit jedem Pulsschlag aufhören zu schlagen, wie ich glaubte, jeder Güterwagen, der gerade vorbeifuhr, sei der letzte des Zuges, bis es am Ende wirklich einer war. Unzählige Male hat sie meinen Vater in mir gesehen und sich ausgemalt, welch große Taten ich eines Tages vollbringen und welch wundervolles Ende ich für ihre Geschichte finden würde, hat dabei lächelnd mein Gesicht gestreichelt und nicht gewußt, wie entsetzlich recht sie mit ihrer Behauptung hatte. Mein Herz ist so krank, daß es weder Heilung noch Hoffnung gibt. Meine Hände zittern, wenn ich daran denke. Mehr als ein Arzt hat mir schon gesagt, ich könne von Glück sagen, noch am Leben zu sein. Wenn ich morgens zum Briefkasten gehe, muß ich mich dagegenlehnen und ausruhen, ehe ich zurücklaufe. Jeder Atemzug ist ein kompliziertes Unterfangen. Die Medikamente, die ich zur Blutverdünnung einnehme, haben mich impotent gemacht, und in manchen Nächten erfüllt mich der warme Duft meiner schlafenden Frau Christine mit einem Schmerz, der wie ein schwarzer Tunnel ist, dessen Ausgang ich nicht erreichen kann.

Heute morgen hat Christine mir einen kurzen Blick zugeworfen und ist zum Lebensmittelladen gestürzt. Ich weiß genau, daß sie ihre eigene Angst nie los wird. Wenn ich sterbe, soll nicht sie mich finden. Ich möchte keine traurige Rolle in den Geschichten spielen, die sie zu erzählen hat. Während der halben Stunde, in der sie einkaufen war, saß ich auf der Veranda in der Sonne, und die ganze Welt war voller schlagender Herzen: Ein eitler junger Kardinalvogel kämpfte im Seitenspiegel meines Lastwagens bis zur Erschöpfung gegen sich selbst. Aus einem Schulbus, der den Hügel hinter unserem Haus hinauftuckerte, quoll das geisterhafte Lachen und Geschrei von Kindern. Als der Postbote von unserem Briefkasten wegfuhr, hob er die Hand zu einem kameradschaftlichen Gruß. Hocherfreut winkte ich zurück. Ich sage mir oft, daß die Schönheit des Lebens um mich herum – all die kleinen Dinge – Grund genug ist, sich über jeden Tag zu freuen, und so staple ich meine Tage auf, wie ein Kind Klötzchen aufstapeln würde, bis in unglaubliche, schwankende Höhen, die einem den Atem stocken lassen.

Meine Enkel sind sehr klein, und wenn ihre Mütter sie zu Besuch mitbringen, torkeln sie über den Hof auf mich zu;

der Boden unter ihren Füßen scheint noch fremd und unsicher, die Arme sind dem Leben entgegengestreckt. Doch selbst in meinen glücklichsten Augenblicken höre ich, wie das Herz meines Vaters in meiner Brust schlägt. Mein Herz ist eine Papiertüte voller Blut, es pumpt ununterbrochen. Mein Blut sickert durch die dünner werdenden Wände, an den nachgebenden Nähten entlang, und eines Tages geht die Tüte kaputt, die Unterseite bricht durch, und das war's. Dann stürzen meine aufgestapelten Tage auf einen weit entfernten, endgültigen Boden zu, und in diesem klaren Augenblick des Fallens werde ich das sehen, was mein junger Vater gesehen hat – die Wahrheit, die er an jenem Tag des Jahres 1924 anstarrte, als er flach auf dem Rücken lag und zum Himmel schaute –, die Vision, die seinem Gesicht den Ausdruck des Erstaunens verlieh, den auch Onkel Al sah, während er mit seiner Hutkrempe die roten Ameisen verscheuchte, die meinen Vater schon entdeckt hatten. Bevor er 1974 starb, hat mir Onkel Al einmal erzählt, daß in den Augen meines Vaters eine Geschichte gefangen war.

Jim Glass kam mit siebzehn Jahren nach Aliceville, im Dezember 1918. Die halbe Stadt war an Grippe erkrankt, und vierzehn von insgesamt knapp zweihundert Einwohnern, darunter beide Großeltern mütterlicherseits, erlebten das Frühjahr nicht mehr. Onkel Zeno, der plötzlich die Familienangelegenheiten in die Hand nehmen mußte, hatte nicht genug Arbeitskräfte und heuerte meinen Vater als Handlanger im Futtermittelladen, bei der Entkörnungsmaschine und in der Mühle an, bis der erkrankte Gehilfe wieder auf den Beinen war. Den ersten Winter wohnte mein Vater im Lagerraum neben der Entkörnungsmaschine, wo es zwar keinen

Luxus gab, dafür aber einen Ofen und stets genug Kohle. Alle drei Onkel mochten meinen Vater und erzählten, er habe hart gearbeitet, trotz seines Hangs zum Träumen – manchmal hörte er nicht ein Wort von dem, was sie sagten, obwohl er sie die ganze Zeit anschaute –, und im Frühjahr behielten sie ihn zum Pflanzen, im Sommer half er beim Hacken, im Herbst bei der Ernte und beim Entkörnen, und schließlich kauften sie ein Pächterhaus am Stadtrand und vermieteten es an ihn für zwei Dollar im Monat.

Die Anwesenheit meines Vaters in Aliceville gab den braven Leuten im Ort zunächst viel Grund zur Unruhe. Wenn man mit einem spitzen Stock einen Kreis um Leute vom Land zieht und ihnen erklärt, das Dorf befände sich innerhalb des Kreises, so betrachten sie ihre Nachbarn außerhalb des Kreises augenblicklich mit Herablassung und Argwohn. Sie fanden es schon schlimm genug, daß der junge Jim Glass aus Lynn's Mountain kam – ein unzivilisierter Ort, hieß es, in dem sogar die Prediger barfuß gehen und alle Leute miteinander verwandt sind. Zutiefst beunruhigt waren sie jedoch darüber, daß er der Sohn des Schwarzbrenners Amos Glass war, bestens bekannt durch seine Leserbriefe an den *Charlotte Observer,* in denen er einen zweiten Sezessionskrieg forderte, und ebenso bekannt durch seine Fähigkeit, die Früchte der wilden Kirschbäume an den Hängen des Lynn's Mountain mit einem geheimen Verfahren in seinen berühmten Kirschlikör zu verwandeln. Nach dem Sezessionskrieg wurde Amos Glass' Kirschlikör eine Zeitlang für fünfundzwanzig Dollar die Gallone verkauft und in den Hinterzimmern der besten Hotels in Asheville, Charlotte und Columbia serviert.

Amos Glass war ein hochmütiger, ehrgeiziger Mann – und ein begnadeter Branntweinbrenner –, und als gegen Ende des vergangenen Jahrhunderts die Nachfrage nach seinem Kirschlikör und seinem »Glass«-Klaren seine Herstellungskapazitäten bei weitem überstieg, investierte er eine Menge Geld in eine moderne Brennerei hoch oben am Lynn's Mountain. Die Destillieranlage war aus reinem glänzenden Kupfer und wurde mit dem Zug den weiten Weg von Philadelphia nach Aliceville gebracht. Dort wurde sie in schwere Wagen umgeladen und auf einem Weg, den Amos Glass selbst angelegt hatte, von überlasteten Maultiergespannen zum Lynn's Mountain hinaufgekarrt. Als der Umfang des Unternehmens die Aufmerksamkeit der Regierung auf sich zog – er hatte sich nicht einmal um die erforderlichen Lizenzen gekümmert –, stellte Amos Glass eine kleine Armee aus Bergbewohnern und Möchtegern-Konföderierten zusammen, rüstete sie aus und verteidigte für eine kurze Zeit den Zugang zum Lynn's Mountain gegen den Ansturm von fünfundsiebzig Bundespolizisten. Für diesen Einsatz saß er neun Jahre im Staatsgefängnis von Atlanta ein. Einer lebenslangen Haft oder dem Galgen entging er wegen seines Alters und seiner Berühmtheit sowie der Tatsache, daß keiner der Polizisten verwundet oder getötet wurde in dem Kampf, den Amos Glass in seinem letzten Brief an den *Observer* als »Überfall auf den souveränen Berg durch republikanische Chauvinisten« bezeichnete. Die Kinder aus Aliceville durften nicht mit meinem Vater sprechen, weil er als einziger Sohn von Amos Glass durch Blutsbande dazu bestimmt war, Alleinerbe des legendären Hochmuts und der Niederträchtigkeit der Glass'schen Familie zu sein. Gestandene Frauen wurden merklich bleicher und senkten den Blick, wenn sie auf der Depot Street an ihm vorbeigingen.

Mein Vater war vier Jahre alt, als sein Vater den Vereinigten Staaten von Amerika den Krieg erklärte, und dreizehn Jahre, als Amos Glass aus dem Gefängnis entlassen wurde. Seine Mutter Amanda, geborene Gentine, Amos' dritte Frau, hatte ihn großgezogen, und obwohl sie sehr zart und oft lange bettlägerig war, wurde ihre strahlende Schönheit überall auf Lynn's Mountain bewundert. Die beiden ersten Frauen von Amos Glass waren jung gestorben – die eine an Tuberkulose, die andere an Scharlach – und hatten ihm keine Kinder hinterlassen. Meine Großmutter war eine tief religiöse, wenn auch aus guten Gründen verbitterte junge Frau, deren Vater sie mit fünfzehn Jahren, gegen ihren Willen, Amos Glass als Ehefrau versprochen hatte – für eine Mitgift von fünfhundert Dollar und zweieinhalb Gallonen Kirschlikör. Nach ihrer Heirat war sie dreimal fortgelaufen und hatte sich in den Lorbeerwäldern hoch oben am Berg versteckt, ihre Brüder hatten sie jedoch jedesmal aufgespürt und zu Amos Glass zurückgeschleppt. Sie glaubte fest daran, daß die Herstellung und der Genuß von Alkohol jeglicher Art eine unverzeihliche Sünde gegenüber einem alttestamentarischen Gott sei, und während der neun einsamen Jahre in Amos Glass' großem Haus lebte sie von der Hand in den Mund oder von den Almosen der Familie und der Nachbarn, und sie gab diesen Glauben weiter an ihren kleinen Sohn Jim.

Amos Glass kehrte im Spätsommer 1914 aus Atlanta zurück und war trotz seiner fünfundsiebzig Jahre fest entschlossen, die Schnapsbrennerei wieder aufzubauen und sein verlorenes Vermögen und seinen Stolz zurückzugewinnen. Er war noch keine Woche wieder zu Hause, als er ein kleines Gefäß mit Geld ausgrub, das er an einer geheimen Stelle am Berg versteckt hatte (bis zum heutigen Tag streifen die Leute durch den Lorbeer am Lynn's Mountain und suchen vergeblich nach Amos Glass' legendärem vergrabenen Vermögen; sie finden bloß Milbenlarven, kleine Wespen und Schlangen), kaufte bei Amandas jüngstem Bruder Robley Gentine einen kleinen Destillierapparat und begann, Wildkirschen für eine Neuauflage seines Likörs zu ernten. Mein Vater weigerte sich, bei der Ernte zu helfen, und legte damit, ohne es zu wissen, den Grundstein für die Legende seines Lebens, die sich in der Phantasie meiner Mutter zu einer Art Evangelium verdichtete. Der Anblick der ausgebrannten Ziegelruine seiner Brennereri, die seinem Haus direkt gegenüberstand, verfolgte Amos Glass Tag und Nacht, und so schlug er meinen Vater mit dem Ast eines Wildkirschenbaumes bis aufs Blut.

Während der nächsten vier Jahre gewann Amos Glass nur einen kleinen Teil seines verlorenen Vermögens zurück – und vermutlich nur einen kleinen Teil seines berühmten Stolzes. Die Zeit in Atlanta hatte seine glückliche Hand mit Kupfer, Hitze und Maische zerstört. Er verprügelte meinen Vater regelmäßig – und aus Wut über den Verrat, der seiner Meinung nach während seiner Abwesenheit in seinem Haus begangen worden war, auch Amanda –, wenn der Kirschlikör wieder einmal in den Flaschen verdorben war oder wenn er mit Amandas Vater und Brüdern Schwarzgebrannten trank oder wenn er den Anblick der Bäume auf dem Gelände seiner ehemaligen Brennerei oder den Gedanken an sein

Alter nicht mehr ertragen konnte, bis zu dem Tag, als Amanda von einer Spinne gebissen wurde, die sich in der Kiste mit Küchenholz versteckt hatte. Obwohl der Biß nicht gefährlich war, hörte das Herz von Amanda Gentine Glass vier Stunden später auf zu schlagen. Am Tag nach der Beerdigung seiner Mutter packte mein Vater seine wenigen Habseligkeiten in einen Futtersack und kehrte Lynn's Mountain für immer den Rücken. Er ging zu Fuß nach Aliceville – siebzehn Meilen entfernt und der erste Ort auf seinem Weg, der diese Bezeichnung verdiente –, wo er in der Dämmerung eines Winterabends im Futtermittelladen der McBrides auftauchte und Onkel Coran kennenlernte, der dann mit ihm zum mittleren Haus in der Depot Street ging und ihn Onkel Zeno vorstellte.

Jim Glass zog in den Lagerraum neben der Entkörnungsmaschine und nahm seine Mahlzeiten regelmäßig bei den McBrides ein. Seit er in die Stadt gekommen war, besuchte er jeden Sonntag die Aliceville First Baptist Church – wobei dort kaum jemand mit ihm sprach und die Diakone ihn gern aus der Gemeinde ausgeschlossen hätten, wenn Onkel Zeno das nicht durch die Drohung verhindert hätte, seine Wechselforderungen auf das Kirchengebäude einzuklagen. Jim saß immer auf der Bank meiner Onkel in der vordersten Reihe. Damals betraten Frauen und Männer die Kirche noch durch getrennte Türen und nahmen auf gegenüberliegenden Seiten des Gotteshauses Platz. Meine Mutter saß auf gleicher Höhe mit ihren Brüdern auf der anderen Seite des Mittelgangs, zusammen mit ihren Altersgenossinnen, die allesamt, wie sie mir oft erzählte, meinem Vater verstohlene Blicke zuwarfen, denn er war zwar ein wenig verschlossen, aber groß und gutaussehend, und er besaß eine ungewöhnlich schöne Tenorstimme. »Er sah genauso aus wie du«, gab mir Onkel Coran eines Tages zur Antwort, als meine Mutter ihn nicht hörte, »dann weißt du ja, daß er nicht gerade umwerfend schön war.« Und weil alle meine Onkel talentierte Sänger waren und sich das Aliceville-Baptisten-Trio nannten, bei Erweckungsversammlungen in allen drei Landkreisen sangen und bei Gesangswettbewerben der Gemeinden höchste Auszeichnungen erhielten, konnten sie sich vielleicht nicht mehr an die Stimme meines Vaters erinnern, sosehr sie sich auch bemühten.

Jim Glass gewann die Herzen der Bewohner von Aliceville erst sechs Monate nach seiner Ankunft, als er während einer der allsommerlichen Erweckungsversammlungen nach der Ansprache des auswärtigen Predigers über die Rückkehr des verlorenen Sohnes zum Altar vortrat, vor der ganzen Gemeinde auf die Knie fiel und den Geistlichen anflehte, für die Seele seines Vaters zu beten, der ein Sünder gewesen sei und Jesus Christus nicht gekannt habe. Meine Mutter erzählte, daraufhin seien alle Gläubigen der Aliceville First Baptist Church – einschließlich meiner Onkel, die bis auf ihren Gesang ihre religiösen Überzeugungen selten zur Schau stellten – zu ihm an den Altar getreten und hätten gemeinsam für das verlorene, schwarze Herz des Aufrührers Amos Glass gebetet. Meine Mutter hat mir oft erzählt, wie sie in diesem Augenblick – als sie hinter Jim Glass kniete und eine einzelne rote Ameise anstarrte, die langsam an einer seiner Schuhsohlen hinaufkroch –, den Entschluß faßte, den schönen Sohn des Schwarzbrenners zu heiraten. Onkel Al hat die Geschichte mit der Ameise auf Jim Glass' Schuh im Lauf der

Jahre wahrscheinlich hundertmal gehört, für ihn jedoch besaß sie eine völlig andere Bedeutung, und er hat meiner Mutter nie von den Ameisen erzählt, die sich auf dem Feld über meinen Vater hergemacht hatten. »Die Ameise auf seinem Schuh hat nämlich bedeutet«, sagte Onkel Al 1974 im Krankenhaus zu mir, »daß ihm der Tod schon auf den Fersen war.«

Mein Vater war dreiundzwanzig Jahre alt, als sein Herz versagte, zehn Jahre jünger als seine Mutter zum Zeitpunkt ihres Todes. Meine Mutter war im April gerade zwanzig geworden und hatte noch sechsundvierzig Jahre ihres Lebens vor sich. Vielleicht, weil sie noch so jung war und ich so kurz nach dem Tod meines Vaters geboren wurde und weil sie meinen Vater weder tot gesehen hat noch bei seiner Beerdigung war (sie sah ihn zum letzten Mal, als er sie auf die Wange küßte und mit einer Hacke über der Schulter davonging), redete sie sich ein – oder versuchte es zumindest ihr Leben lang, indem sie mir die Geschichte ein ums andere Mal erzählte –, daß Jim Glass an jenem Tag auf dem Baumwollfeld gestorben war, damit ich leben konnte. Während meiner Kindheit ist ihr offenbar nie aufgefallen – und ich habe stets gespannt auf eine Andeutung gewartet –, wie sehr ihre Geschichte denen aus dem Evangelium glich, die ich in der Sonntagschule hörte. Und da ich mich vor den möglichen Folgen einer biblischen Geschichte fürchtete, in der ich die Hauptperson und zudem der einzige Empfänger göttlicher Gnade war, tat ich so, als fiele auch mir nichts auf. Obwohl ich manchmal sah, wie meine Onkel hinter Mutters Rücken den Kopf schüttelten, habe ich nie gehört, daß sie ihr widersprachen.

Die Geschichte meiner Mutter begann stets damit, wie mein Vater in der Dämmerung in die Stadt kam und Onkel Coran traf. Dieses Stück blieb immer unverändert. Manchmal sagte sie, der Himmel sei bei Sonnenuntergang purpurrot gewesen, ein anderes Mal orange. Manchmal gab es überhaupt keinen Sonnenuntergang, sondern nur den langsamen, stillen Einbruch einer Winternacht in North Carolina, und manchmal bliesen Winde, die nach Schnee rochen, tiefliegende dicke Wolken aus South Carolina vor sich her. Es war immer kalt an jenem Tag, als Jim Glass auftauchte. Hoch auf dem Lynn's Mountain hoben er und Robley Gentine mit einer alten Axt und einer Spitzhacke ein Grab für Amanda aus, denn die Erde war hartgefroren. Mein Vater und Amos Glass hatten einen Streit, ehe er den Berg verließ, doch sie habe nie erfahren, worum es ging, sagte meine Mutter, da mein Vater als höflicher Mann dazu geschwiegen habe. Er brauchte einen ganzen Tag für den Marsch nach Aliceville.

Bis heute ist Aliceville eine Stadt, die aus unerfindlichen Gründen plötzlich aus dem Farmland aufragt, das sie umgibt. Als mein Vater aus den Baumwollfeldern in die Stadt marschierte, kam er zuerst an der Entkörnungsmaschine, dann am Futtermittelladen der McBrides vorbei. Im Laden brannte Licht, und durch das Fenster sah mein Vater, wie Onkel Coran über den Büchern saß, vielleicht sah er auch das Feuer im Ofen. Hätte er sich umgedreht und einen Blick zurückgeworfen, wäre in der Ferne der schwarze Buckel des Lynn's Mountain vor ihm aufgetaucht, der sich über der niedrigen Hügelkette erhob, die mein Vater soeben hinter sich gelassen hatte. Onkel Coran sagte, Jim Glass habe einfach Glück gehabt, daß er gerade zu dem Zeitpunkt im Laden erschienen sei, als die McBrides einmal Hilfe brauchten. »Wenn in diesem Jahr nicht die Grippe grassiert hätte«, sagte Onkel Coran, »hätte ich ihn wieder weggeschickt. Und wenn mir die Buchhaltung nicht so schwergefallen wäre, hätte ich längst zu Hause sein können, wo ich auch hingehörte, und dann hätte dein Daddy mich nie gefunden.« Meine Mutter hingegen meinte, es sei Gottes Wille gewesen.

Wie fast alles im Zusammenhang mit meinem Vater, wandelte sich in den Erzählungen meiner Mutter im Lauf der Zeit auch die Kleidung, die er trug, als er ins Licht des Ladens trat und sich bei Onkel Coran vorstellte, bis sie nach und nach wieder zu seiner ursprünglichen Kleidung wurde. Ich weiß nicht, ob sie es bewußt tat, aber meine Mutter besaß die Gabe, eine Geschichte beim Erzählen gerade so weit zu verändern, daß sie noch glaubhafter erschien. Manchmal trug mein Vater einen Mantel, manchmal auch nicht; wie er gekleidet war, hing mehr von der Temperatur des Zimmers ab, in dem die Geschichte gerade erzählt wurde, als von dem Wetter in der Nacht seiner Ankunft in der Stadt. Die Geschichte veränderte sich je nachdem, was meine Mutter bei ihren Zuhörern wahrnahm. Wenn mein Vater auf seiner Reise einen Mantel trug, war dieser stets zu eng, und die Ärmel waren zu kurz. Vaters Wangen und Ohren brannten von der Kälte, und er stand neben dem Ofen im Laden, rieb sich die Hände und streckte sie der Wärme entgegen.

Mein Vater ist nicht ein einziges Mal fotografiert worden – auf dem Lynn's Moutain gab es keine Fotografen, und ein Sonntagsausflug mit dem Nahverkehrszug zum Fotografen in New Carpenter kam nie zustande, weil meine Eltern dachten, dafür sei später noch Zeit. Und aus diesem Grund habe ich mir immer vorgestellt, daß mein Vater aussieht wie Jesus, obwohl ich weiß, daß es nicht stimmt. Onkel Coran hat dazu aber auch seinen Teil beigetragen. Als ich sieben oder acht war, nahmen Onkel Coran und Onkel Zeno mich an einem Winterabend mit auf die Waschbärjagd und tranken hin und wieder ein Schlückchen Hustensaft, wie Onkel Zeno es nannte, aus verkorkten Flaschen, die sie in den Taschen ihrer Arbeitskittel versteckt hatten. Wir warteten darauf, daß die Hunde anschlugen, doch es war eine windige und trockene Nacht, und meine Onkel hatten wenig Hoffnung auf Erfolg. Ich stand mit dem Rücken zum Feuer und bat Onkel Coran, mir von der Nacht zu erzählen, als mein Vater in den Laden kam. Er warf Onkel Zeno einen raschen Blick zu, ein Funke sprang über, und sie lächelten beide, ohne das Gesicht zu verziehen. Onkel Coran kratzte sich am Kopf und sagte: »Laß mich mal überlegen. Zee, hat Jim Glass in dieser Nacht nicht Sandalen getragen?« Onkel Zeno schnaubte, dann hielt er sich die Hand vor den Mund, starrte ins Feuer und schaute Onkel Coran den ganzen Abend lang nicht mehr in die Augen.

Im selben Winter zeichnete ich in der Schule das Bild eines Mannes, der wie Jesus aussah und an die Tür von Onkel Corans Laden klopfte, während Onkel Coran drinnen die Buchhaltung machte. Meiner Lehrerin Mrs. Weaver erzählte ich, der Mann an der Tür sei mein Vater. Sie sah mir lange Zeit prüfend ins Gesicht, dann ging sie zu ihrem Pult und kam mit einem goldenen Stern zurück, den sie auf den Himmel über dem McBride-Futtermittelladen klebte.

Meine Mutter weinte, als ich das Bild nach Hause brachte, und zeigte es beim Abendessen meinen Onkeln, die alle drei melancholisch nickten und sich einig waren, daß es ein sehr gutes Bild sei und einen goldenen Stern durchaus verdient habe. Dabei vermieden sie es jedoch, einander anzuschauen, und sahen auch mich nicht an. Als ich später am Abend in den Stall kam, wo sie die Tiere fütterten, lachten sie und schlugen sich gegenseitig auf den Rücken. Onkel Coran sagte etwas zu Onkel Al und Onkel Zeno, das ich nicht verstehen konnte, und die beiden bewarfen ihn mit Stroh, um ihn zum Schweigen zu bringen. Als sie mich sahen, versuchten sie sich das Lachen zu verkneifen und hielten mit geblähten Wangen die Luft an, bis Onkel Zenos Atem in einem langen, schweineähnlichen Grunzen entwich. Onkel Al zeigte auf Onkel Zeno, griff sich mit der Hand zwischen die Beine, um nicht in die Hose zu machen, und warf sich auf den Boden. Onkel Zeno und Onkel Coran kamen quer durch den Stall auf mich zugerannt, schnappten mich und schmissen mich in den Heuhaufen. Onkel Coran hatte Tränen in den Augen. Er trug mich auf seinen Schultern zum Haus zurück.

Die Romanze meiner Eltern begann eineinhalb Jahre, nachdem mein Vater in die Stadt gekommen war – vermutlich noch ehe mein Vater sich regelmäßig rasieren mußte. Meine Mutter sagte, eines Tages hätten sie beide einfach gewußt, ohne je darüber zu sprechen, daß sie zusammengehörten und irgendwann heiraten würden. Am Abend deckte sie den Tisch so, daß mein Vater neben ihr saß statt an seinem üblichen Platz neben Onkel Coran. Mein Vater schaute meine Mutter den ganzen Abend nicht an, aber er protestierte auch nicht, obwohl meine Mutter erzählte, er haben während des ganzen Essens rote Flecken am Hals gehabt, weil meine Onkel ihn geneckt hätten, und gegessen habe er kaum etwas. Onkel Coran sah sich die neue Sitzordnung an und behauptete steif und fest, mein Vater habe ein größeres Brötchen auf dem Teller als er selbst, und verlangte, daß mein Vater mit ihm tauschte. Onkel Al langte mit seiner Gabel über den Tisch und fischte sich das übriggelassene Essen vom Teller meines Vaters. Onkel Zeno rülpste feierlich.

Bald darauf fuhren meine Eltern mit dem Einspänner immer öfter in die Berge oder am Fluß entlang und kehrten manchmal erst lange nach Einbruch der Dunkelheit zurück – ein Umstand, der die Freundinnen meiner Großmutter mütterlicherseits dazu veranlaßte, eine nach der anderen Onkel Zeno in der Mühle zu besuchen und ihn nach dem Gottesdienst beiseite zu nehmen mit dem guten Rat, ein wachsames Auge darauf zu haben, was seine kleine Schwester mit dem Sohn von Amos Glass im Einspänner trieb. Meine Mutter war sechzehn. Onkel Zeno, der nichts davon hielt, nur den Schein zu wahren, und nichts Böses darin sah, daß Jim Glass mit seiner kleinen Schwester Ausflüge unternahm, teilte einer nach der anderen mit, er kümmere sich schon selbst um seine Angelegenheiten und um seine Familie und sie sollten doch bitte das gleiche tun. Das hatte zur Folge, erzählte meine Muter, daß einige Leute bei der Hochzeit meiner Eltern durch Abwesenheit geglänzt haben, was wiederum dazu geführt habe, daß unsere Beziehungen zu einigen Familien in der Stadt noch immer recht kühl seien. Sie verriet mir jedoch nie, um welche Familien es sich handelte. Aber auf dem roten Spielplatz hinter der Schule von Aliceville ging ich meinen eigenen Vermutungen nach und teilte Schläge aus, die, so stellte ich mir gern vor, alte Rechnungen beglichen.

Im Frühling vor der Hochzeit, im Mai 1921, fuhr Onkel Zeno mit meiner Mutter samstags mehrmals den weiten Weg nach Charlotte, um ihr dort ein Hochzeitskleid zu kaufen – die Mädchen in Aliceville redeten von nichts anderem mehr und waren voller Neid. Und meinen Vater nahm er mit nach New Canaan und kaufte ihm einen marineblauen Anzug und schwarze Schuhe. Onkel Coran lieh meinem Vater achtundzwanzig Dollar, damit er meiner Mutter einen Ring kaufen konnte, und Onkel Al schnitt ihm die Haare. Onkel Zeno führte meine Mutter am Arm, und Onkel Al und Onkel Coran standen neben meinem Vater. Bei der Trauung sangen meine Onkel: »So nimm denn meine Hände«, während meine Mutter es vermied, sie anzusehen, und mein Vater seine neuen Schuhe betrachtete. Onkel Coran sagte, daß Onkel Al beim zweiten Vers einen solchen Kloß im Hals hatte, daß er den Ton nicht traf, ein Vorwurf, den Onkel Al stets von sich wies. Obwohl alle meine Onkel Tenöre waren, gewannen sie als Trio Preise, denn Onkel Coran, der immer behauptete, er sei eigentlich ein Bariton und kein Tenor, sang mit Falsettstimme Baß, und Onkel Al, der begabteste Sänger der drei, sang Alt. Meine Mutter sagte, sie habe nie etwas Schöneres gehört als den Gesang ihrer Brüder an dem Tag, als sie Jim Glass heiratete. Onkel Zeno meinte, bei der Hochzeit hätten sie nur leidlich gut gesungen und damit sicher keinen Preis verdient.

Auf der Hochzeitsreise nahmen meine Eltern den Nahverkehrszug nach New Carpenter, den Schnellzug nach Marion und einen Touristensonderzug für die unheimliche Fahrt den Old Ford Mountain hinauf nach Asheville. Sie wohnten in einem Hotel mit Aufzug, fuhren mit der elektrischen Straßenbahn bis ans Ende jeder Linie, sahen sich zwei Stummfilme an, einer davon ein Western, und genossen die drei Mahlzeiten, die sie jeden Tag in Restaurants oder Diners einnahmen. Sie fuhren mit einem gelben Taxi zum Grove Park Inn, doch mein Vater wollte nicht hineingehen, weil er seinen Anzug nicht trug und sich seiner Kleidung schämte. Meine Mutter ging allein und erzählte meinem Vater, später meinen Onkeln und schließlich auch mir von dem gemauerten Kamin im Foyer, der so groß war, daß man ganze Baumstämme hineinlegen konnte. Meine Eltern vereinbarten einen Termin in einem Fotostudio in der Wall Street, doch der Fotograf versetzte sie. An einem Spätnachmittag erklommen sie den Beaucatcher Mountain, setzten sich auf einen Stein und sahen sich den Sonnenuntergang über der Stadt an. Dabei stellten sie sich vor, wie sie als alte Leute sein würden und wie ihr Garten von Enkeln wimmelte. Sie beschlossen, ihren ersten Sohn James McBride Glass zu taufen und ihn Mac zu nennen. Sie mieteten einen Einspänner und fuhren zu den Toren des Biltmore-Anwesens, wo sie mit einem Hausmeister ein ausführliches Gespräch über die Reichen und die seltsamen Dinge führten, die er auf der anderen Seite des Zauns gesehen hatte.

Als meine Mutter und mein Vater nach drei Tagen in Asheville wieder in Aliceville eintrafen, waren sie noch verliebter als zuvor, erzählte meine Mutter. Sie richteten sich in dem kleinen Pächterhaus am Stadtrand ein, für das meine

Onkel keine Miete mehr verlangten, und wohnten dort während der drei Jahre, die mein Vater noch lebte. Meine Mutter kochte nach wie vor täglich drei Mahlzeiten für ihre Brüder im Haus von Onkel Zeno, mit Ausnahme der Samstage, an denen sie sich selbst versorgen mußten und Mutter in dem kleinen Pächterhaus für sich und ihren jungen Ehemann kochte. Da Amanda Glass oft krank und bettlägrig gewesen war, hatte mein Vater auf Lynn's Mountain kochen gelernt, und an vielen Sonntagnachmittagen, wenn meine Onkel und meine Mutter zusammen auf Onkel Zenos Veranda saßen und meine Onkel Stimmgabeln und Gesangbücher schwangen und sich bei jedem Lied gegenseitig beschuldigten, zu hoch oder zu tief zu singen, schlich er sich nach Hause und buk meiner Mutter kleine Früchtekuchen mit Zitronenaroma oder gedeckten Apfelkuchen, wofür ihn meine Onkel gern und gnadenlos aufzogen.

In dieser Zeit nahmen meine Onkel – soweit das nicht bereits vorher geschehen war – Jim Glass wie einen Bruder auf und machten ihn als Partner mit den Familiengeschäften vertraut. Sie hatten vor, daß er eines Tages die Entkörnungsmaschine und eine der McBrideschen Farmen betreiben sollte. Für das Haus, das meine Onkel den beiden als verspätetes Hochzeitsgeschenk bauen wollten, hatte meine Mutter ein Stück Land dicht hinter der Stadtgrenze ausgesucht, in sicherer Entfernung von den Bahnschienen. Der Ort ihrer Wahl lag mitten in einem der besseren Baumwollfelder der McBrides, doch am neunzehnten Geburtstag meiner Mutter trafen meine Onkel sich hinter der Scheune und beschlossen, ihr das ganze Feld zu überlassen. Es lag auf einem kleinen Hügel mit Blick auf den Fluß, und auf der anderen Seite sah man in der Ferne die Berge. Kurz darauf wurde meine Mutter schwanger. Als meine Onkel davon erfuhren, warfen sie ihre Hüte in die Luft, jagten meinen Vater die Depot Street hinunter und schmierten ihm Dreck ins Gesicht.

Obwohl sie zutiefst erstaunt waren, als meine Mutter sie darum bat, erklärten sich meine Onkel damit einverstanden, meinen Eltern ein Haus zu bauen, das anders aussah als ihre eigenen. Als praktisch denkende Männer, die ihre Häuser mochten – sie waren die größten in ganz Aliceville –, gingen sie davon aus, daß sie jede Arbeit, die sie mehr als einmal gemacht hatten, besser und schneller verrichten konnten. Doch eines Samstags schlossen meine Onkel um die Mittagszeit ihre Geschäfte und fuhren mit meinem Vater im Auto nach New Carpenter und liefen durch den Ort, bis sie ein Haus fanden, das sich mein Vater als künftiges Zuhause vorstellen konnte und das meine Onkel für gut genug befanden, um es nachzubauen. Sie klopften an die Haustür und fragten nach dem Namen des Zimmermanns. Sie besuchten den Zimmermann und bezahlten nach kurzem, heftigem Feilschen eine ihrer Meinung nach zu hohe Summe für die Pläne. Meine Mutter, die sie zu Hause gelassen und nicht befragt hatten, schloß sich im Pächterhaus ein und sperrte die Tür erst wieder auf, als Onkel Zeno ihr versprach, am folgenden Samstag mit ihr im Nahverkehrszug nach New Carpenter zu fahren, damit sie sich das Haus ansehen konnte. Es genügte ihren Ansprüchen. Das Haus steht immer noch in der Washington Street.

Als sich der Bauch meiner Mutter langsam wölbte, bestanden alle drei Onkel darauf, ihre Wäsche selbst zu waschen und die Häuser allein sauberzuhalten. Onkel Coran und Onkel Al schlossen ihre Türen ab und versteckten die Schlüssel, damit meine Mutter nicht ins Haus kam. Onkel Zeno versteckte seine schmutzige Wäsche im Stall, wo sie Onkel Al fand und in Onkel Corans Bett stopfte. Mein Vater übernahm trotz des Protestes meiner Mutter sämtliche Küchenpflichten, und meine Onkel schworen Stein und Bein, das sei eine echte Bereicherung gewesen. Meine Mutter ging weiterhin zur Kirche, was damals für eine Frau in ihren Umständen als schamlos galt, und Onkel Zeno sagte den Freundinnen meiner Großmutter wieder einmal, sie sollten sich um ihre eigenen Angelegenheiten kümmern. Im Frühjahr 1924 bepflanzte die Familie die Baumwollfelder nicht und legte statt dessen einen Weg zum Highway an, und am 8. Juni, dem Tag, als mein Vater nicht zum Mittagessen zurückkam, lag das Bauholz für das Haus meiner Eltern bereits im Schuppen hinter der Entkörnungsmaschine gestapelt, und die Ecken für das Fundament waren im Feld abgesteckt.

An diesem Tag kochte niemand das Mittagessen – das war Aufgabe meines Vaters –, und meine Onkel und meine Mutter schüttelten Melasse in ihre Teller und aßen sie mit den restlichen Brötchen, die mein Vater morgens zum Frühstück gebacken hatte. Onkel Coran sagte grinsend, mein Vater mache bestimmt ein Nickerchen unter einem Baum. Während wir noch aßen, erhob sich Onkel Al plötzlich, setzte seinen Hut auf und verschwand ohne ein Wort. Onkel Zeno und Onkel Coran gingen nicht so schnell wie sonst wieder an die Arbeit, sondern blieben in der Küche und versuchten meine Mutter davon zu überzeugen, daß alles in

Ordnung war – mit wenig Erfolg. Sie sprachen darüber, nicht so viele Stunden am Tag zu arbeiten und zusätzliche Hilfskräfte anzuheuern, damit sie mehr Zeit für den Bau des Hauses im Baumwollfeld hätten. Als Onkel Al nicht wiederkam, nickte Onkel Coran seinem Bruder Zeno zu und verschwand ebenfalls. Meine Mutter unterhielt sich mit Onkel Zeno über Schnittmuster für Babykleidung, die sie sich aus dem Sears-Katalog bestellen wollte, dann legte sie den Kopf auf den Tisch und sagte nichts mehr. Onkel Zeno holte eine Stimmgabel aus der Brusttasche seiner Latzhose, schlug sie leicht auf den Tisch, hielt sie an sein Ohr und summte Kirchenlieder, so leise, daß meine Mutter sie kaum hören konnte. Eine Viertelstunde später rannte Onkel Coran die Hintertreppe hinauf zur Veranda. Er kam nicht herein, sondern schaute durch das Fenster in der Tür und winkte Onkel Zeno, er möge herauskommen. Als ich noch klein war, erzählte meine Mutter, in diesem Augenblick habe sie gewußt, so sicher, als ob eine Stimme es ihr gesagt hätte, daß mein Vater tot war. Als sie die Geschichte später meinen Kindern erzählte, war die Stimme Wirklichkeit geworden und sprach sie mit ihrem Ehenamen an. Onkel Zeno steckte die Stimmgabel wieder in die Brusttasche und stand auf.

Die Geschichte meiner Mutter hörte gewöhnlich damit auf, daß mein Vater mit der Hacke über der Schulter zur Feldarbeit ging. Da meine Onkel grundsätzlich nicht über die Tage sprachen, die dann folgten, erfuhr ich fast alles, was ich über den Rest dieser Woche weiß, von anderen Leuten. Die Frauen, die sich sofort auf den Weg zu Onkel Zenos Haus machten, als sie Onkel Coran die Depot Street hinunterrennen sahen, fanden meine Mutter würgend auf dem

Küchenfußboden. Bei Einbruch der Nacht hatte sie Fieber. Im Morgengrauen sprach sie ununterbrochen mit meinem Vater und ihren Eltern. Um die Mittagszeit sank sie in einen tiefen Schlaf, aus dem sie am Nachmittag ruhig erwachte – das Fieber war gefallen – und Onkel Zeno sehen wollte. Sie war damit einverstanden, nicht zur Beerdigung zu gehen, doch er mußte ihr versprechen, niemanden nach Lynn's Mountain zu schicken, um Amos Glass oder einem anderen Familienangehörigen der Gentines die Nachricht zu überbringen. Sie sagte zu Onkel Zeno, wenn Amos Glass zur Beerdigung käme, würde sie selbst dort erscheinen und ihm ins Gesicht spucken. Onkel Zeno sicherte ihr zu, keinen Boten auf den Berg zu schicken, und schrieb statt dessen einen Brief, den er Amos Glass einen Tag nach der Beerdigung zusandte. Onkel Coran und Onkel Al zimmerten einen Sarg für meinen Vater aus dem Holz, das für den Eßtisch im Haus meiner Eltern bestimmt war. Mein Vater wurde in demselben Anzug und denselben schwarzen Schuhen beerdigt, in denen er geheiratet hatte. An seinem offenen Grab versuchten meine Onkel »O Welt, ich muß dich lassen« zu singen, mußten das Lied jedoch abbrechen, obwohl alle drei, selbst Onkel Coran, Tenor sagen. Sie fingen mehrmals wieder von vorn an. Meine Mutter lag in ihrem Bett in Onkel Zenos Haus, frisch gewaschen, in einem sauberen Nachthemd und schon damals fest davon überzeugt, daß ihr ungeborenes Kind durch den Tod ihres Mannes dazu bestimmt war, ein Leben von besonderer Bedeutung zu führen.

Als ich älter wurde und meine Mutter gelegentlich etwas bei mir entdeckte, das sie als charakterliche Entgleisung empfand – es spielte keine Rolle, wie belanglos oder kurzlebig es war –, erklärte sie mir jedesmal, das sei der Amos Glass in mir, der unbedingt herauswolle. Wenn ich in der Schule gute Noten bekam, dann war es eine Selbstverständlichkeit; erhielt ich jedoch schlechte Noten, versuchte der Amos Glass in meinem Blut wieder einmal, aus mir einen Schwarzbrenner zu machen. Noch ehe ich wußte, was das Wort bedeutete, spürte ich als kleiner Junge, daß jede Faser meines Körpers mich in einen Schwarzbrenner verwandeln wollte. Wenn ich eine Missetat gestand, hat meine Mutter mir allzuoft gesagt, in meinen Adern flösse nur das Blut von Amos Glass; ich habe zwar nie etwas darauf erwidert, doch immer gedacht, wenn ich mehr von Amos Glass geerbt hätte und weniger von ihr, dann hätte ich vielleicht mehr von dem erreicht, was sie sich erträumte. Ich mußte oft an den Tag im Jahre 1905 denken, als Amos Glass versuchte, eine zweite Sezession in Gang zu setzen, um den Tempel aus Ziegeln und Kupfer zu verteidigen, den er hoch oben in den Lorbeerwäldern errichtet hatte. Als er beobachtete, wie die fünfundsiebzig Bundespolizisten den Lynn's Mountain hinaufmarschierten, auf einem Weg, den er selbst angelegt hatte, und daß sie fest entschlossen waren, die Nordstaaten, die Amos Glass herausgefordert hatte, zu verteidigen, während seine kleine Armee von Bergbewohnern sich am Berghang in seiner Nähe verschanzt hatte – als noch alles möglich war, da hatte Amos Glass mit Sicherheit einen Augenblick lang ein Gefühl, das mir nie vergönnt sein wird. Denn ich habe mein halbes Leben im Zug verbracht. Ich verließ meine Mutter, meine Onkel und Aliceville und fuhr siebenunddreißig Jahre lang als Heizer, Lokführer und Bezirksinspektor für die Great Southeastern Railway. Das war schon immer mein größter Wunsch gewesen. Als Junge sah ich aus jedem Klassenzimmer der Schule von Aliceville zu, wie bei dem Güterzug aus Elkhorn City auf dem Rangiergleis am Fuß des Hügels für die letzte Etappe seiner Fahrt nach Hamlet Wasser nachgefüllt wurde. Ich war weitaus mehr an dem schwarzen Rauch interessiert, der aus seiner Lokomotive puffte und aus der Lok des Schmalspurzuges, der von den Baumwollspinnereien in Roberta und Allendale jenseits des Flusses auf die Stadt zu keuchte, um dort einen Teil der Kohle zu übernehmen, die der große Zug geladen hatte, als an dem, was an der Tafel stand oder in dem Buch auf meinem Pult. Ich glaube, meine Begeisterung für Züge unterschied sich kaum von der anderer Jungen aus einer Kleinstadt, in der man von der Schule aus Dampfloks beobachten kann, doch mein glühender Wunsch, einen derart alltäglichen Beruf zu ergreifen, war in den Augen meiner Mutter mein größter Makel. »Du hast zuviel vom Erbe der Glass' in dir«, meinte sie, als sie von mir erfuhr, daß ich für die Great Southeastern Railway als Heizer arbeiten würde. »Und die Glass' haben außer ihrem persönlichen Wohl nie irgendeinen Ehrgeiz gehabt. Die tun doch nur, was ihnen Spaß macht.«

Im Lauf der Zeit fiel es meiner Mutter immer schwerer, ihre Geschichte mit meiner Lebensweise in Einklang zu bringen. Nicht nur ihr, sondern auch den Leuten, denen sie die Geschichte erzählte, kam es sinnlos vor, daß Gott ihr den Mann genommen hatte, damit ihr Sohn sein ganzes Leben im Zug verbringt. Auch Christine gefiel ihr nicht, obwohl ich glaube, das hatte weniger mit Christine Steppe zu tun als mit der Vorstellung, die meine Mutter sich von einer idealen

Frau für mich gemacht hatte. Christine kam aus Aliceville, und ihre Träume waren nicht größer als meine. Als meine Töchter Jennifer und Caroline geboren wurden, war meine Mutter ihnen herzlich zugetan, jedoch auch jedesmal enttäuscht, daß es kein Junge war. Meine Onkel überboten sich gegenseitig darin, die beiden zu verwöhnen, aber meine Mutter warb nie um ihre Gunst. Sie sprach in dieser Zeit oft über Amanda Gentine Glass, und als es schließlich keinen Zweifel mehr daran gab, daß ich der letzte Glass sein würde, stand für meine Mutter fest, daß von einem Mädchen keine Lebensgeschichte mit einem passenden Ende zu erwarten war. Meine Mutter hat die Hoffnung auf mich jedoch bis zum Schluß nicht aufgegeben, weil sie vermutlich eine winzigkleine Chance sah, daß ich selbst in hohem Alter die eine große Tat vollbringen könnte, in der sich Gottes Wille offenbaren würde. Kurz vor ihrem Tod, als ich schon lange nicht mehr damit rechnete, daß sie mich erkannte, sagte sie: »Jimmy, sag Robley Gentine, er kriegt zurück, was ich ihm schulde, aber er muß sich noch ein paar Tage gedulden.« Dann schlief sie ein. Später an jenem Abend öffnete sie die Augen und richtete voller Verachtung ihre letzten drei Worte an mich: »Du fährst Zug.«

Die McBrides wollten immer auf ihrem eigenen Land begraben werden statt auf einem Friedhof Schulter an Schulter zwischen Leuten, die nicht zur Familie gehören. Meine Großeltern mütterlicherseits, W. T. und Coleen McBride, die während der Grippeepidemie 1918 starben, sind nahe am Fluß begraben, am Rand eines Feldes mit sandigem Boden, das immer besonders gut für den Anbau von Süßkartoffeln geeignet war. Sie sind neben meinen Urgroßeltern

Mauney und Sallie McBride begraben, die sich den Platz ausgesucht hatten, weil er kein Ackerland beanspruchte. Meine Mutter ließ meinen Vater jedoch nicht auf dem Friedhof der McBrides am Fluß begraben, sondern an der Stelle, wo er auf dem Feld umgefallen war, obwohl es bedeutete, daß man die Furchen beim Pflügen stets rechts vom Grab meines Vaters unterbrechen und links davon fortführen mußte.

Obgleich die meisten Leute in der Stadt es seltsam fanden, einen Mann mitten in einem Baumwollfeld zu begraben, selbst wenn er mit einer McBride verheiratet gewesen war, kam mir das Grab meines Vaters stets so selbstverständlich vor wie ein Berg in der Ferne. Wenn man aus diesem Teil von North Carolina stammt, fühlt man sich immer einsam, wenn der Himmel auf einen flachen Horizont trifft. Ich kann mir Aliceville ebensowenig ohne den Lynn's Mountain vorstellen, der sich im Norden und Westen über der Hügelkette erhebt, wie ich mir das Feld, auf dem mein Vater gestorben ist, ohne seinen Grabstein vorstellen kann, der sich über die Ackerfurchen erhebt. Wenn ich als kleiner Bub oder junger Mann auf diesem Feld arbeitete, freute ich mich immer darauf, die vier Furchen zu behacken, die in der Mitte durch das Grab meines Vaters unterbrochen waren. Ich betrachtete es als einen Ort der Belohnung und des Neubeginns, nicht nur für meinen Vater, sondern auch für mich; denn ich war jedesmal gezwungen, mit einer Sache aufzuhören, für einen Augenblick vom Wege abzugehen und nachzudenken und dann auf der anderen Seite wieder neu anzufangen. Das Stückchen Erde zwischen den vier Reihen Baumwollsträuchern schuf an jedem Arbeitstag auf dem Feld Raum für eine kleine, lebensnotwendige Hoffnung. Dieselbe Hoffnung schöpfe ich, wenn ich mit dem Zug fahre und am Ende eines Arbeitstages an einem anderen Ort bin als am Anfang – ein schlichter Wunsch, der mich mangels eines größeren Traums bis ans Ende meines Lebens geführt hat.

Das Feld, auf dem mein Vater starb und begraben wurde, hieß in der Gegend von Aliceville später das Jim-Glass-Feld – alle Felder auf dem Lande lassen Namen gedeihen, und die Leute aus der Gegend kennen sie. Und in den Jahren nach dem Tod meines Vaters habe ich oft beobachtet, daß die Feldarbeiter meiner Onkel sich in ihrer Pause lieber auf das Stück Erde innerhalb des Eisenzauns setzten, der Vaters Grab umgab, als sich im Schatten der Bäume am anderen Ende des Tals niederzulassen. Ich kann mir das nicht erklären, denn ein Feldarbeiter liebt nichts mehr als den Schatten. Offensichtlich braucht einem das seltsame Blut der McBrides nicht durch die Adern zu fließen, um am Grab von Jim Glass Trost zu finden, aber es schadet bestimmt nichts.

Ich habe oft dort gesessen, den Rücken gegen den Grabstein meines Vaters gelehnt, und während ich über das Feld hinweg die drei Häuser auf der Depot Street betrachtete, die auch aus großer Entfernung identisch aussahen, spürte ich, wie seine Geschichte in der Luft sirrte, so unenträtselbar und vielzüngig wie die Stimme Gottes. Onkel Al hat mir vor seinem Tod anvertraut, er habe sie beinahe auch gehört, an jenem Tag, als er auf dem Feld neben meinem Vater Wache hielt und in seine Augen schaute, und er habe Worte gespürt, die meinem Vater auf der Zunge gelegen hätten, obwohl er wußte, daß er sie auch dann nicht verstanden hätte, wenn sie aus dem Mund meines Vaters gekommen wären.

Ich glaube inzwischen, daß wir wahrscheinlich mehr sind als nur das, was in uns steckt, daß wir auch in den Geschichten leben, die andere über uns erzählen, und daß Geschichten nie aufhören. Meine Mutter und meine drei Onkel sind jetzt mitsamt ihren Geschichten auf demselben Feld begraben, und ihre Geschichten – die, die sie erzählt haben und die, in denen sie vorkommen – fügen den Worten meines Vaters ihre eigenen hinzu. Es ist kaum zu glauben, daß Jim Glass schon seit fünfundsechzig Jahren tot ist und daß wir uns nie kennengelernt haben.

Bis jetzt stehen erst vier Grabsteine auf dem Jim-Glass-Feld: drei mit der Aufschrift McBride auf den Gräbern meiner Onkel und einer mit der Aufschrift Glass, unter dem meine Eltern begraben sind. Und in diesen beiden Namen sind andere Namen verborgen: Ledbetter und Lattimore, Searcy und Hudgins, Gentine und Womack, Ruppe und Williams, und in jedem dieser Namen steckt wiederum eine Vielzahl anderer, die letztendlich – so weit reicht unser Wissen nicht zurück – zurückgehen auf das Wort, das am Anfang war. Alle Namen sind Wörter und auf ihre Art heilig, und alle Wörter sind verbunden durch das Blut. Ich bin mir nicht sicher, ob mein Leben so bedeutungsvoll war, wie meine Mutter es sich gewünscht hätte, aber ich habe ein Leben gelebt, und darüber läßt sich immer etwas erzählen. Wenn das Herz meines Vaters in meiner Brust aufhört zu schlagen, dann werde ich am Himmel die Dinge sehen, die er gesehen hat, und die Geschichten hören, die er gehört hat, bevor ich weitergehe zur nächsten Station. Wir leben in

Geschichten, und die Geschichten gehen weiter, selbst wenn wir tot sind. Wenn ich meiner Mutter noch eines sagen könnte, dann wäre es das: Mach dir keine Sorgen, unsere Geschichten gehen weiter.

NEIL JORDAN

Nocturno

Roman

Deutsch von Rosemarie Bosshard
256 Seiten · Gebunden

»Ein Buch voller Poesie und Zärtlichkeit«
The Guardian

In der Stille der Abendstunden, wenn die Flut der Ebbe gewichen ist, gehen sie hinaus: Donal Gore und sein verwitweter Vater. Gemeinsam legen sie zum Fischen »Nachtleinen« aus. In wortloser Eintracht. Dort am Strand, vor dem Haus an der Irischen See.

Lange Zeit verbindet sie nur dieses Ritual. Bis eines Tages Rose auftaucht, Donals junge Klavierlehrerin, die so unbestimmbar nach Rosen duftet. Mit ihr erfüllt neue Lebensfreude das Haus; sie reißt die beiden Männer aus ihrer Melancholie. Eine irrwitzige ménage à trois nimmt ihren Lauf – ein Leben zwischen euphorischem Glück und quälender Eifersucht, zwischen wahnsinniger Liebe und bitterem Verrat. Bis die drei eines Tages einen Ausflug an die Atlantikküste machen, der eine jähe Wendung herbeiführt und das brisante Dreiecksverhältnis aus den Fugen geraten läßt.

Ein faszinierender Roman von Starregisseur Neil Jordan (»The Crying Game«, »Interview mit einem Vampir«)

JAY McINERNEY

Alles ist möglich

Roman

Deutsch von Hans M. Herzog
544 Seiten · Gebunden

»*Alles ist möglich* – ein mitreißender Gesellschaftsroman über die Fallgruben von Liebe und Karriere, Ehe und Freundschaft, Geld und Macht. Einfach umwerfend.«
The New York Times

In der rauschhaften Unbekümmertheit des New York der späten 80er Jahre scheint für Russell Calloway und seine Frau Corinne alles möglich zu sein. Angesteckt vom allgegenwärtigen Glauben an Macht und Karriere läßt sich der ehrgeizige Verlagslektor Russell auf einen aberwitzigen Plan ein. Zusammen mit zwei Freunden und dem exzentrischen Financier Bernie Melman sichert er sich die Aktienmehrheit des renommierten Verlagshauses *Corbin, Dern* und übernimmt dort die Leitung.
Doch die Freude über den erfolgreichen Millionendeal währt nur kurz. Der Konflikt zwischen Liebe und Arbeit, zwischen Freundschaft und Karriere bedroht nicht nur Russells Unternehmen, sondern schließlich auch seine Ehe. Immer mehr führt sein vermeintlicher Weg zum Erfolg in ein Labyrinth aus Lügen und Betrug.

GOLDMANN VERLAG

Tag für Tag macht er sich auf, den Wasserstand des kleinen Sees in den Bergen von North Carolina zu kontrollieren. Für ihn, den Staudammwärter, ist dies längst zur vertrauten Routine geworden. Doch woran er sich nicht gewöhnen kann, ist die Leere in seinem Haus und in seinem Herzen. Noch immer kann er es nicht fassen, daß seine Frau ihn verlassen hat, schwanger mit dem Kind eines anderen. Sein Traum vom Glück scheint plötzlich zerstört - dem Untergang geweiht wie einst das kleine Dorf, das auf dem Grund des Stausees begraben liegt…

Mit UNSER KLEINES PARADIES *ist Tony Earley ein erstklassiges Erzähldebüt gelungen, das in seiner amerikanischen Heimat Leser wie Kritiker begeistert hat. Seine Geschichten sind wahre Meisterstücke, die die Augen öffnen für »die kleinen Wunder und das Geheimnisvolle, das es im Alltag zu entdecken gilt« (Kirkus Review). Tony Earley widmet sich Menschen, die wie der Staudammwärter in »Der Jupiter-Prophet« auf den ersten Blick alles andere als ein aufregendes Leben führen. Doch der Schein trügt: Jeder von ihnen hat eine Geschichte zu erzählen, die unter die Haut geht. Stories, die von geheimen Wünschen und unerfüllten Träumen künden, von nicht eingestandenen Fehlern, kleinen Triumphen und der Sehnsucht eines jeden nach ein bißchen Glück und Geborgenheit.*
»Tony Earleys Geschichten treffen ins Herz. Sie sind wunderschön geschrieben.« (Publishers Weekly)